Ullstein

ÜBER DAS BUCH:

Leo Franks Roman spielt im Suchtgift- und Prostituiertenmilieu in Paris. Während einer Nachtstreife wird ein Kriminalbeamter angeschossen und schwer verletzt. Der irrtümlich gefaßte Täter erhängt sich in der Zelle. Durch Hinweise aus der Unterwelt kann der richtige Täter ermittelt und in einem Indizienprozeß verurteilt werden. Ihm gelingt jedoch die Flucht. Der Mord an einer Belastungszeugin verunsichert die öffentliche Meinung – Polizei und Justiz geraten ins Kreuzfeuer der Kritik. Der wachsende Druck bringt die Beamten in Konflikte zwischen Gesetz und Erfolg ...

DER AUTOR:

Leo Frank, 1925 in Wien geboren, arbeitete nach 1945 als Kriminalbeamter bei der österreichischen Polizei. 1961 wurde er als österreichischer Beobachter zum Eichmann-Prozeß nach Jerusalem delegiert. Sieben Jahre war er als leitender Kripo-Chef beim österreichischen UNO-Kontingent auf Zypern tätig. 1984 schied er aus dem aktiven Polizeidienst aus und widmet sich seither verstärkt der schriftstellerischen Tätigkeit, arbeitet für Funk und Fernsehen.

Leo Frank

Nachtstreife

Roman

Ullstein

ein Ullstein Buch
Nr. 22852
im Verlag Ullstein GmbH,
Frankfurt/M – Berlin

Ungekürzte Ausgabe

Umschlagentwurf:
Hansbernd Lindemann
Foto: Mall Photodesign

Taschenbuchausgabe mit
freundlicher Genehmigung des
Verlags Welsermühl, Wels

Printed in Germany 1993
Druck und Verarbeitung:
Presse-Druck Augsburg
ISBN 3 548 22852 6

Juni 1993

Gedruckt auf Papier
mit chlorfrei
gebleichtem Zellstoff

Vom selben Autor
in der Reihe
der Ullstein Bücher:

Das Archiv (20626)
Operation Johannesburg (20930)
Die Sprechpuppe (20965)
Zikaden singen nicht (22038)
Der programmierte Agent (22073)
Die 13 Stunden der
Christin Maginot (22118)
Ein Fall für das Jüngste
Gericht (22160)
Die Bestie vom Bisamberg/
Igolka (22407)
Kanonen für Tripolis (22657)

Die Deutsche Bibliothek –
CIP-Einheitsaufnahme

Frank, Leo:
Nachtstreife : Roman / Leo Frank. –
Ungekürzte Ausg. – Frankfurt/M ;
Berlin : Ullstein, 1993
(Ullstein-Buch ; Nr. 22852)
ISBN 3-548-22852-6
NE: GT
Vw: Maier, Leo [Wirkl. Name] →
Frank, Leo

Nach 38 Jahren in der Kriminalpolizei ist es meine tiefe Überzeugung, daß in unserer Gesellschaft über kaum einen anderen Beruf so unsinnige Vorstellungen herrschen, wie über den Kriminaldienst. Die Realität und der Alltag in diesem Beruf sehen ganz anders aus, als diese in den meisten Filmen oder Krimis dargestellt werden.
Wie in allen meinen Romanen ist auch hier die Handlung frei erfunden. Manche Einzelheiten entstammen jedoch nicht meiner Phantasie, sondern ihnen liegen Erfahrungen und Erlebnisse aus der Praxis zugrunde. Oft ist leider die Wirklichkeit noch viel schlimmer, als sie hier beschrieben werden kann. Dieser Roman berichtet über eine Gruppe von Kriminalbeamten, von denen einer während einer Nachtstreife von einem Verbrecher angeschossen und schwer verletzt wird.
Ich widme dieses Buch einem Freund, dem Kriminal-Gruppeninspektor Josef Fischer von der Bundespolizeidirektion Salzburg. Er wurde am 6. März 1981 während einer Nachtstreife von einem Verbrecher angeschossen und schwer verletzt ...

Leo Frank

Erster Teil

»Es ist jetzt keine Besuchszeit«, sagte die Stationsschwester.
Sie bemerkte es nur der Form halber und ohne auch nur im entferntesten daran zu denken, daß dieser Kriminalinspektor davon Notiz nehmen würde. Das war auch nicht der Fall.
»Ich weiß, Schwester«, sagte der Inspektor. Er hatte ein Gesicht, als ob er die nächste halbe Stunde jemanden erwürgen wollte. Er ging den langen Gang der Chirurgischen Abteilung hinunter. Die Schwester sah ihm nach. Sie wußte, er würde auf Zimmer 355 gehen, wo der Patient Pierre Cousteau lag. Schon seit vier Monaten. Pierre Cousteau war ebenfalls Kriminalinspektor und lag auf der Chirurgischen mit einem Schußbruch, rechter Oberschenkel. Die Schwester seufzte und ging in die Teeküche.
»Komm rein, Roger«, rief Pierre Cousteau, noch bevor es an der Tür klopfte. Er hatte seinen Freund schon am Schritt erkannt. »Sei lieb, und hilf mir aufstehen«, sagte er dann. Roger Brune packte eine Aktentasche aus.
»Sofort, Kleiner«, sagte er, »eine Minute.« Er legte alles auf das Nachtkästchen: Zigaretten, eine Flasche Rotwein, einen Pack Zeitungen, ein paar Briefe. Eine Stange Wurst, einen Wecken Weißbrot, noch eine Flasche Rotwein.
»Alle lassen grüßen«, murmelte er. Pierre Cousteau sagte »danke« und sah auf seine Füße. Er lag am Bett, nicht zugedeckt, mit so einem blauweiß gestreiften Spi-

talpyjama bekleidet. Sein rechtes Bein war ein einziger Gipsklumpen mit vielen Schrauben und Drähten. Das linke war dick einbandagiert, vom Knie aufwärts bis in die Leisten.

»Hilf mir jetzt bitte auf«, sagte er.

Roger Brune schob seine Arme behutsam unter Kopf und Oberkörper, hob ihn auf und drehte ihn ein wenig. Er spürte Rippen und Wirbelsäule seines Freundes, und sein Gesicht wurde wieder böse, wie vorhin am Korridor.

»Du mußt einfach mehr essen, verflucht«, sagte er. Pierre war jetzt auf den Beinen und schnappte nach den Krücken. Mühselig humpelte er in die Ecke zum Waschbecken, drehte das Wasser auf. Mit dem Kopf deutete er auf eine leere Urinflasche, die unter dem Bett lag.

»Ich kann das Ding nicht mehr sehen«, sagte er. Dann urinierte er in die Waschmuschel.

Pierre Cousteau atmete schwer, als er wieder auf dem Bett lag. So ein Ausflug zum Waschbecken war eine gewaltige Anstrengung für ihn.

»Es wird schon wieder, Kleiner«, tröstete ihn Brune.

»Ein Dreck wird wieder«, keuchte Pierre. »Das siehst du ja.«

»Vor zwei Monaten«, protestierte Brune, »vor zwei Monaten hast du noch nicht einmal davon geträumt, selbständig ins Waschbecken zu pissen. Nicht einmal geträumt hast du davon, vor zwei Monaten!«

»Und vor vier Monaten«, keuchte Pierre jetzt etwas gelöster, »vor vier Monaten, da hätte ich schießen sollen. Schießen, statt blödsinnig hinterherzurennen und ›halt, stehenbleiben‹ schreien. Ich Idiot, ich Blödian!« Er hatte jetzt nasse Augen.

Jene Begebenheit vor vier Monaten, von der die Rede war, geschah am 6. März 1981, einem Freitag. Es war ein leicht regnerischer Tag in Paris, aber nicht mehr kalt, die jüngeren Menschen ließen ihre Mäntel häufig schon zu Hause. Für den Kriminalbeamten Pierre Cousteau begann der Tag wie die meisten anderen auch. Kurz vor sechs fing das Weckerradio an zu spielen, und dann sagte ein freundlicher Sprecher, daß es mit dem letzten Ton des Zeitzeichens sechs Uhr westeuropäischer Zeit sein werde. Pierre drehte sich auf die andere Seite. Der Kopfpolster roch noch von Mariannes Parfum. Dann meldete der Radiosprecher, daß in El Salvador eine Revolution ausgebrochen war. Und in Polen streikten Arbeiter für mehr Fleischrationen und höhere Löhne. In Kabul hatten Luftpiraten einen Fluggast erschossen, und in Hamburg war die Kantine einer Zeitung von RAF-Leuten besetzt worden.
Pierre gähnte und stand auf, er hatte nichts an. Noch nie hatte er sich überwinden können, Geld für ein Nachthemd oder einen Pyjama auszugeben. Dabei war er nicht mehr der Jüngste, in ein paar Monaten war er vierzig. Jetzt brachte der Radiosprecher Sportmeldungen. Pierre ging in die Dusche, er hatte nur ein paar Schritte.
Es war nur eine winzige Mansarde im 7. Stock eines Hochhauses in der Rue Arcade, die er da bewohnte. Ein einziges Zimmer mit einer Kochnische, eine Duschecke mit Klo hinter einem Plastikvorhang, ein enger Vorraum. Ein Schrank war da, die Türe offen, ein paar Anzüge konnte man sehen. Auf einem Tischchen standen eine leere Flasche und zwei Gläser, ein voller Aschenbecher und eine Packung Zigaretten. Und eine Dose

Intimspray, die hatte Marianne gestern abend stehenlassen. Pierre drehte die Dusche an, und das Brausen des Wassers übertönte die Sportmeldungen.
Es war halb sieben, als Pierre rasiert war und angezogen, im Radio spielte jetzt flotte Musik. Er zündete sich eine Zigarette an und hustete eine Weile. Frühstücken würde er irgendwann einmal in der Polizeikantine. Er beschloß, mit dem Bus ins Präsidium zu fahren, es war ihm leid um den günstigen Parkplatz, den er für seinen kleinen Renault gestern abend direkt vor dem Wohnblock ergattert hatte. Ein Glücksfall war so etwas. Mit dem Bus brauchte er 45 Minuten bis zur Dienststelle. Es war also Zeit.
Inspektor Pierre Cousteau hatte Hauptdienst an diesem 6. März 1981, und Kommissar Frere hatte ihm beim Frührapport einen Häftling zugewiesen. Einen weiblichen Häftling, Susu Bonnet, vierundzwanzig Jahre alt, Prostituierte. Susu hatte kurz nach Mitternacht in einem Lokal namens »Boo-Boo« randaliert, hatte einen Fernfahrer mit einem Messer am Oberarm leicht verletzt und überdies gedroht, sie werde ihm auch noch die Kehle durchschneiden. Eine Funkstreife war eingeschritten, und die renitente Susu konnte in ihrem Zustand keine Uniformen leiden, ging auch noch auf die Beamten tätlich los und wurde festgenommen. »Unter Anwendung körperlicher Gewalt«, stand in der Anzeige. Susu war stark betrunken. Die Anzeige lautete auf Körperverletzung, gefährliche Drohung und Widerstand gegen die Staatsgewalt. Ein blutiges Springmesser war der Anzeige beigeschlossen. Als Beweisgegenstand.
Pierre Cousteau mochte keine weiblichen Häftlinge und am wenigsten betrunkene. Er beschloß, sie erst gegen Mittag zu befragen, bis dorthin hatte sie in der Zelle

ihren Rausch ausgeschlafen. Für neun Uhr war der verletzte Fernfahrer vorgeladen, und hoffentlich kam er auch; diese Typen waren meist schwer zu finden, und die Sucherei ergab unnötige Mehrarbeit. Ansonsten verschwendete Inspektor Cousteau wenig Gedanken an diesen Bagatellfall. Vielmehr interessierte ihn, ob Marianne heute zu einem Arzt gehen und einen Schwangerschaftstest machen werde. Marianne war seine Freundin. Sie vergaß immer wieder die Pille zu nehmen, und Pierre befürchtete Schlimmes.

Kurz nach neun rief Kommissar Frere an und wollte wissen, ob Pierre mit seinem weiblichen Häftling schon fertig sei. Ein Anwalt hatte interveniert und ihre Haftentlassung verlangt. Das war immerhin eine Überraschung. Ein Anwalt für Susu Bonnet! Sie mußte einen finanzkräftigen Zuhälter haben. Pierre sagte dem Kommissar, gegen zehn könne er fertig sein. Dann tippte er die Angaben des Fernfahrers ins Protokoll. Glücklicherweise war er doch gekommen, der Fernfahrer. Sogar pünktlich. Erinnern konnte er sich angeblich an gar nichts mehr, er hatte einen Vollrausch. Dem Inspektor Cousteau war das nur recht, so brauchte er weniger zu schreiben. Um halb zehn ging er ins Gefangenenhaus und ließ sich Susu Bonnet vorführen.

Susanne Bonnet schimpfte und fluchte eine Minute lang so ordinär und unflätig, bis auch der Inspektor ordinär wurde und Susu sich beruhigte. Sie könne sich ebenfalls an nichts erinnern, gab sie dann zu Protokoll. An gar nichts. Einen Rausch habe sie gehabt, und ob denn das in diesem verdammten Polizeistaat auch schon verboten sei. Das blutige Springmesser habe sie vorher nie gesehen, das müsse einem Gast gehören, oder vielleicht hatte

sie es von einer Kundschaft geschenkt bekommen. Als Andenken. Inspektor Cousteau tippte auf der Schreibmaschine. Ihm war's egal, was Susu daherredete. Ein blaues Auge hatte sie, ein deutliches. Bei der Festnahme habe ihr der Streifenpolizist, der größere, eine Ohrfeige gegeben, plapperte sie plötzlich munter. Daher das blaue Auge. Der Inspektor wurde jetzt kriminalistisch:
Wenn sie sich an gar nichts erinnern könne, hielt er ihr vor, wieso dann das plötzliche Erinnerungsvermögen bei der Ohrfeige des Streifenpolizisten? Susu klapperte mit den Augendeckeln. Sie sah das ein.
»Vergessen wir die Ohrfeige«, sagte sie, und Pierre nickte.
Gegen Mittag werde sie enthaftet, versprach ihr Pierre, und Susi kratzte sich erfreut am Popo und unterschrieb die Niederschrift, ohne eine Zeile zu lesen. Pierre ging wieder in sein Büro und rief den Kommissar an.
Dr. Frere war mit der Enthaftung sehr einverstanden.
»Keine Ausführungsgefahr mehr, Inspektor«, sagte er juristisch. Auch wollte er keine Schwierigkeiten mit dem Anwalt. Dann rief Pierre Mariannes Büro an, ein Reisebüro. Marianne käme erst nachmittags wieder, sagte eine Kollegin. Inspektor Cousteau war zufrieden. Wahrscheinlich war sie doch endlich zu einem Arzt gegangen.
Zu Mittag gab es »Gummiadler« in der Polizeikantine, das waren gebratene Hühner mit Pommes frites. Aber die Polizisten sagten »Gummiadler« zu diesen zähen Dingern, schon seit Generationen, wahrscheinlich schon seit Bestehen der Polizeikantine. Pierre aß eine Wurstsemmel und plauderte mit Brune, der an einem Käsebrot herumkaute. Sie wären gerne kurz auf eine Zwiebelsup-

pe gegangen, zu »Madam Rosa« gleich um die Ecke. Aber das ging nicht. Beide waren in der Hauptdienst-Tour, und da war ständige Erreichbarkeit oberstes Gebot. So mußten sie in der Kantine bleiben. Brune erzählte von seinem Häftling, einem achtzehnjährigen Burschen, der einen homosexuellen Schauspieler erpreßt und dann krankenhausreif geprügelt hatte. Und jetzt davon absolut nichts wissen wollte. Dann war Brune mit seinem Käsebrot fertig und ging wieder zu seinem Nachwuchs-Erpresser. Pierre rauchte eine Zigarette und hoffte, Kommissar Frere würde ihn für heute in Ruhe lassen.

Gegen halb zwei rief er wieder an im Reisebüro, aber Marianne war immer noch nicht da.

Pierre Cousteau war schon einmal verheiratet gewesen, aber er redete nicht gerne darüber. Es hätte ihn jetzt wirklich interessiert, ob Marianne schwanger war. Er war fest entschlossen, sie gegebenenfalls zu fragen, ob sie ihn heiraten wollte. Fast war er sicher, daß sie wollte. Pierre mochte Kinder gerne, und eine Abtreibung hätte er entschieden abgelehnt. Aber er wußte nicht, wie Marianne über diese Dinge dachte, sie hatten darüber nie gesprochen. Er mußte Marianne einmal mitnehmen, zu den Pernells. Pierre war dort immer gerne gesehen, er spürte das. Und so ein Familienleben wie bei den Pernells war schon immer sein Traum. Mit Marianne, so glaubte er, könnte er diesem Wunschtraum recht nahe kommen.

Die Bürotüre öffnete sich, ohne daß jemand angeklopft hatte. Es war Brune, der seinen Schädel hereinsteckte.

»Was ist, Kleiner?« sagte er. »Ich geh' auf einen Kaffee runter.«

Pierre dachte an Marianne.
»Ich warte auf einen Anruf«, sagte er. »Ich komme später nach.«
»Bis nachher dann, Kleiner«, empfahl sich Brune. Die Tür fiel wieder ins Schloß. Sie sagten schon immer »Kleiner« zu ihm, dabei war er stolze Einmeterfünfundachtzig lang. Das rührte aus einer Zeit, als der alte Chefinspektor Trudeau noch lebte. »Papa Trud« war Leiter des Referates »A-Gewaltverbrechen«, und Inspektor Pierre Cousteau war der jüngste Kriminalbeamte der Gruppe. Der Chefinspektor sagte immer »Kleiner« zu seinem jüngsten Dienstzugeteilten, unbeschadet der jeweiligen Körpergröße. In der Kripo-Fußballmannschaft spielte Pierre den Linksaußen, und es war immer ein Riesenspaß, wenn der Lange am linken Flügel loszog und seine Mitspieler riefen »Vorwärts Kleiner« oder ähnliches. Inspektor Cousteau verschwendete einen Blick auf ein Foto, das an der Wand hing. Ein Mannschaftsfoto des damaligen Kripo-Teams. Mein Gott, wie sahen sie alle jung aus darauf! Brune, der Stopper, damals noch ohne Bart. Petit mit ganz kurzen Haaren – und Teddy Pernell. Der hatte sich eigentlich am wenigsten verändert.
Das Telefon klingelte.
Pierre hoffte, es würde Marianne sein, aber es war Kommissar Frere, der ihm knapp sagte, er möge sofort ins Journalzimmer kommen. Eine Leiche war gefunden worden in einem Waldstück in St. Denise. Eine Frauenleiche. Die Kommission mußte ausrücken. Fremdverschulden war nicht auszuschließen.

Es war eine der ekelhaftesten Leichen, die Pierre je gehabt hatte. Zirka zwei Wochen gelegen und unkenntlich vom Tierfraß. Er arbeitete mit Gummihandschuhen und hatte sich ein Taschentuch vor Mund und Nase gebunden. Gerade als der Kommissar überlegte, ob man per Funk auch noch einen Untersuchungsrichter heranholen sollte, fand Pierre zu seiner Erleichterung die Handtasche der Toten mit Personalausweis, einigen leeren Röllchen eines starken Schlafmittels und einem Abschiedsbrief. Es sah also ganz nach Selbstmord aus, und der Kommissar beruhigte sich wieder. Er war sehr erleichtert bei der Heimfahrt und guter Laune. Ein Selbstmord war für ihn wenig Arbeit, eigentlich von jetzt ab gar keine mehr. Was noch zu tun war, mußte der Inspektor machen: den Bericht über die Auffindung der Leiche, Verständigung der Angehörigen, Einbeziehung der Abgängigkeitsanzeige, Veranlassung der Obduktion und anderes mehr. So erzählte der Kommissar Witze, und der Polizeiarzt und Oberinspektor Bonin vom Erkennungsdienst hörten gelangweilt zu. Pierre ärgerte sich, denn sicher hatte während seiner Abwesenheit Marianne angerufen. Als sie in den Hof des Präsidiums einbogen, war es gleich sechs, und er hatte noch leicht zwei Stunden Arbeit mit dieser blöden Weiberleiche. Und um 21 Uhr fing ja die Nachtstreife an. Eine beschissene Hauptdiensttour war das heute!

Die zusätzlichen Nachtstreifen im »Quartier Latin« hatte noch der alte Chefinspektor Marcel Trudeau angeordnet. Lange bevor er bei einem Bankraub erschossen worden war. Seine damalige Anordnung war begründet, denn »Quartier Latin« bei den Pariser Markthallen war so ziemlich das übelste Viertel der ganzen Stadt. Bis vor zehn Jahren ging's ja noch, da waren dort hauptsächlich Huren und ihre Zuhälter, und die Kripo hatte den ganzen Scheiß halbwegs unter Kontrolle. Aber wie über Nacht war das Viertel plötzlich Zentrum der Suchtgiftler, und diese Läuse waren dort aus dem finsteren Winkelwerk einfach nicht mehr wegzukriegen. Danach gab es fast monatlich irgendeine Leiche, meist bedauernswerte Junkeys mit dem letzten, dem »goldenen« Schuß Heroin in der linken Armbeuge. Aber auch Messerstechereien mit tödlichem Ausgang und fallweise Tote mit kreisrunden Löchern zwischen den Augen oder in der Brust. Die Toten konnten nicht mehr reden und die Lebenden wollten nicht, es war ein echter Jammer. Und eine zusätzliche Kripo-Streife täglich von 21 bis 2 Uhr war eine sicherheitspolizeiliche Notwendigkeit. Aber viel half es auch nicht.

Wie erwartet, geschlagene zwei Stunden brauchte Pierre, bis in der Sache dieses Selbstmordes das Notwendigste erledigt war. In der Abgängigkeitsanzeige war schon Selbstmord befürchtet worden. Ihr Mann war inzwischen in einer Nervenklinik, weil auch er Selbstmordabsichten geäußert hatte. Er könne ohne diese Frau nicht leben, hatte er bei der Anzeigeerstattung geheult und war dem Amtsarzt vorgeführt worden. Der gab ihm eine Injektion und wies ihn in die Anstalt ein. Pierre las noch einmal den Abschiedsbrief der Frau.
»Ich kann mit diesem Mann nicht mehr leben«, las er.

Im Journalzimmer waren schon Brune, Petit und Pernell, mit denen er die Nachtstreife hatte. Noch zwei Kollegen waren da, die gingen auf Hotelkontrolle.
»Marianne hat nachmittags angerufen«, sagte Pernell, als Pierre ins Journalzimmer kam. »Zweimal hat sie angerufen.«
»Hat sie was gesagt?« fragte Pierre.
»Nichts«, sagte Pernell. »Ich hab' ihr gesagt, du bist bei einer Leiche und kommst erst spät.«
Als sie im Streifenwagen saßen, war es fünf nach neun. Brune chauffierte. Beim Gar du Nord drückte er die Sprechtaste: »Alpha drei an Alpha Zentrale«, sagte er ins Mikrophon, »Sprechprobe.«
»Laut und deutlich«, sagte der Kollege in der Funkzentrale verdrossen.
Brune war der Streifenkommandant. Er lenkte jetzt den Wagen in eine Seitengasse zu einem Bistro, wo es die beste Zwiebelsuppe im Viertel gab. Dabei schimpfte er über seinen jugendlichen Erpresser von heute nachmittag, der ihn vier Stunden lang angelogen hatte, bis es ihm endlich recht wurde. Bis er ein Geständnis ablegte und die Schreibmaschine preisgab, auf der er den Erpresserbrief getippt hatte. Das war wichtig wegen der Schriftprobe, und die Schreibmaschine stand in der Wohnung einer Freundin; darauf wäre Brune ohne Geständnis nie gekommen.
»Diese Rotznasen stellen sich jetzt schon an wie alte Profis«, nörgelte er und stellte den Wagen ab. Man war beim Bistro.
»Schieben wir die ruhige Kugel«, schlug er vor. Er hatte für heute die Nase voll vom Dienst. Pierre stimmte erfreut zu. Die renitente Susu Bonnet mit dem Fernfah-

rer und die angefressene Leiche im Wald waren auch ihm genug.
»Geht schon, ihr beiden«, sagte Pernell milde.
»Löst uns ab in einer Stunde.«
Die ruhige Kugel, das bedeutete, daß die Nachtstreife nach Möglichkeit allem aus dem Wege ging, was nach Ärger roch. Daß man niemanden kontrollierte, niemanden suchte und nicht in Kneipen einfiel, wo die Gäste zusammen mehr als hundert Jahre Zuchthaus ausmachten. Daß man einzig das Sprechfunkgerät besetzt hielt und die Stunden einfach verstreichen ließ. Wenn wirklich etwas los war, war man ja per Funk erreichbar. Das war natürlich nicht gerade im Sinne einer Nachtstreife, und der Kommissar hätte es auch nicht wissen dürfen. Aber es war ja auch nicht die Regel, es kam halt ab und zu vor. Und nach einer Hauptdiensttour wie heute, wer hätte es den Leuten verdenken können!

Die Zwiebelsuppe war wirklich hervorragend, und Pierre stellte gerade fest, daß die Suppe doch tatsächlich das einzig Erfreuliche an diesem lausigen Tag war. Brune nickte zustimmend, die beiden tranken ihr Bier aus. Da kam Pernell herein und und sagte zur Kellnerin:
»Die beiden Herren da möchten sofort zahlen.«
Dann hob er noch einen Daumen, und Pierre wußte, es war eilig, und Brune sagte was von einem Scheißberuf und stand auf. Das war kurz nach zehn. Als sie zum Wagen kamen, sagte Petit gerade ins Mikrophon, Alpha drei wäre schon unterwegs. Ja, aber ja, Alpha drei habe die Fahndung schon aufgenommen.
Die Funkzentrale hatte eine Fahndung eingeleitet nach

einem Kerl, der vor fünf Minuten einer Verkehrskontrolle davongelaufen war. An der Kreuzung Avenue Nord – Rue de Gall, das war ganz in der Nähe. Die Verkehrsstreife hatte einen Mopedfahrer angehalten, dieser schmiß das Rad auf die Fahrbahn und rannte in eine Seitengasse. Jetzt gab die Funkzentrale die Personenbeschreibung durch: Mann, zirka 25 Jahre, dunkles, schulterlanges Haar, bekleidet mit dunkler Hose und dunkler Lederjacke.

»Alles im Dunklen also«, witzelte Pernell.

»Wahrscheinlich hat er das Moped gestohlen«, meinte Petit. Brune startete den Wagen und grollte, daß es eine Zumutung sei von der Funkzentrale, wegen so einer Lächerlichkeit die Kripo-Streife fahnden zu lassen. Man fuhr um zwei Ecken, und dann stoppte Brune wieder das Fahrzeug, schaltete Motor und Beleuchtung aus. Es war ziemlich finster und menschenleer.

»Wie heißt diese verdammte Gasse?« fragte Brune und blinzelte auf ein Haustor.

»Rue Cohon«, sagte Pernell.

»Ich kenn' die Gegend. Hier stehen wir zwei Stunden, ohne daß wer vorbeikommt.« Brune drückte die Sprechtaste. »Alpha drei an Zentrale«, sagte er, »wir blockieren die Rue Cohon.«

»In Ordnung«, sagte der Mann in der Funkzentrale. Dann hörte man wieder die Verkehrsstreife, die meldete, daß das Moped als gestohlen gemeldet sei. Und daß man keine Spur von dem davongerannten Kerl habe.

»Ein lächerlicher Mopeddieb«, sagte Petit. Nach einer Weile begann er zu schnarchen. Pierre zündete sich eine Zigarette an. Auch er war müde, aber so ein schnelles Nickerchen war nichts für ihn. Das konnte nur Petit.

Der Mann war keine zwölf Meter vom Fahrzeug entfernt, als sie ihn sahen. Er kam rasch näher. Er mußte Tennis- oder Basketballschuhe tragen, seine Schritte waren unhörbar.

»Hoppla«, sagte Brune leise.

»Den schnapp' ich mir«, sagte Pierre. Der Mann mußte direkt an seiner Seite vorbeikommen.

Noch fünf Meter, noch zwei. Pierre stieß die Türe auf und stieg aus.

»Polizei, bleib stehen«, sagte er gemütlich. Er hatte noch nicht ausgeredet, als der Mann zu rennen begann. Vorbei an Pierre, der mit seinen Fingerspitzen gerade noch die Lederjacke streifte.

»Halt, stehenbleiben!« schrie er und rannte nach. Er hörte Brune fluchen und die Wagentüre aufreißen.

»Halt, Polizei! Stehenbleiben!« schrie Pierre im Laufen. Der Mann hatte etwa sechs Meter Vorsprung. Jetzt flitzte er links um eine Ecke. Pierre nahm die Kurve eng. »Halt, stehenbleiben!« schrie er wieder. Dann rannte er direkt in einen Blitz, hörte den Knall und lag am Pflaster. Er riß die Pistole aus dem Gürtel und schoß zweimal. Sehen konnte er nichts mehr.

Das nächste, was er wahrnahm, war Brunes Bierfahne.

»Was ist, Kleiner?« schrie Brune ängstlich. Er kniete neben ihm und hielt seinen Kopf. »Hat es dich erwischt?«

»Rechter Oberschenkel«, keuchte Pierre. Dann versuchte er, das Bein zu bewegen. Wie ein Stromschlag fuhr ihm der Schmerz in den Schädel. Er erschrak vor seinem eigenen Schrei.

»Schießen hätte ich sollen«, sagte Pierre eigensinnig. »Schießen, bevor er um die Ecke war. Statt blödsinnig hinterherrennen und *›halt, stehenbleiben!‹* schreien.« Brune ordnete das mitgebrachte Zeug auf dem Nachtkästchen.

»Kleiner«, sagte er müde, »das haben wir doch schon tausendmal besprochen. Wer kann schon auf einen Mopeddieb schießen!«

»Der Schußwaffengebrauch gegen Menschen ist gemäß § 7 Ziffer 1 des Waffengesetzes nur zur Verteidigung eines Menschen ...« Pierre zitierte aus der Waffengebrauchsvorschrift. Es klang böse und bitter.

»Hör auf damit«, sagte Brune. »Hör jetzt endlich auf damit.« Er deutete auf den Gipsklumpen, der jetzt Pierres rechtes Bein war.

»Was sagen die Medizinmänner?« meinte er hoffnungsvoll. »Gibt's was Neues?«

»Sie haben gestern wieder geröntgt«, sagte Pierre. Dann wurde er wieder laut und zornig:

»Mir sagt ja keiner was«, schrie er. »Keiner sagt mir die Wahrheit! Da stehen diese weißen Kittel herum und wackeln mit den Köpfen und reden Halblatein! Als ob ich ein Idiot wäre! Als ob ich die Wahrheit nicht ertragen könnte.«

Das wirklich Schlimme an Pierre Cousteaus Verletzung war nicht allein die Tatsache, daß das Projektil den Oberschenkel zertrümmert hatte. Auch Trümmerknochen heilen wieder, wenn auch langsam und unter schwierigen Umständen. Dieser lächerliche Mopeddieb aber hatte ein Projektil abgefeuert, welches vorne abgefeilt war. Aus einer Beretta 9 mm hatte er geschossen; soweit der Befund des Erkennungsdienstes. Man fand das deformierte Ding am nächsten Tag, zusammen mit ein paar Fleischfetzen und Knochensplittern von Pierres Bein. Eine zusätzliche Operation war notwendig gewesen, die Chirurgen entfernten ein Stück Knochen aus Pierres linker Hüfte und setzten es in den rechten Oberschenkel ein. Und bis heute, nach vier Monaten, war es immer noch nicht sicher, ob der Heilungsprozeß erfolgreich verlaufen würde. Und das Wort »Amputation« hing immer noch im Raum wie ein Damoklesschwert. Inspektor Cousteaus Nerven waren nicht mehr die besten.

»Ich will endlich wissen, wie es weitergeht«, schrie er.

Brune kannte diese Gefühlsausbrüche seines Freundes schon seit vielen Wochen. Er wußte, was dagegen zu tun war.

»Halt's Maul!« sagte er grob. »Schmeiß jetzt nicht die Nerven weg. Du wirst die nächsten Wochen auch noch überstehen. Inzwischen haben wir den Kerl gefunden.«

»Schon gut«, sagte Pierre ruhiger.

»Pernell und Petit haben eine neue Spur«, log Brune eiskalt. »Ich weiß noch nichts Genaues, ich treff' die beiden in einer Stunde.« Er sah den Schimmer in Pierres Augen und hoffte, daß es für heute überstanden war.

»Ich muß jetzt gehen«, sagte er. Dann nahm er ein Taschentuch vom Nachtkästchen und wischte den Schweiß von Pierres Stirne und Wangen. »Morgen besuchen wir dich alle zusammen«, sagte er gütig. Pierre umarmte ihn so heftig, daß Brune erschrocken zurückzuckte. Er spürte diesen mageren Körper, wie er zitterte und sich fest an ihn klammerte.

»Komm schon, Kleiner«, sagte er verdrossen. Das ganze

war ihm unangenehm. Schließlich war er kein Mädchen. Einige Mühe kostete es ihm, diesen bebenden Körper loszuwerden.
»Also dann«, sagte er, »bis morgen.«
Er war schon unter der Tür.
»Wie geht's Claudile?« hörte er Pierre noch sagen. Er drehte sich um.
»Der geht's gut«, lächelte er. »Der Teufel soll sie holen.«
Dann war er draußen und ging den langen Korridor der Chirurgischen Abteilung wieder zurück. Mit leerer Aktentasche, aber mit vollem Herzen. Vor der Teeküche traf er wieder die Krankenschwester.
»Bis morgen, Mädchen«, sagte er. Dann war er beim Lift.
Inspektor Roger Brune drückte auf diesen beleuchteten Knopf und wartete auf den Lift. Automatisch tappte seine rechte Hand zurück zur Hüfte, wo er am Gürtel seine Pistole trug. Der Gürtel war leer! Dann geschah plötzlich etwas sehr Seltsames. Die Stationsschwester, die immer noch vor der Teeküche stand und diesem langen, ungehobelten Kriminalbeamten irgendwie erleichtert nachblickte, erzählte die Geschichte noch am selben Abend dreimal ihren Kolleginnen. Und jedesmal bekam sie die Gänsehaut: Der lange Kerl wurde plötzlich kreidebleich im Gesicht, und sein hagerer Körper war steif wie ein Eisenrohr. Nach ein paar Herzschlägen ließ er seine Tasche fallen, schlüpfte aus seinen Schuhen und rannte lautlos in langen Sprüngen zurück zum Zimmer Nr. 355. Vorbei an der Stationsschwester, die eine Sekunde lang sein Gesicht sah und deshalb das Ärgste befürchtete. Sie sah, wie dieser Unmensch vor der Tür des Krankenzimmers 355 geschmeidig stoppte, dann die

Tür aufriß und hineinstürzte, und dabei brüllte er, so etwas hatte die Stationsschwester noch nie gehört. So ähnlich hatte sie sich schon immer den blutrünstigen Angriffsschrei einer Indianerhorde vorgestellt.
Eine Sekunde war es danach still, dann schrien sich diese beiden Männer die unglaublichsten Schimpfworte zu, in ihrem Leben hatte die Schwester solch ordinäre Ausdrücke nicht gehört. Dabei war sie an die vierzig und einiges gewöhnt.
Minutenlang war dann nur Gemurmel, und schließlich kam der Lange wieder auf den Korridor, rief etwas, was nach »mach das nicht wieder, du verdammtes Arschloch« klang, sich aber dennoch anhörte wie eine Liebeserklärung. Dann kam er wieder zum Lift.
Diesmal ging er langsam, mit hängenden Schultern, in seinen Socken und mit einer Pistole in der Hand. Geistesabwesend steckte er das Eisen in seinen Gürtel und schlüpfte in die Schuhe. Der Lift war noch da, und er stieg ein. Das Ganze wäre für die Stationsschwester nicht so eindrucksvoll gewesen, hätte sie nicht wiederum sein Gesicht gesehen. Da war kein Zweifel: Er weinte! Er hatte ganz nasse Augen, und Tränen rannen in den Bart und ans Kinn.

Jede Polizei wird dann aktiv, wenn etwas Ungesetzliches bekannt wird oder wenn jemand über strafbare Taten eine Anzeige macht. Wo das nicht der Fall ist, bleibt die Polizei friedlich. Im Quartier Latin in Paris wurde wenig bekannt und schon gar nichts angezeigt. Es ist ein finsteres Viertel mit eigenen, bodenständigen Regeln, und die meisten Menschen dort wollen keine Polizei. Sie leben nach ihren eigenen Gesetzen. Solche Viertel gibt es in den Großstädten der ganzen Welt, vielleicht mit Ausnahme der Ostblockstaaten. Aber wer weiß schon genau, wie es dort wirklich zugeht!
Seit dem 6. März 1981 ging es im Quartier Latin recht ungemütlich zu. Finster blickende Kriminalbeamte durchstöberten jede Nacht jeden Winkel, wurden sofort aggressiv, wenn jemand nur maulte, und sie kontrollierten alles und jeden, der ihnen unter die Finger kam. Und waren neugierig und wollten alles wissen, kümmerten sich um jeden Dreck, der sie normalerweise ganz kalt ließ.
»Das vergeht wieder«, sagten die Profis im Quartier Latin.
»Das vergeht ihnen wieder. Sie spielen jetzt nur verrückt, weil einer von ihnen umgeschossen wurde. Drüben in der Rue Cohon. In drei Wochen ist alles wieder ruhig«, meinten sie.
In drei Wochen war es nicht ruhig, auch nicht nach sechs. Jetzt waren vier Monate vergangen, und die ständigen Kontrollen hörten nicht auf.

Freddy Linkshand war ein Spieler, und so bezeichnete er sich auch selber, nicht ohne gewissen Stolz. Er lebte vom

Kartenspiel und davon, daß er schneller rechnen und besser kombinieren, wohl die Karten auch besser mischen konnte. Und er trank auch nie, wenn er spielte, schließlich war er ein Profi. Wenn ihn die Polizei als Zuhälter bezeichnete, wurde er böse. Susu und die kleine Penny, mit denen er zusammenlebte, gingen wohl auf den Strich, das war schon richtig. Und sie lieferten bei ihm auch brav ab, aber deswegen war er noch lange kein Zuhälter. Schließlich hatten sie bei ihm Quartier, und er mußte sich auch um alles kümmern, wenn es Schwierigkeiten gab. Das macht kein Mensch umsonst, das sollte jeder verstehen, auch der blödeste Polizist.
Ein Spieler braucht ruhige, sichere Plätze und zahlungskräftige Partner. So gesehen, gefiel es Freddy gar nicht, daß seit vier Monaten diese drei tollwütigen Kriminalbeamten jeden Winkel im Viertel durchstöberten, jede Nacht in die Kneipen kamen, auch in die Hinterzimmer und herumkontrollierten. Das verdarb das Geschäft. Seine Partner kamen oft von anderen Bezirken der Stadt und hatten gar kein Interesse daran, Ausweise herzeigen und blöde Fragen beantworten zu müssen. Seit dieser Inspektor angeschossen worden war, im März, seitdem gab es keine Ruhe mehr im Quartier Latin, und die Kundschaft blieb aus. Freddy hatte überhaupt keine Sympathien für Polizisten, überhaupt keine. Aber er wäre schon froh gewesen, wenn die Greifer den Mann endlich erwischt hätten, der damals geschossen hatte. Die normalen Nachtstreifen der Kripo kannte man und konnte sich darauf einrichten. Aber was diese drei die letzten Monate aufführten, war nicht mehr lustig.

Jo-Jo der Flinke war heute angesagt gewesen und Luis la Cochon mit seiner Familie, und Freddy Linkshand hatte sich ehrlich gefreut auf einen scharfen »Stoß« im Hinterzimmer vom »Boo-Boo«. Dann aber gegen Mittag war der kleine Pikky von der Cochon-Familie gekommen, hatte einen Pernod getrunken und schöne Grüße bestellt und gesagt, der Stoß findet nicht statt. Zumindest nicht im »Boo-Boo«. Gespielt würde drüben im Gar du Nord-Bezirk und Jo-Jo wäre Bankhalter. Freddy möge das verstehen, grinste Pikky:
»Bei dir im Bezirk spielen momentan die Bullen verrückt, und wenn viel Geld am Tisch ist, wer weiß, was diesen Idioten einfällt.«
Den Freddy Linkshand aber interessierte der schärfste Stoß nicht, wenn er nicht Bankhalter machen konnte, und außerdem wollte er auf den Heimvorteil nicht verzichten. Im Gar du Nord hätte er zwei Leibwächter gebraucht, wenn er am Gewinnen war, und Freddy war ein Feind aller unnötigen Gewalt oder gar Scherereien. So lächelte er jetzt freundlich und sagte, er werde es sich noch überlegen. Nachdem Pikky gegangen war, fluchte er lang und inbrünstig. Er dachte an die aufgescheuchten Bullen in seinem Bezirk und daran, daß diese seit Monaten wie verrückt eine heiße Neun-Millimeter-Beretta suchten. Und er dachte an die Geschichte, die ihm Susu gestern nacht erzählt hatte. Seine Freunde waren diese Polizeischweine wirklich nicht, aber so konnte das auch nicht mehr weitergehen. Die hysterischen Bullen verdarben das Geschäft.
Der vernünftigste von diesen Bullen war sicherlich dieser »Teddy«. Pernod oder so ähnlich hieß dieser Inspektor mit Nachnamen. Mit dem konnte man noch am ehesten

reden. Richtig, Pernell hieß der. Eine Weile zögerte Freddy Linkshand noch. Dann ging er über die Straße in eine Telefonzelle und rief das Kommissariat an, verlangte nach Inspektor Pernell. Er hatte ein schlechtes Gewissen, aber das mußte jeder einsehen: So konnte es im Bezirk wirklich nicht mehr weitergehen.

Es war schon nach dreizehn Uhr, als Brune in den Hof des Polizeipräsidiums fuhr und fluchte, weil kein Parkplatz frei war. Dann sah er Pernells Wagen und stellte sein Auto dahinter ab. Pernell würde wohl noch in der Kantine sein und auf ihn warten. Sie waren heute nicht in der Hauptdienstgruppe, es war ihre zweite Beidiensttour, und da würde sich nicht einmal Kommissar Frere getrauen, ihnen irgendeine Arbeit zuzuteilen. Da müßte schon ganz was Grobes passieren – ein Mord oder ein Bankraub oder so was. Eine Sekunde lang dachte Brune an den Berg von unerledigten Akten auf seinem Schreibtisch. Seit vier Monaten hatte er einen Aktenrückstand wie der faulste Hund im Haus, und die vielen Urgenzen würden wahrscheinlich schon eine Disziplinaranzeige rechtfertigen. Aber Petit und »Teddy« Pernell waren nicht besser daran, die beiden hatten seit dem 6. März ebenfalls nur das Allernotwendigste getan. Warum auch teilte ihnen Kommissar Frere weiterhin Akten zu, so als ob nichts passiert wäre? Brune verstand das nicht. Im März war er dreimal beim Kommissar gewesen und hatte gebeten, er möge ihn mit Petit und Pernell ausschließlich in der Sache Cousteau arbeiten lassen.
»Das geht nicht!« hatte der Kommissar gesagt. Und der Fall Cousteau wäre keine Privatangelegenheit von ein paar Freunden. Die Behörde werde alles tun, um den Fall zu klären. Und was war geschehen? Ein paar Sonderstreifen waren angeordnet worden, die nichts einbrachten. Das war alles.
Die Kantine war fast leer.
Pernell hatte seinen dritten Pernod, und der Aschenbecher vor ihm war randvoll. Brune rief nach einem Glas Bier, bevor er sich auf den Sessel fallen ließ.

»Der Kleine hat mir tatsächlich die Kanone gegrapscht«, sagte er. »Hab's erst beim Lift bemerkt. Unter dem Kopfpolster hatte er sie. Wir müssen aufpassen auf ihn!«

»Marianne hat angerufen«, sagte Pernell. »Sie bleibt heute den ganzen Nachmittag bei dem Kleinen. Wenn er dann seine Schlaftabletten brav geschluckt hat, kommt sie ins Bistro. Wir treffen uns dann dort.« Brune nickte.

»Unser kleiner Scheißer«, sagte er, »der will sich glatt eine Kugel durch den Schädel blasen. Nur weil der Chefarzt immer noch nichts Endgültiges sagen kann.«

»Das wird er nicht tun«, meinte Pernell.

»Aber er hat mir heute gekonnt meine Pistole gezupft«, sagte Brune aufgeregt. »Während ich ihn aufhob, damit er pissen gehen konnte, in die Waschmuschel. Da muß er mir sie gezogen haben. Gott sei Dank, beim Aufzug hab' ich's gemerkt.«

»Er wird sich nicht umbringen«, sagte Pernell. »Das macht er nicht. Er wird daran interessiert sein, wer auf ihn geschossen hat. Und wir werden ihm den Kerl vorstellen.«

»Hast du was Neues?« schrie Brune, und jetzt saß er kerzengerade.

»Ja«, sagte Pernell. »Was Heißes.« Dann hob er einen Finger, und das Serviermädchen kam.

»Noch einen Pernod«, bestellte er, »und bitte ruf die Klappe 207 an, Inspektor Petit soll runterkommen. Es ist wichtig.« Das Mädchen nickte und ging zum Telefon.

»Es ist wirklich wichtig«, erklärte Pernell, »und ich rede nicht gern zweimal dasselbe. Warte, bis Petit da ist.«

Petit kam nach fünf Minuten.

»Ich hab' den Tip von Freddy Linkshand«, begann Pernell. »Zwinker-Jo hat seit einer Woche eine Beretta. Eine Neun-Millimeter. Das Ding ist heiß, angeblich. Zwinker hat es von einem Algerier, mit dem er Karten spielte.«
»Die hol' ich mir«, sagte Brune und wollte aufstehen.
»Bleib sitzen, Langer«, sagte Petit. »Zwinker kommt nie vor drei ins ›Boo-Boo‹. Teddy und ich gehen dann.«
Brune wollte irgendwie protestieren, aber Pernell fiel ihm ins Wort.
»Petit hat recht«, sagte er. »Wir müssen wissen, wer der Algerier ist. Und du bringst uns den Zwinker womöglich um, bevor er redet.«
Es wäre lächerlich und blödes Gerede, fing Brune zu murren an. Und die würden alle noch leben, von denen er was erfahren wollte. Und hoffentlich sei der Tip von Freddy Linkshand auch in Ordnung. Brune mochte den Freddy nicht, das war bekannt im ganzen Viertel.
»Der Tip geht sicher in Ordnung«, sagte Pernell. »Petit und ich fahren um drei ins ›Boo-Boo‹ und reden ein Wörtchen mit Zwinker-Jo. Langer, du wartest im Büro. Wenn wir die Beretta haben, mußt sie du dem alten Bonin ins Händchen drücken. Auf dich hört er am ehesten.«
»Das mach' ich«, sagte Brune. »Mit Bonin komme ich klar.«
»Das ist dann die fünfte Beretta, die er untersucht, ohne daß der Kommissar was weiß«, grinste Petit. Dann standen alle drei auf.
»Macht's gut, ihr beiden«, murrte Brune. Er war immer noch nicht recht einverstanden, daß die beiden ohne ihn losgehen sollten . . .

Zwinker-Jo war jetzt gestrichene vierzehn Monate auf freiem Fuß, und es war gegen ihn auch nichts anhängig. Nicht das geringste. Er hatte die feste Absicht, sich nie mehr ins Kittchen zu setzen, denn schließlich war er über fünfzig, und in diesem Alter hat man keine Zeit mehr für Gefängnisse. Dementsprechend verhielt er sich auch. Einbrüche waren für ihn nichts mehr. Er machte sein Geld beim Kartenspielen und mit der alten, dicken Sandra, und ein bißchen handelte er mit Haschisch. Heroin rührte er nicht an, das war ihm zu riskant. Aber ab und zu ein paar hundert Gramm Shit zu verhökern, das ging gerade noch. Wer kümmerte sich schon um solche Kleinigkeiten? Zwinker-Jo war also sehr indigniert, als die beiden verrückten Greifer am hellichten Nachmittag im »Boo-Boo« erschienen, geradewegs auf ihn zukamen und ihn ins Hinterzimmer drängten. Freundlich waren die beiden gar nicht, und Jo sagte zweimal »Hallo – hallo, wo sind wir denn«, aber seine Proteste waren lahm, er wollte keinen Ärger. Im Hinterzimmer war man allein.

»Ihr seid wohl besoffen?« versuchte es Zwinker-Jo zuerst mit der Protest-Masche.

»Wir haben nicht viel Zeit, Zwinker«, sagte der eine der Bullen jetzt freundlich. Das war der ruhige, Zwinker kannte ihn von früher.

»Nicht viel Zeit, und du rückst jetzt sofort mit der Beretta heraus. Und singst sofort, von wem du das Ding hast.« Sehr ruhig sagte er das, aber Zwinker-Jo hatte ein schlechtes Gefühl dabei.

»Was für eine verdammte Beretta«, versuchte er es noch einmal. Der Freundliche trat ihm auf die Schuhspitzen.

»Achter hinten«, sagte er. Jetzt kam es wieder, was Zwinker nie mehr im Leben haben wollte. Der andere riß ihm die Hände nach hinten, daß die Ellenbogen knackten, und verpaßte ihm den Achter so fix, daß Jo aufs Zwinkern vergaß. Dabei drückte er das Eisen so fest zu, das war sicherlich gegen die Strafprozeßordnung.
»Au!« schrie Jo verzweifelt. »Du sperrst mir ja das Blut ab.«
»Du bist festgenommen«, sagte der Ruhige dann wieder sehr ruhig. »Wegen Verdachtes der Teilnahme an einem Mordversuch.«
»Ihr habt ja den Arsch offen«, stotterte Jo fassungslos. Dann machte der andere Bulle eine schnelle Armbewegung, und Jo duckte sich, weil er einen Schlag erwartete. Aber es kam keiner.
»Keine Nerven mehr, was, Jo?« hörte er den Ruhigen freundlich sagen.
»Was wollt ihr denn eigentlich?« keuchte er verzweifelt.
»Teilnahme an einem Mordversuch, das ist doch nichts für mich, das wißt ihr doch.«
»Setzen wir uns erst einmal«, sagte der Ruhige.
»Warum fahren wir nicht ab mit dem Schwein?« sagte der andere böse.
»Geben wir ihm eine Chance«, sagte der Ruhige wieder freundlich.
Zwinker-Jo zwinkerte. Eine Chance, das hörte sich gut an. Er spürte einen Sessel unter dem Hintern und ließ sich fallen. Der Achter schmerzte.
»Vielleicht will er sich mit uns arrangieren«, hörte er den Ruhigen wieder sagen. Die beiden saßen ihm jetzt gegenüber. Jeder auf einem Sessel, verkehrt, die Rükkenlehne vor der Brust und die Arme auf der Lehne.

»Also was ist, Zwinker«, sagte der Ruhige, »wollen wir uns vertragen?«
Zwinker-Jo hatte vierundzwanzig Vorstrafen und war insgesamt acht Jahre im Kittchen gesessen. Arrangiert mit den Bullen hatte er sich niemals und andere verachtet, die das taten. Aber was ihm die beiden jetzt vorschlugen, war wirklich bestechend. Das hieß, wenn er den beiden trauen konnte. Und wer kann schon zu einem Bullen Vertrauen haben! Zwinker-Jo überlegte. Seine Finger wurden dick, und er spürte das Blut in den Spitzen pochen.
Er sollte die Beretta herausgeben und sagen, woher er sie habe. Dann würde keine Zeile geschrieben, und alles wäre vergessen. Ansonsten gäbe es eine Hausdurchsuchung und dann Einlieferung in das Gefangenenhaus, gleichgültig ob die Waffe gefunden würde oder nicht. Sie würden sie nicht finden, das wußte er. Er hatte das Ding bei Sandra hinter der Klomuschel. Aber er dachte an die 200 Gramm Shit in seiner Bude, im Nachtkästchen.
»Meint ihr es echt?« fragte er und zwinkerte.
»Nimm ihm den Achter runter«, sagte der Ruhige. »In zwanzig Minuten bist du wieder da, Zwinker. Mit der Beretta. Wir trinken inzwischen ein Bier.«
Zwinker spürte, wie ihm das Eisen wieder abgenommen wurde, und er rieb sich die Handgelenke.
»In einer halben Stunde«, sagte er traurig . . .

Inspektor Roger Brune war jetzt fünfundvierzig und davon zwanzig Jahre bei der Kriminalpolizei. Vorher hatte er fünf Jahre lang bei der uniformierten Polizei Dienst gemacht, hatte an Straßenkreuzungen Verkehr geregelt oder als Torposten stramm salutiert, wenn irgendein hoher Scheich vorbeikam. Er jagte auf einem schweren Solokrad Schnellfahrer, strafte alkoholisierte Lenker und schrieb, was er gar nicht mochte, Strafzettel für Parksünder.

Als er die Dienstprüfung für Kriminalbeamte knapp bestanden hatte, war er sehr glücklich gewesen und büffelte dann auf dem Lehrgang neun Monate lang brav Gesetze, Dienstvorschriften und kriminalistische Fachbücher. Überall und immer, wo Brune mit gleichaltrigen Menschen beisammen war, konnte er schneller rennen, höher springen und weiter werfen als alle anderen. Das war schon so im Kindergarten, in den Schulklassen und auch in den Polizeiseminaren. Und immer gab es Lehrer, Sporttrainer oder Lehrgangsleiter, die dieses so begabte junge Talent für irgendwelche Sportarten spezialisieren wollten und ihm große Zukunft voraussagten. Aber Roger Brune war an all diesen Dingen gänzlich uninteressiert. Es fehlte ihm jeder Ehrgeiz, und daß er ohne Training besser war als die anderen, war für ihn eine Selbstverständlichkeit, seit er denken konnte.

Er war schon fünfundzwanzig und zum dritten Mal Meister im Polizeifünfkampf, als er bei einem 3000-Meter-Lauf nur knapp den Landesrekord verfehlte. Das war damals eine Sensation für alle Experten. Sportjournalisten und Leichtathletiktrainer waren ganz aus dem Häuschen, diskutierten eifrig und waren der einhelligen Ansicht, daß dieser lange Polizist unter Anleitung eines

Spezialisten auch noch Staatsmeister werden könnte. Aber Brune kam aus der Dusche, lachte nur über die allgemeine Euphorie und ging in die Kantine. Dort trank er ein Bier nach dem anderen, denn rennen macht durstig, rauchte Gitannes, so wie es seine Gewohnheit war. Brune war eben Brune. Ein Dickschädel war er, im Privatleben und auch im Dienst. Denn für ihn war die Arbeit eines Kriminalbeamten kein Beruf, sondern Berufung.

Zu dieser Zeit war er trotz all seiner Vorzüge irgendwie das Sorgenkind seines Chefinspektors. Das war damals noch der alte Trudeau, den alle im Haus Papa Trud nannten. Papa Trud hatte die größte Mühe, diesen jungen Jagdhund von Inspektor Brune einzubremsen, seine Leidenschaften halbwegs in vorschriftsmäßige oder gesetzliche Bahnen zu lenken und ihm beizubringen, daß auch Verbrecher menschenwürdig zu behandeln sind. Und daß man auch den miesesten Schurken im Sinne der modernen Gesetzgebung nicht würgen darf wie einen Truthahn. Niemand war für diese Aufgabe geeigneter als der alte Chefinspektor Trudeau, der für alles Verständnis hatte, den alle liebten wie einen Vater und respektierten. Und Papa Trud war es auch, der aus Brune letztlich einen Kriminalbeamten formte. Es gelang ihm, aus Roger Brune einen Menschen zu machen, der auch Geduld, Verständnis und Mitgefühl für andere Menschen aufzubringen in der Lage war. Der sein Temperament zügeln konnte und nicht gleich explodierte, wenn er von den Strolchen der Nation frech belogen wurde. Beinahe gelang es Papa Trud, aus Brune einen besonnenen Menschen zu machen. Leider nur beinahe.

Seit diesem 6. März 1981 aber fiel es Brune mit jeder Woche schwerer, geduldig etwas zu erwarten, wie Papa Trud immer gepredigt hatte. Er saß jetzt in seinem Büro und blickte alle zwei Minuten auf seine Uhr und ärgerte sich, daß er die beiden doch alleine ins »Boo-Boo« hatte gehen lassen.
Als das Telefon läutete und er Pernells Stimme hörte, war ihm sofort leichter.
»Komm in mein Büro«, hatte Pernell nur gesagt.
Die 9-mm-Beretta lag auf Pernells Schreibtisch.
»Bravo«, grinste Brune, als er das Ding sah.
»Jetzt bist du am Zug«, sagte Petit. »Bonin muß sich beeilen. Wir rennen sonst womöglich in eine falsche Richtung.«
Brune setzte sich.
»Erzählt schon«, sagte er.
Es gäbe nicht viel zu erzählen, erklärte Pernell. Zwinker-Jo habe die Hosen voll und hätte gesungen wie ein Zeisig. Die Beretta habe er vor drei Wochen bekommen, von einem Algerier namens Sidi, der eine Spielschuld nicht zahlen konnte. Dieser Sidi käme nur selten ins Viertel, so alle Monate ein- oder zweimal. Handelt wahrscheinlich mit Hasch. Mehr weiß man nicht. Und bevor man diesem Sidi jetzt nachrennt, müsse man erst wissen, ob die Beretta . . .
»Ich geh' schon zu Bonin«, sagte Brune. Er nahm die Pistole und stand auf. »Wir treffen uns um acht im Bistro.« Als er die Stiegen hinunterging, pfiff er sich eins.
Brune hatte die Tür zum Erkennungsamt noch nicht losgelassen, als Oberinspektor Bonin eine steile Falte an der Stirn kriegte.

»Schon wieder?« fragte er. Brune nickte und hatte das Gesicht eines Schuljungen, der beim Onanieren erwischt worden war.
»So geht das doch nicht weiter, Brune! Das mußt du doch einsehen.«
Oberinspektor Bonin schob die Brille auf die Stirn und wischte sich die Hände in seinen Labormantel, der irgendwann einmal weiß gewesen war.
»Sei nicht so, Alter«, sagte Brune leise, fast bittend.
»Das ist jetzt die fünfte Beretta, die du anschleppst. Ich kann doch die Untersuchung nicht machen ohne Akte, ohne Auftrag vom Kommissar, ich hab' doch hier keine Privatanstalt . . .«
»Denk an den Kleinen, Alter«, sagte Brune.
Oberinspektor Bonin seufzte.
»Na gib schon her«, sagte er bekümmert. »Der Kommissar reißt mir den Arsch auf, wenn er draufkommt.«
»Der kommt nicht drauf.« Brune gab ihm die Pistole, sie war in einem öligen Tuch eingewickelt.
»Wann kann ich . . .?« fragte er.
»Morgen früh«, erwiderte Bonin. »Ich mach' das noch heute abend nach Dienstschluß.«
Oberinspektor Bonin war Leiter des Referates ED-KTU, das heißt »Erkennungsdienst und kriminaltechnische Untersuchung«. Er war an die sechzig und galt als Klassemann in seinem Fach. Daß er im Falle Cousteau gewissermaßen privat für Brune und seine Freunde arbeitete, gefiel ihm gar nicht recht. Doch andererseits hatte er Verständnis für den Langen.
»Wo seid ihr denn heut' abend?« fragte er. Brune hob die Schultern.
»Gegen acht treffen wir Marianne im Bistro. Dann gehen

wir wieder die übliche Tour.« Bonin nickte. »Ihr solltet euch einmal gründlich ausschlafen«, sagte er noch.

Es war acht Uhr abends und das Bistro gesteckt voll. Sie saßen an einem Ecktisch zu viert, Marianne war eben vom Krankenhaus dazugekommen. Brune erzählte noch einmal sein Erlebnis mit Pierre von heute mittag, die Sache mit seiner Pistole. Er machte sich ehrlich Sorgen. So gehe das doch wirklich nicht weiter, meinte er. Und diese Ärzte wären doch Unmenschen. Man könne doch einen Mann nicht monatelang im unklaren lassen, ob amputiert werden müsse oder nicht. Marianne war da anderer Ansicht: Sie sei überzeugt, sagte sie, daß die Ärzte selber nicht wüßten, wie es weitergehen soll. Daß sie sich nicht einig wären. Und das glaube auch Pierre.
»Mein Schnauzer hat das Gefühl, der Chefarzt ist für eine Amputation und die Assistenten sind dagegen«, sagte sie böse.
»Solange das Bein dran ist«, meinte Pernell, »darf man die Hoffnung nicht aufgeben.« Das sagte er jetzt schon seit vielen Wochen jedesmal, wenn das Gespräch diesen Punkt erreicht hatte. Die anderen hörten es gar nicht mehr.
Es war zur Gewohnheit geworden, daß sie sich täglich um acht im Bistro trafen. Sie erzählten sich die Neuigkeiten, die sich alle um Pierre und seinen Zustand drehten, und verabredeten die Besuche im Krankenhaus für den nächsten Tag. Und was sonst noch gemacht werden konnte oder notwendig war. Marianne nahm jetzt eine Tablette aus ihrem Täschchen und schluckte das Ding.
»Das sollst du nicht tun«, sagte Pernell grantig.

Sie brauche ein paar Stunden Schlaf, meinte Marianne, und sie gehe auch heute früher heim.
Pernell beobachtete sie aufmerksam.
»Ihr solltet bald heiraten«, sagte er dann. »Das geht auch im Krankenhaus. Warum heiratet ihr nicht im Krankenhaus, das ist sicher möglich.«
»Vielleicht will sie gar nicht«, sagte Petit geschmacklos. Ein paar Sekunden war es ganz still am Tisch. »Ich werde meinen kleinen Schnauzer heiraten«, sagte Marianne, »ich werde ihn heiraten, und wenn ich ihn ein Leben lang im Rollstuhl herumfahren muß. Und wenn ich ihn ins Bett legen und auf die Klomuschel setzen muß!«
Marianne hatte jetzt rote Flecken am Hals, die hatte sie immer, wenn sie aufgeregt oder zornig war.
»Aber ich will, daß ihr den Kerl endlich kriegt, ihr Scheißer!« Sie war jetzt so laut, daß die Gäste vom Nebentisch rüberschauten. Petit starrte auf seine Schuhspitzen. Brune drückte sein Bierglas so fest, daß die Knöchel weiß wurden.
»Wir kriegen ihn schon«, sagte er heiser.
»Das höre ich jetzt seit vier Monaten.« Marianne sagte es leise, aber es klang wie die Anklage eines Staatsanwaltes. »Seit vier Monaten!«
Marianne Danton war noch vor vier Monaten ein molliges, ständig kicherndes Mädchen gewesen, mit Grübchen in den Wangen und lustigen Augen. Jetzt waren ihr alle Röcke zu weit, und aus den Grübchen waren steile Striche geworden.
Sie hatte sieben Kilo abgenommen, und das war bedenklich, das sagte auch der Hausarzt. Denn normalerweise hätte sie eher zunehmen müssen. Marianne Danton war im fünften Monat schwanger.

»Schon gut, Mädchen«, lenkte Petit ein. »War nicht bös gemeint.«
Das mit dem Heiraten im Krankenhaus hielt Brune plötzlich für eine großartige Idee. Das wäre sicher auch gut für Pierre, und er käme auf andere Gedanken, und er wäre nicht ständig so depressiv, und wenn er wieder mehr Lebensmut bekäme, dann . . .
»Meinst du wirklich?« fragte Marianne.
»Sicher meine ich das wirklich, und wenn Pierre wieder Auftrieb hat, das wäre auch günstig für den Heilungsprozeß, das sagen ja auch die Ärzte und . . .«
»Ich rede schon einmal mit ihm darüber«, sagte Marianne. Die drei nickten zufrieden. Brune trank sein Bier aus. Marianne wirkte jetzt sehr müde. Sie stand auf und verabschiedete sich. Sie müsse ja morgen wieder arbeiten, entschuldigte sie sich. Marianne war Verkäuferin in einem Super-Point-Geschäft, und morgen hatte sie die Frühschicht.
Die drei sahen ihr nach.
»Da ist noch ein Problem«, sagte Pernell nach einer Weile. Er wäre heute vormittag in der Zentralkanzlei gewesen, und die Amtsleiterin habe ihm was geflüstert. »Kommissar Frere hat sich das Verzeichnis über die Aktenrückstände kommen lassen. Ihr wißt ja, was das bedeutet.«
Der Kommissar könne seinetwegen in einer vollgeschissenen Latrine ersaufen, meinte Brune. Und er werde seine verdammten Akten schon noch erledigen.
»Der Fall Cousteau«, sagte er laut, »hat absoluten Vorrang.«
Pernell blieb ganz ruhig. Roger Brune möge nicht so blöd daherreden, nicht das Maul aufreißen wie ein Esel.

»Für die Behörde«, sagte Pernell, »und für den Kommissar ist der Fall Cousteau eben ein Fall wie jeder andere.«
»Ein Fall wie jeder andere«, höhnte Brune verbissen. »Wie jeder andere. Ich kann das nicht mehr hören.«
»Es nützt uns alles nichts«, sagte Pernell sachlich. »Der Kommissar kann auch nicht aus seiner Haut heraus. Ein paar Tage müssen wir jetzt zurückschalten und die alten Akten aufarbeiten. Wenigstens die Hälfte.«
»Einen Dreck werde ich aufarbeiten.« Das war wieder Brune.
»Sei nicht so stur, Langer«, sagte Petit. »Teddy hat recht. Auf ein paar Tage kommt's nicht an.«
»Kommt's nicht an!« Brune hatte wieder sein Mördergesicht. »Das nenn' ich Freundschaft! Das muß ich Marianne erzählen.«
»Spiel hier jetzt nicht den großen Idioten«, sagte Pernell scharf. Pernell war der einzige Mensch, von dem sich Brune was sagen ließ. Der einzige, seit Chefinspektor Trudeau nicht mehr lebte. Brune trank sein Bier aus und bestellte ein neues.
»Es wäre auch besser«, sagte Pernell immer noch scharf, »du würdest jetzt weniger saufen. Besser für alle.«
»Schon gut, Teddy«, sagte Brune.
Das Mädchen brachte ein neues Glas.
»Einer der Herren soll zum Telefon kommen«, sagte es.
Sie sahen einander überrascht an.
»Wer weiß denn, daß wir hier sind?« fragte Petit.
Pernell stand auf und ging zum Telefon.
»Bonin«, flüsterte Brune plötzlich aufgeregt. »Der alte Bonin. Ich habe ihm gesagt, daß wir heute hier Marianne treffen. Das kann nur Bonin sein.«

»Aber wieso ...?« Petit verstand nicht gleich. Dann wurden seine Augen ganz schmal.
»Du meinst, die Beretta von heut' nachmittag«, sagte er hastig.
»Das Eisen vom Zwinker-Jo? Kann denn Bonin so schnell ...?«
»Er hat gesagt, er macht's noch heut' abend«, keuchte Brune. Petit rieb sich die Stirne.
»Das ist die fünfte Beretta Neun-Millimeter«, sagte er versonnen. »Vier waren negativ. Er wird hier doch nicht anrufen, nur um uns zu sagen, daß auch die fünfte ...«
Pernell kam wieder zum Tisch und setzte sich.
»Es war Bonin«, sagte er ruhig. »Sie ist es! Nummer fünf ist die Tatwaffe. Einwandfrei.« Brune machte eine heftige Handbewegung; um ein Haar hätte er sein Bierglas umgeworfen.
»Du solltest wirklich weniger saufen, Langer«, sagte Pernell immer noch ruhig. Diesmal lächelte er.

Inspektor Teddy Pernell führte ein ausgeglichenes, zufriedenes Privatleben, er war glücklich verheiratet, und das schon seit zehn Jahren. Es gab niemals Streit im Hause Pernell. Drei Kinder waren da, zwei Mädchen und ein Bub, alle gesund und tüchtig in der Schule. Frau Pernell sah noch genauso aus wie vor zehn Jahren, fast genauso. Sie schneiderte sich ihre Kleider selber, schnitt den Kindern die Haare, um den teuren Friseur zu sparen, und verstand es, mit dem bescheidenen Gehalt eines Kriminalbeamten einen sauberen, ordentlichen Haushalt zu führen. So war es kein Wunder, wenn Pernell stets ausgeruht und guter Laune zum Dienst kam, frisch rasiert und ordentlich angezogen. In seiner Dienstbeurteilung schienen schon immer die Prädikate »verläßlich, ausgeglichen und ausdauernd« auf, und in zwanzig Dienstjahren gab es niemals auch nur den geringsten Anlaß einer disziplinären Ermahnung oder gar Bestrafung.
Den Namen »Teddy« hatte er noch aus einer Zeit, als er Tormann in der Kripo-Mannschaft war. Das kam von dem Teddybären, den er als Maskottchen immer in seinem Tor liegen hatte. Und den er abergläubisch küßte, wenn ihm was Gutes gelang, etwa, wenn er einen Elfmeter abwehrte. Patzte er einmal und kriegte ein blödes Tor, bekam der Teddy einen wütenden Tritt hinterher. Der Teddybär sollte ihm Glück bringen. Er hatte ihn von seiner damaligen Verlobten, und ihr war's gleich, ob er Tore bekam oder nicht. Nur verletzt sollte er nicht werden. Der kleine Bär hing jetzt an der Wand bei ihm zu Haus im Wohnzimmer. Seine damalige Verlobte war jetzt seine Frau.
Wann immer Teddy Pernell von seiner Arbeit heimkam,

auch wenn es mitten in der Nacht war, stand seine Frau auf, hing seine verrauchten Kleider auf den Balkon, brachte ihm den Pyjama und fragte, ob er noch was essen wolle. Meist plauderten sie dann noch eine Weile. So war es auch heute, und Teddy war lange nach Mitternacht gekommen.

»Wir haben jetzt die Tatwaffe gefunden«, war das erste, was er sagte, noch bevor er die Schuhe auszog. Die beiden redeten über alles, auch über dienstliche Dinge, und Maria Pernell wußte über alles Bescheid. Bekümmert blickte sie auf die Uhr und fragte, wann er morgen ins Büro müsse, und als er sagte »normal«, seufzte sie und stellte den Wecker auf sechs. Es gefiel ihr gar nicht, daß Teddy seit vier Monaten fast jede Nacht drüben im Quartier Latin seinen Privatkrieg mit den Ganoven führte, aber sie kannte ihren Mann und wußte, daß dagegen nichts zu machen war.

»Ihr solltet euch wieder einmal gründlich ausschlafen«, sagte sie. Teddy fragte nach seinen Kindern und hörte, daß alles in Ordnung sei.

»Jetzt kriegen wir ihn, Liebling«, sagte er dann unvermittelt. »Jetzt haben wir die Beretta, und wir werden den Kerl finden, der sie vor vier Monaten benützt hat. Und wenn es noch einmal vier Monate dauert.«

Maria Pernell strich ihm über die Haare.

»Aber ja«, sagte sie, »ihr kriegt ihn schon. Hoffentlich bald.«

Teddy war jetzt im Pyjama. Er war so müde, daß er kaum die Augen offenhalten konnte.

»Marianne gefällt mir nicht«, murmelte er. »Sie ist jetzt im fünften Monat, aber sie wird immer dünner.«

»Bring sie einmal her«, sagte Maria Pernell. »Bring sie

her, und ich rede mit ihr. Die beiden sollten heiraten, bevor das Kind kommt. Der Pfarrer geht ja auch ins Krankenhaus, in so einem Fall. Bring Marianne bald einmal mit.«

»Das freut mich, daß du das sagst«, grinste Teddy. »Das freut mich.«

Dann gingen sie zu Bett. In einer Minute war er eingeschlafen.

Roger Brunes Privatleben war ein einziger, ein großer Saustall. Und niemand wußte das besser als er selber.
Wann immer Roger Brune von seiner Arbeit heimkam, auch wenn es mitten in der Nacht war, wann immer er den Wohnungsschlüssel ins Schloß steckte und die Tür aufmachte, da waren alle Möglichkeiten offen: Seine Frau konnte friedlich im Bett liegen und »da bist du ja, Liebling«, murmeln. Sie konnte auch in der Küche sitzen, eine halbleere Flasche am Tisch, und ihm dann betrunken aus irgendwelchen Gründen eine Szene machen, für die sie jeder Nervenarzt sofort in eine Heilanstalt eingewiesen hätte. Oder sie konnte auch, und das war das Schlimmste, gar nicht daheim sein und erst irgendwann am nächsten Tag kommen, mit tiefen Schatten unter den Augen und eisig verschlossenen Lippen.
Claudile Brune war die sonderbarste Alkoholikerin, die ihm je begegnet war. Und die gefährlichste. Claudile Brune war wochenlang die beste Frau der Welt, oft waren es Monate, dann machte irgend etwas »Klick« unter ihren roten Stirnfransen, und die reißende Bestie war komplett. Das dauerte dann vier bis fünf Tage, meistens die Tage vor ihrer Menstruation.
Roger Brune lebte mit Claudile nun schon sieben Jahre und hatte alles versucht, um über die Runden zu kommen. Er hatte ihr zugeredet, gütlich wie ein Pfarrer, hatte geschrien mit ihr wie ein Kutscher, hatte sie gestreichelt und ihr Geschenke gemacht, weit über seine finanziellen Verhältnisse. Schließlich verdrosch er sie bis zum Rande einer schweren Körperverletzung, und dann weinte er, redete ihr wieder gütlich zu wie ein Pfarrer, und das ganze begann von vorne. Ein ständiger, aber ungemütlicher Kreislauf.

Claudile war eben Claudile. Sie war recht hübsch, dreißig Jahre alt und eine tüchtige Kraft in der Werbeabteilung von »Petit Blusson«, einer Firma für Damenwäsche. Einer sehr angesehenen Firma. Wenn sie ihre Tage hatte, war sie eben im Krankenstand. Ihr Chef hatte sich abgefunden damit.
Wer sich damit nicht abfinden konnte, war Roger Brune, ihr Mann seit sieben Jahren.

Es war ebenfalls lange nach Mitternacht, als Roger Brune heute heimkam. Claudile saß am Küchentisch, ein Glas vor der Nase. Aber es war nicht schlimm, viel schlimmer war es mit Brune, der seinen Rock auszog und in eine Ecke warf.
»Wir haben jetzt die Tatwaffe gefunden«, sagte er laut. »Gibt's noch ein Bier in diesem Haus?«
Es gab noch jede Menge Bier im Kühlschrank, und Claudile erklärte, daß ihr alle Tatwaffen der Welt scheißegal wären und sie davon nichts wissen wolle. Aber auch schon gar nichts.
»Weil du ein blöder Trampel bist«, eröffnete Brune die Feindseligkeiten. »Weil du kein Hirn hast und nicht verstehen kannst, daß wir den Kerl haben müssen.«
Er öffnete die Flasche und trank gleich daraus.
Welchen Kerl er meine, fragte Claudile gelangweilt.
Roger erklärte ihr wütend, daß es sich natürlich um den Fall Cousteau handle. Claudile meinte, daß sie diese Dinge jetzt schon seit vier Monaten hören müsse, und im übrigen, im übrigen wäre ihr das alles scheißegal, wie schon gesagt. Und im Fernsehen habe der Justizminister erst vor einer Stunde gesagt, man müsse mehr

Budgetmittel aufwenden für eine moderne Strafrechtspflege.

»Was sperrt ihr die Ganoven überhaupt noch ein?« sagte sie zynisch. »Der Justizminister will doch aus diesen Brüdern Engelchen machen. Resozialisieren, hat er gesagt, im Fernsehen. Dein Polizeipräsident war auch dabei.«

»Der Justizminister kann mich am Arsch lecken«, grölte Brune. »Und der Herr Polizeipräsident auch! Wir werden diese Sau finden, die auf Pierre geschossen hat. Und ich werde ihn hinrichten. Jawohl! Das wird keine Verhaftung, das wird eine Hinrichtung!«

Er war jetzt schrecklich betrunken.

»Schrei nicht so«, sagte Claudile.

»In einer Ecke muß ich ihn haben«, schrie Brune. »In einer finsteren Ecke! Dort schieße ich ihm eine Kugel zwischen die Augen. Zwischen die Augen! Aber vorher, vorher rede ich noch mit ihm. Er muß sich anscheißen. Jawohl! Anscheißen vor Angst, dieses Schwein!«

»Schrei doch nicht so«, sagte Claudile. Sie hatte ebenfalls getrunken, aber es war nicht so arg. »Schrei doch nicht so. Es ist nach Mitternacht. Du weckst ja das ganze Haus auf.«

Roger Brune stellte die Flasche weg, sie war leer. Er schlüpfte aus den Schuhen und zog die Hose aus, wankte ins Schlafzimmer und fiel ins Bett. Nach einer Minute war er eingeschlafen.

Es war am nächsten Morgen und kurz nach dem Frührapport.

Im Labor erklärte Oberinspektor Bonin, wieso aus gera-

de dieser Beretta Neunmillimeter der Schuß auf Pierre Cousteau abgefeuert worden war und aus keiner anderen. Die technischen Details interessierten Brune wenig, und auch Petit und Pernell blickten gelangweilt.
»Genügt uns schon, Alter«, sagte Pernell. »Wenn du das sagst, dann stimmt das auch.«
Und Petit meinte, das wäre jetzt ein großer Schritt weiter, und sie brauchten also nur dieses Schwein zu suchen, das am 6. März eben diese Beretta im Besitz hatte. Allgemein war man guter Laune, aber dann begannen die drei Inspektoren unvermittelt wieder zu streiten. Anlaß dazu war eine Äußerung Pernells, man solle jetzt eine kurze Verschnaufpause einlegen und darangehen, die Aktenrückstände aufzuarbeiten. Brune schrie auf wie ein wildes Tier und meinte, es wäre jetzt keine Zeit zu verlieren, und dieser Sidi, dieser Algerier, von dem Zwinker-Jo die Beretta bekommen hatte, der müsse vorerst einmal gefunden werden. Petit war seiner Ansicht, und es wurde geflucht und geschimpft, bis der alte Bonin endgültig die Nase voll hatte.
»Schnauze!« schrie er so laut, daß die drei erschrocken dreinblickten. »Ihr geht jetzt auf eure Zimmer und macht eure Arbeit.« Der Oberinspektor war ganz dienstlich, und das war bei ihm eine Seltenheit.
»So kann das nicht mehr weitergehen«, sagte er noch laut. »Geht jetzt auf eure Zimmer, ihr hört von mir.«
Die drei trollten sich, Entschuldigungen murmelnd.

Da war noch jemand, der überzeugt war, daß es so nicht weitergehen konnte.
Kommissar Dr. Frere hatte die Aktenrückstandslisten

aus der Zentralkanzlei vor sich auf dem Tisch liegen. Diese Listen hatten ihm nie Kopfzerbrechen bereitet, denn die Leute seiner Abteilung waren tüchtig, und wenn es schon einmal einige Aktenrückstände gab, dann lag das nicht an den Kriminalbeamten. Aber seit dem Fall Cousteau taten die Inspektoren Brune, Pernell und Petit wirklich nur das Allernotwendigste. Dabei waren die drei sicherlich mehr auf den Beinen als je zuvor. Dr. Frere war kein Trottel, er wußte doch, was los war in seiner Abteilung. Und er hatte ja auch gewisses Verständnis dafür, wenn die drei jetzt ihren Privatkrieg mit der Unterwelt führten. Aber mit einer geregelten Dienstführung war das nicht mehr länger zu vereinbaren. Der Kommissar massierte sein rechtes Ohr. Irgendwas mußte er da veranlassen, und zwar bald. Aber was?

Vielleicht war es damals doch ein Fehler gewesen, auf den Vorschlag von Inspektor Brune nicht näher einzugehen. Ein paar Tage, nachdem Inspektor Cousteau angeschossen worden war, hatte ihn Brune gebeten, eine Art Sondergruppe zu bilden und ausschließlich mit der Klärung des Falles zu beauftragen. Aber dazu hätte er die Erlaubnis des Präsidenten benötigt. Und der hätte wohl nicht zugestimmt, davon war der Kommissar überzeugt.

»Eine schwere Körperverletzung an einem Kriminalbeamten ist ein Fall wie jeder andere auch«, hätte der Präsident wahrscheinlich gesagt. »Kriminalbeamte haben doch keine Privilegien vor anderen Staatsbürgern, was würde die Presse dazu sagen!« Und wahrscheinlich hatte der Präsident da sogar recht.

Der Kommissar wunderte sich, als es plötzlich an der Tür klopfte und Oberinspektor Bonin eintrat.

»Ich habe Ihnen was zu sagen in diesem Falle Cousteau«, begann der Oberinspektor ohne Umschweife. Der Kommissar murmelte etwas, daß dieser Fall für ihn ein Sargnagel sei, und vergaß dabei ganz, dem älteren Herrn einen Platz anzubieten. So setzte der sich ohne Aufforderung, und jetzt murmelte der Kommissar eine Entschuldigung.
»Sie müssen die Leute verstehen, Kommissar«, sagte der alte Bonin. »Die meisten von ihnen sind über zwanzig Jahre bei der Kripo und mit Cousteau in derselben Gruppe. Es ist ihre fixe Idee geworden, den Kerl zu finden, der geschossen hat. Und sie werden ihn finden ...«
»Hoffentlich bald«, sagte der Kommissar.
»... Wenn Inspektor Brune und die anderen jetzt manchmal Dinge tun, die – na sagen wir –, die nicht gerade in der Dienstpragmatik stehen ...«
»Ich kann solche Dinge nicht verantworten«, sagte der Kommissar eisig.
»Das brauchen Sie ja auch nicht. Jeder verantwortet ja selber, was er tut. Sie müssen nur Vertrauen zu den Leuten haben und ...«
»Vertrauen ist gut«, sagte der Kommissar. »Kontrolle ist besser.«
Der alte Oberinspektor seufzte. Das wäre, meinte er, seines Wissens ein Zitat von Lenin. Oder von Mao Tsetung. Und kommunistische Zitate sollten nicht unbedingt die Leitmotive für eine kriminalpolizeiliche Abteilung sein. Aber er sehe schon, mit dem Kommissar wäre heute nichts zu machen. Er zündete sich eine Zigarette an. Das mit dem kommunistischen Zitat ärgerte den Kommissar. Er gebrauchte dieses Schlagwort oft, ohne je daran gedacht zu haben, daß es von Lenin stammen könnte. Oder gar von diesem Mao Tse-tung.

»Kontrolle muß sein«, sagte er bissig. »Ich bin Leiter der Abteilung. Und dafür verantwortlich, daß alles gesetzmäßig vor sich geht. Und im Sinne der Dienstvorschrift.«
Der alte Oberinspektor hatte jetzt schmale Augen.
»Wir haben die Tatwaffe«, sagte er grob. »Die Beretta Neunmillimeter. Seit gestern. Und ich werde Ihnen nicht sagen, woher wir sie haben.«
»Wir haben die Tatwaffe?« sagte der Kommissar überrascht.
Er hatte »wir« gesagt, dem Oberinspektor war das nicht entgangen, und er lächelte jetzt.
»Ich habe die Beretta gestern untersucht«, sagte er. »Kein Zweifel! Ich kann ein Gutachten abgeben, da fährt auch bei Gericht die Eisenbahn darüber.«
»Und wann sehe ich endlich einmal einen Bericht?« schrie der Kommissar. »Und wann wird endlich einmal ein Akt über das alles angelegt?«
»Bald«, sagte der alte Oberinspektor. »Sobald wir den Kerl haben. Vorher wird keine Zeile geschrieben.«
Dann stand er auf und dämpfte die Zigarette aus.
»Quod non est in actis, non est in mundo«, sagte er und ging zur Tür. »Was nicht in den Akten steht, existiert nicht.«
Bonin hatte acht Jahre Latein gehabt, im Gymnasium. Der Kommissar verstand sehr wohl. Auch, was der Alte damit meinte . . .

Brune blickte überrascht auf, als Bonin in seinem fleckigen Labormantel in sein Büro kam. Der alte Oberinspektor war normalerweise aus seiner Werkstätte nicht rauszubringen, höchstens in die Kantine.

»Gib deine unerledigten Akten her«, sagte Bonin. »Die teile ich unter den Kollegen auf. Wirst sehen, wie fix der Mist erledigt ist. Der Kommissar wird sich wundern.«
Brune sah, daß der Alte schon ein ganzes Bündel Akten unter dem Arm hatte.
»Ich hab' schon abgesammelt«, sagte Bonin. »Bei Petit und Pernell.«
»Machen die Kollegen denn das...?« Brune schaute verwirrt.
»Aber klar, Langer«, sagte Bonin. »Ich hab' mit ihnen geredet. Direkt blöd, daß niemand früher auf die Idee gekommen ist. Der Mist wird jetzt aufgeteilt, und nach Erledigung kriegt ihr das Zeug wieder. Ihr braucht dann nur mehr die Schlußberichte unterschreiben.«
»Ich will nicht, daß andere meine Arbeit machen«, protestierte Brune lahm.
»Red jetzt keinen Blödsinn«, sagte Bonin. »Her mit dem Zeug.«
Brune fischte eine dickte Aktenmappe aus der Schreibtischlade. »Wieso kommst gerade du...?« fragte er.
»Vergiß nicht«, sagte Bonin, »ich bin euer gewählter Personalvertreter.« Jetzt grinste er. »Und als Personalvertreter habe ich dafür zu sorgen, daß alles gerecht zugeht in diesem Verein.«
»Das hab' ich vergessen«, sagte Brune.
»Der Beschluß wurde übrigens einstimmig gefaßt«, sagte Bonin, jetzt ganz Gewerkschaftsfunktionär. »Keine Gegenstimme, nichts. Wir hatten vorhin eine außerordentliche Vollversammlung.«

Es sah tatsächlich so aus, als ob Zwinker-Jo der einzige Mensch in Paris war, der einen Algerier namens Sidi kannte.
Eine ganze lange Woche hatten sie jeden finsteren Winkel im Latin-Viertel durchstöbert, in jeder Kneipe nach Sidi, dem Algerier, gefragt. Jede Hure, jeder Zuhälter und jeder Junkey im Viertel wußten, daß die Kripo hinter diesem Sidi her war. Und noch niemals waren in diesem Viertel so oft die Schultern gezuckt worden:
»Sidi? Ein Algerier? Unbekannt! Ehrlich, Inspektor, der kann nicht von hier sein. Ich kenne fast alle in der Branche, aber einen Sidi . . .«
Und wieder wurden die Schultern hochgezogen.

Jetzt war die Woche um, und sie saßen alle in der Polizeikantine und wußten nicht, wie es weitergehen sollte. Der alte Bonin hatte sich das deprimierende Ergebnis der Suche nach Sidi angehört und nichts gesagt. Petit stritt lautstark mit ein paar Kollegen von der Fahndungsgruppe, die meinten, man müsse die Nachfragerei nach dem Algerier Sidi eben noch einmal von vorne beginnen. Brune starrte in sein Bier, und Pernell kam gerade zur Tür herein, weiß der Teufel, wo er so lange war. Das war der Moment, als der alte Bonin einen Schuh auszog und damit auf die Tischplatte schlug, daß die Gläser schepperten.
»Ruhe jetzt«, schrie der Alte, »ich habe euch was zu sagen!« Und es wurde still in der Kantine, Pernell setzte sich neben Bonin.
»Was wohl hätte Papa Trud in dieser Situation gesagt?« begann Oberinspektor Bonin sachlich. Bei der Erwäh-

nung des verstorbenen Chefinspektors Trudeau hörten auch die jüngsten Kriminalbeamten auf zu plaudern, und man hätte jetzt die berühmte Stecknadel fallen hören.
»Er hätte gesagt«, setzte Bonin fort, »er hätte gesagt: ›Was wir nicht erlaufen können, das müssen wir ersitzen.‹ Und Papa Trud hatte immer recht. Deshalb müssen wir aufhören, im Viertel von einer Kneipe zur anderen, von einem Strolch zum anderen zu rennen und nach Sidi dem Algerier zu fragen. Womöglich vertreiben wir ihn noch damit. Wir müssen in Ruhe abwarten können, bis er wieder einmal auftaucht.«
Die älteren Kriminalbeamten nickten. Alle, bis auf Brune. Warten war nicht seine Stärke, das paßte nicht zu ihm. Er trank sein Bier aus.
»Was wir von diesem Sidi wissen, ist nicht viel«, sagte Bonin. »Tatsache ist, daß er nicht aus unserem Distrikt stammt. Er kann von einem anderen Stadtviertel kommen, aber auch von Marseille oder Toulouse. Wir wissen, daß er mit Haschisch handelt. Und wir wissen von Zwinker-Jo, daß er mit seiner Ware immer ins Jetaime gekommen ist. Ich schlage daher vor«, Bonin sprach jetzt laut und eindringlich, »ich schlage vor, wir stoppen unsere Streifen und überwachen diese Bude rund um die Uhr, vorerst einmal drei bis vier Wochen lang.«
Zustimmendes Gemurmel war zu hören.
Einer von der Fahndungsgruppe meinte, daß man von Sidi kein Foto und nur eine lausige Personsbeschreibung habe.
»Sollen wir jetzt jeden Halbaffen kontrollieren, der ins Jetaime kommt?« fragte er.
»Zwinker-Jo ist der einzige, der Sidi kennt«, sagte Bonin. »Zwinker sitzt fast jeden Tag im Jetaime und spielt

Karten. Er soll ein Zeichen geben, wenn Sidi reinkommt.«
»Soll er zwinkern?« rief einer von den Jungen, und alle lachten.
»Er soll husten«, lachte auch Bonin. »Pernell«, sagte er gleich darauf ernst, »Pernell, du machst die Zeiteinteilung. Rund um die Uhr, jede Minute, wenn die Kneipe offen hat.«
»Ich will die letzte Tour vor der Sperrstunde«, sagte Brune düster. »Jeden Tag die letzte Tour!« Es war klar, in den Nachtstunden war die Wahrscheinlichkeit am größten, daß Zwinker-Jo doch einmal hustete . . .

Seit vier Tagen sah Inspektor Roger Brune diesem Barmädchen bei der Arbeit zu, täglich von dreiundzwanzig Uhr bis zwei Uhr früh. Diese drei Stunden stand er an der Theke, mit dem Rücken zur Eingangstür, eine Flasche Bier vor der Nase. Um zwei Uhr war Sperrstunde, meistens wurde es später. Brune wußte seit vier Tagen, wo die Cognac- und die Whiskyflaschen standen, er wußte, wo die Gläser gewaschen wurden und die Aschenbecher. Und wo das Mädchen bonierte. Er kannte jedes Bierglas und jede Kaffeeschale, die das Mädchen rechts von ihm immer wieder in einer grauen Wasserbrühe wusch und dann trocknete, und er kannte den Platz, wo die feuchten Geschirrtücher aufgehängt wurden. Auch den Namen des Barmädchens kannte er. Sie hieß Inge. Und er hätte ihren Popo auf den Zentimeter genau zeichnen können, weil sie sich hinter der Bar hundertmal bücken mußte um Flaschen, Gläser und Zigaretten. Und weil er nicht wußte, wo er sonst hätte hinschauen sollen.

Roger Brune bemerkte, wie die Bewegungen dieses Mädchens müder wurden, wenn es der Sperrstunde zuging. Schließlich war sie seit siebzehn Uhr im Geschäft.

»Inge«, sagte er, »noch ein Bier, wenn das Geschäft nachläßt.« Sie nickte ihm zu. Müde sah sie aus.

Alle sehen müde aus in dieser elenden Kneipe, mußte Brune denken. Das Barmädchen Inge, die Kartenspieler rechts an dem Tisch mit Zwinker-Jo und die Huren. Auch Petit, der an einem kleinen Tisch saß und mit einer dicken Hure plauderte.

»Gesundheit«, sagte Inge müde und stellte ihm eine neue Flasche hin. Es war seine siebente.

Die Eingangstüre war direkt hinter Brune, und wenn sie

aufgemacht wurde, kam frische Luft herein, die Roger Brune an seinem Rücken spürte. Warme Luft, denn diese letzten Julitage in Paris waren ausnehmend heiß, und auch des Nachts war es schwer feststellbar, ob die Temperaturen innerhalb oder außerhalb dieser Kneipe höher waren. Die Kneipe hieß »Jetaime« und war keine vierhundert Meter vom »Boo-Boo« entfernt. Sie war eher noch mieser als das »Boo-Boo«.

Es war also seine siebente Flasche, und seine Augen waren trübe und halb geschlossen, und eher machte er den Eindruck eines verschlafenen Trunkenboldes als eines Kriminalbeamten, der einem Schwerverbrecher auflauert. Nur wenn die Eingangstüre hinter ihm aufging, flickerte es in diesen müden Augen, und er sah gegenüber in den Wandspiegel und taxierte den eintretenden Gast. Dann sah er hinüber zu Zwinker-Jo und horchte, ob dieser husten würde. Aber Zwinker-Jo spielte weiter Karten und warf nur einen Blick auf jeden Eintretenden und hustete nicht.

Es war gegen ein Uhr und Brunes siebente Flasche noch fast voll, als er wieder die Türe hörte, und der frische Luftzug streichelte seinen schweißnassen Rücken. Im Spiegel sah er eine dunkle Figur mit schulterlangem Haar, die an ihm vorbeiging und sich umsah. Zwinker-Jo mischte gerade die Karten und kriegte einen Hustenanfall.

Fast bedächtig stellte Roger Brune sein Glas auf die Theke, und in der nächsten Sekunde stand er dicht hinter dieser Figur. Seine linke Hand glitt in diesen Wuschelkopf, krallte sich zusammen und drehte sich ein wenig. In seiner rechten hatte er die Pistole und preßte den Lauf in das Genick dieses Mannes. Ein leiser Schmerzlaut war zu hören.

»Kripo«, flüsterte Brune, »rühr dich, und ich ziehe durch. Und dein Gehirn pickt an der Decke.«
Die fette Hure zuckte erschrocken, als Petit mitten im Reden aufsprang und auf diesen dunkelhäutigen Mann zutrat. Petit verpaßte ihm den Achter vorne und sagte ruhig: »Na endlich.« Er preßte die Handfessel fest durch. »Du kannst ihn jetzt loslassen, Langer«, sagte er.
Roger Brune ließ nicht los. Er drückte seine linke Hand nach unten und zog so den Gefesselten zum Ausgang. »Das Bier bezahle ich morgen«, sagte er zu dem Barmädchen Inge, und diese schaute erschrocken und nickte nur.
Sie hatten ihr Fahrzeug um die Ecke geparkt, zirka 20 Meter waren zu gehen. Auf halbem Wege stoppte Brune eine Sekunde, schlug mit seinem rechten Fuß gegen die Schienbeine dieses Algeriers, so daß dieser auf die Knie fiel. Den Rest des Weges schleifte ihn Brune an den Haaren, und jetzt schrie der Mann wie verrückt.
Inspektor Petit setzte sich ans Lenkrad. Brune schob den gefesselten Algerier auf den Hintersitz und achtete sorgfältig darauf, daß er sich dabei auch ordentlich den Schädel an der Wagentür anschlug.
»Keine Vorhalte während der Eskorte«, sagte Petit, aber das war wirklich überflüssig. Brune hatte den Schädel des Algeriers mit einem Ruck auf die Sitzbank gezerrt und sich dann mit vollem Gewicht daraufgesetzt. Ein Gespräch war sohin gegenstandslos.
Keine Vorhalte während der Eskorte. Das hatte der alte Chefinspektor Trudeau immer gepredigt. Petit fuhr flott durch die menschenleeren Gassen, geredet wurde nichts. Nach 10 Minuten war man im Hof des Kommissariates.

Sidi Bussaid, französischer Staatsbürger, 28 Jahre alt, ohne Beruf, kein fester Wohnsitz, war wirklich nicht zum erstenmal von der Polizei festgenommen worden. Er wußte daher, daß er jetzt nach den Vorschriften einem Journalbeamten vorgeführt werden mußte. Das Journalzimmer ist in allen Kommissariaten der Welt naturgemäß im Erdgeschoß. Als ihn diese zwei Scheiß-Bullen jetzt in einen Aufzug stießen, protestierte er.
»Ich verlange die Vorführung zum Journalbeamten«, schrie er zweimal. Die beiden sagten nichts und grinsten nur.
»Ich kenne meine Rechte«, sagte Sidi Bussaid drohend im Aufzug.
»Jetzt kennst du auch meine Linke«, sagte der längere von den beiden Bullen und verpaßte ihm einen kurzen linken Haken in die Magengegend. Sidi ging in die Knie.

Man war im 5. Stock, im Büro des Inspektors Petit. Brune schob den Algerier gegen eine Wand und begann, seine Taschen auszuräumen. Was er fand, warf er auf einen Schreibtisch: ein Feuerzeug, Zigaretten, einen Personalausweis, ein Taschentuch. Eine Metallklammer mit Geldscheinen, ca. 1000 Franc. Einen Schlagring, ein Springmesser, eine Packung Präservative, ein paar Münzen, das war alles. Brune nahm ihm die Handfessel ab und zündete sich eine Zigarette an.
»Wenn ich jetzt nicht dem Journalbeamten vorgeführt werde, springe ich aus dem Fenster«, sagte der Algerier Sidi Bussaid verzweifelt. Petit ging zum Fenster und öffnete es.

»Spring«, sagte er kalt. »Niemand hindert dich.«
Sidi sprang nicht. Er setzte sich auf einen Sessel und fluchte auf arabisch. Brune blätterte in dem Personalausweis und telefonierte dann mit der Datenstation.
»Alle Vormerkungen über Sidi Bussaid«, sagte er ins Telefon, ohne die Zigarette aus dem Mund zu nehmen. Dann buchstabierte er den Namen und gab die Geburtsdaten durch. »Schick mir den Auszug auf Zimmer 509«, sagte er noch und legte auf.
»Zieh dich jetzt aus«, sagte Petit zu dem Algerier.
»Was?!« schrie Sidi bockig.
»Hörst du schlecht?!« brüllte Brune, und in der nächsten Sekunde war Sidi aufgestanden und begann sich auszuziehen. Er warf die Kleidungsstücke zornig auf den Fußboden. Bei der Unterwäsche zögerte er noch einen Augenblick, aber dann stand er völlig nackt im Zimmer.
»Umdrehen, Beine breit«, befahl Petit.
Das war es, was Sidi Bussaid die ganze Zeit befürchtet hatte. »Also gut«, seufzte er resigniert. Dann griff er sich an den Arsch und zog einen gefüllten Schutzgummi aus dem After, legte das Ding auf den Schreibtisch. Er sah, wie die beiden grinsten, und brach in Tränen aus. Er wußte, es waren genau 25 Gramm Heroin in dem verdammten Präservativ, und das bedeutete bei seinen Vorstrafen mindestens 5 Jahre Gefängnis.
»Welches Schwein hat mich verpfiffen?« fragte er jämmerlich.
»Zieh dich an«, sagte Inspektor Petit.
Wieder angezogen, durfte sich Sidi setzen und sogar eine Zigarette rauchen.
»Reden wir wie erwachsene Menschen«, begann Petit

das Verhör. Er deutete mit dem Kopf zum Schreibtisch, auf dem der Schutzgummi mit dem weißen Pulver lag.
»Wieviel ist es denn?«
»25 Gramm unvermischt«, sagte Sidi tonlos.
»Was das bedeutet, weißt du ja«, meinte Petit fast freundschaftlich. Sidi wußte es und bekam wieder nasse Augen.
»Also«, sagte Petit gemütlich und lehnte sich zurück. »Jetzt sag mir eines: Warum hast du denn damals gleich geschossen? Damals, am 6. März. War doch gar kein Grund dazu. Man schießt doch nicht wegen eines gestohlenen Mopeds. Jetzt sag mir, warum du geschossen hast.«
»Geschossen?!« sagte Sidi Bussaid erschrocken und klapperte mit den Augendeckeln.
»Mach jetzt hier keinen Scheiß!« Die Stimme Petits klang scharf. »Du wirst uns jetzt alles sagen. Alles, verstehst du?!«
»Einen Dreck werde ich«, sagte Sidi Bussaid.
Das nächste, woran er sich erinnern konnte, waren Blitze und Funken in seinem Gehirn. Sein linkes Auge schmerzte tobend und pochte, als habe ihn ein Pferd dorthin getreten. Er lag am Fußboden. Der lange Bulle mußte ihm eine verpaßt haben wie mit einem Eisenhammer. Trotzdem war sein Schreck größer als sein Schmerz: Die beiden waren gar nicht hinter dem Heroin her! Die verdächtigten ihn einer ganz anderen Sache. Einer Sache, von der er gar nichts wußte. Alles drehte sich um ihn, immer schneller. Geschossen sollte er haben? Immer schneller drehte sich alles, dann fiel er in ein tiefes schwarzes Loch.

Petit zündete sich eine Zigarette an.
»Hoffentlich wacht er wieder auf«, sagte er.
»In einer Viertelstunde steht er wieder«, sagte Brune oberflächlich. Es klopfte an der Tür, und der Nachtdienst von der Datenstation kam herein, mit dem Auszug vom Computer. Er sah nur kurz auf den am Boden Liegenden und gab Brune die Papierrolle.
»Sieben Vorstrafen«, sagte er. »Drei wegen Zuhälterei und vier wegen Suchtgifthandels. Ist er das?«
»Ja«, sagte Brune. »Es ist ihm schlecht geworden.«
Der Nachtdienstbeamte nickte und ging wieder.
»Schön sieht er nicht aus«, sagte Petit und deutete auf Sidi. Man konnte jetzt zusehen, wie das Auge anschwoll und sich verfärbte.
»Der Polizeiarzt wird uns eine Menge Fragen stellen.«
Brune nickte. Er nahm Sidis Springmesser vom Tisch und ließ die Klinge herausschnappen.
»Damit hat er mich tätlich angegriffen«, sagte er. »Schau einmal her«, er schnitt mit der scharfen Klinge seinen linken Rockärmel auf.
»Ich mußte den Angriff abwehren. Er soll froh sein, daß ich nicht geschossen habe.« Dann spannte er ein Haftformular in die Schreibmaschine und begann zu tippen.
»Betrifft: Bussaid Sidi, Handel mit Heroin und Widerstand gegen die Staatsgewalt«, murmelte er halblaut.
»Besitz von verbotenen Waffen«, ergänzte Petit und legte Sidis Schlagring zu dem Springmesser.
Brune tippte immer noch auf der Maschine, als Sidi Bussaid mühsam aufkroch und sich auf den Sessel setzte.
»Zeit und Datum der Einlieferung in den Polizeiarrest«, diktierte Petit, »14. Juli 1981, 02.30 Uhr.« Dann zog

Brune das Formular aus der Schreibmaschine und drückte einen großen Stempel auf das Papier. »Haft«, konnte Sidi deutlich lesen, sogar mit einem Auge.

»Morgen vormittag«, sagte Inspektor Petit, »morgen vormittag wirst du uns dann alles erzählen. Warum du damals gerannt bist, warum du geschossen hast, alles.«

»Da wette ich mein Monatsgehalt gegen einen Hosenknopf«, ergänzte Brune grimmig. Dann führten sie den leicht wankenden Sidi zuerst zum Journaldienst und dann in das Gefangenenhaus. Geredet wurde nicht mehr viel.

Im Hof des Kommissariates überlegten Brune und Petit, ob sie noch auf ein Bier gehen und Pernell anrufen sollten. Sie kamen überein, daß es für heute zu spät war. Als sie sich verabschiedeten, waren sie guter Dinge.

Sie wären sehr niedergeschlagen gewesen, hätten sie die Ereignisse des nächsten Morgens ahnen können. Denn Roger Brune hatte sein Monatsgehalt glatt gegen einen Hosenknopf verloren.

Der 15. Juli 1981 war ein Mittwoch, und der Tag begann für den Patienten Pierre Cousteau wie jeder andere auch: mit Fiebermessen, Tablettenschlucken, Gesichtwaschen und Nachthemdwechsel. Pierre wartete, bis die Schwester draußen war, und startete dann seinen allmorgendlichen Wettkampf mit der Uhr. Das bedeutete, ohne fremde Hilfe aufzustehen, sich bis zur Zimmerecke schleppen und in das Waschbecken zu pissen, dann wieder zurück ins Bett. Er stoppte die Zeit, und erstmals schaffte er es heute klar unter vier Minuten. Pierre beschloß, dieses als gutes Omen zu betrachten.

Um sieben Uhr kam das Frühstück. Er kaute verbissen an dem Käsetoast, bis nichts mehr da war, und spülte dann mit Tee nach. Appetit hatte er überhaupt keinen. Einen starken schwarzen Kaffee hätte er gerne gehabt, aber den gab es hier nicht.

Die Morgenvisite verlief wie jeden Tag. Das Mittagessen auch. Pierre wartete auf die Besuchszeit und hatte sich damit abgefunden, daß der Tag vergehen würde wie alle die anderen seit mehr als vier Monaten. Aber gegen 14 Uhr kam der Assistenzarzt herein mit einem Pack Röntgenaufnahmen unter dem Arm und einem Gesicht wie der Weihnachtsmann. Er setzte sich ans Bett und lächelte.

»Das Bein bleibt dran«, sagte er.

Alles, was der Assistenzarzt dann so schilderte, dabei die Röntgenbilder gegen das Fenster hielt und fachmännische Bemerkungen von sich gab, alle seine Erläuterungen und Kommentare hörte Pierre Cousteau nur wie von weit entfernt, nur undeutlich und in Bruchstücken.

»Das Bein bleibt dran«, hämmerte es in seinem Gehirn, und alles andere war so unwichtig, so nebensächlich.

Mehr als vier Monate hatte er hier gelegen, hatte täglich geflucht und nachts gebetet und geweint. Hatte gehofft und war verzweifelt. Und jetzt kam dieser Kerl mit den Röntgenbildern und sagte schlicht: Das Bein bleibt dran. Und redete und redete, und Pierre hörte doch nur immer wieder diesen einen Satz.

Als der Assistenzarzt ging, sagte Pierre »danke Doktor«, aber das hörte der gar nicht mehr, er war schon draußen. Es war jetzt 15 Uhr, und die Besuchszeit hatte begonnen. Pierre erwartete Marianne. Jetzt, da er wußte, wieder ein normales Leben führen zu können, jetzt war alles anders. Er würde sie heute fragen, was eigentlich mit dem Heiraten sei, schließlich war sie im 5. Monat. Und sie hatte nie was von Abtreibung gesagt, kein einziges Wort. Also wollte sie sein Kind. Deshalb würde er heute vom Heiraten reden. Er hätte sich das niemals getraut, wäre nicht dieser Assistenzarzt da gewesen, in seinem weißen Kittel, mit den Röntgenbildern und der Diagnose: Das Bein bleibt dran. Niemals hätte er sich das getraut. Wie konnte er Marianne zumuten, mit einem Krüppel zu leben. Aber jetzt, jetzt war die Welt wieder in Ordnung. Pierre streckte seinen Oberkörper und überlegte, ob er eine Flasche Wein aufmachen sollte. Die Schwestern hatten das nicht gerne. Dann hörte er Mariannes Schritte auf dem Korridor, das Klappern ihrer Stöckelschuhe. Es war ein gutes Geräusch.

Marianne Danton war an diesem 15. Juli bei den Pernells gewesen. Sie war dort zum Mittagessen eingeladen, und obwohl sie zur Mittagszeit fast nie etwas aß – oder gerade deshalb –, hatte Teddy Pernell auf ihren Besuch bestan-

den. Dabei war er selber gar nicht daheim, nur seine Frau und seine Kinder hatten Marianne herzlich begrüßt. Teddy kam ja mittags nie heim, es hätte sich nicht gelohnt. Marianne kannte Teddys Frau, aber eher flüchtig. Man war ein paarmal in Gesellschaft abends zusammengesessen, wenn irgend etwas zu feiern war, ein Geburtstag oder eine Beförderung oder so was.
Nachdem die Kinder gegangen waren – sie mußten wieder zur Schule –, tranken die beiden Frauen Kaffee. Einen ganz leichten, wegen Mariannes Schwangerschaft. Und Marianne war fast erschrocken, als sie Frau Pernell plötzlich sagen hörte:
»Du solltest ihm jetzt einen Heiratsantrag machen, Mädchen. Du solltest Pierre jetzt fragen, ob er dich heiraten will. Jetzt! Nicht später.«
In ihrer ersten Reaktion war Marianne nahe daran, aufzustehen und zu fragen, was das den Pernells angehe. Aber dann sah sie in dieses gütige Gesicht, in diese mitfühlenden Augen und verstand.
»*Er* sollte doch eigentlich *mich* fragen«, sagte sie. »Er hat noch nie ein Wort vom Heiraten gesagt, seitdem er im Krankenhaus ist. Vorher auch nicht.«
»Er fürchtet sich«, sagte die Pernell.
Marianne riß die Augen auf.
»Fürchtet sich? Wovor?«
Madame Pernell erklärte es in der ihr eigenen, unkomplizierten Art: Man müsse doch einen Mann verstehen, der nicht weiß, ob ihm ein Bein abgenommen werden muß oder nicht. Der damit rechnen muß, den Rest seines Lebens als Krüppel zu verbringen.
»Er hat einfach Angst, daß du ihn jetzt nur aus Mitleid nehmen könntest«, sagte sie. »Und er meint, daß er dir

nicht zumuten kann, mit einem Invaliden zu leben. Versteh das doch.«
Auf diese Idee wäre sie im Leben nicht gekommen, sagte Marianne nachdenklich. Und ob Frau Pernell da auch wirklich . . .
»Ich bin ganz sicher«, hatte Madame Pernell gesagt.
Marianne Danton hatte es dann ziemlich eilig gehabt, ins Krankenhaus zu kommen. Sie hatten sich umarmt beim Abschied, und Marianne war voll des Gefühles, hier eine Freundin zu haben. Einen Menschen, der es gut mit ihr meinte.
An all diese Dinge mußte sie jetzt denken, als sie hastig den langen Gang in der Chirurgischen Abteilung hinunterging, zu Zimmer 355. Die Pernell hatte recht. Heute würde sie ihren Pierre fragen, was eigentlich mit dem Heiraten sei. Ihr Herz klopfte, und unnatürlich laut hallend hörte sie das Geräusch ihrer Schritte auf dem leeren Korridor.

Marianne räumte ihre Tasche aus und legte das Zeug auf das Nachtkästchen; Zeitungen, Zigaretten, eine Tafel Schokolade. Sie küßte ihn auf Stirne und Mund, und Pierre roch leichten Zigarettenduft.
»Ich habe eine Neuigkeit für dich«, sagte Marianne leichthin.
»Für dich gibt es auch was Neues«, sagte Pierre streng. »Du wirst ab sofort das Rauchen einstellen. Und flache Schuhe wirst du dir kaufen, nicht mehr mit diesen hohen Stöckeln herumrennen. Du bist jetzt im fünften Monat und mußt an das Kind denken. Und an deine Gesundheit.«
Marianne lachte.

»Rauchen wird aufgehört«, sagte sie. »Aber für Gesundheitsschuhe ist es doch noch viel zu früh.«
Pierre streichelte ihre Rippen.
»Und essen wirst du ab jetzt auch für zwei, verdammt«, sagte er. Sie war wirklich mager geworden, das beunruhigte ihn.
Marianne stand auf und stützte ihre Arme in die Hüften:
»Dich interessiert wohl gar nicht, was ich dir zu sagen habe, he?«
»Ich platze vor Neugierde«, grinste Pierre.
». . . Du wirst mich nächste Woche heiraten, Herr Cousteau!« schrie Marianne. »Verstehst du mich?! Ist das klar?!«

Was für ein herrlicher Tag war dieser 15. Juli für den Kriminalinspektor Pierre Cousteau. Sein Bein würde er behalten! Marianne wollte ihn heiraten! Obwohl sie noch gar nicht wußte, daß sie einen Mann mit zwei Beinen kriegen sollte. Was für ein wunderschöner Tag.

»Arschklar«, sagte Pierre. »Nächste Woche wird geheiratet.«

Es ist ein weitverbreiteter Irrtum der höchsten Polizeifunktionäre, daß die wirklich wichtigen Probleme auf kriminalpolizeilichem Gebiete in Seminaren und Konferenzen, bei Dienstbesprechungen oder mit Dienstbefehlen gelöst werden. Die wesentlichen Angelegenheiten der kriminalpolizeilichen Praxis werden allemal noch in der Kantine entschieden. Dort, wo die Kriminalbeamten aller Sparten bei Kaffee oder Bier beisammen sitzen, Erfahrungen austauschen, über die täglichen dienstlichen Ereignisse reden oder über Vorgesetzte schimpfen.

Die Kantine des Polizeipräsidiums in Paris war ein Riesending, ein stattlicher Betrieb mit einer Küche von der Kapazität eines Großhotels. Nicht nur zirka 300 Polizeiangehörige nahmen dort ihr Mittagessen ein, es mußten ja auch die Häftlinge des Gefangenenhauses versorgt werden. Diese bekamen dieselbe Verpflegung wie die Polizeibediensteten und nörgelten daher genauso über den Kantinenfraß, was aber nicht ganz gerecht war. Denn zum Unterschied zu den Polizeiangehörigen mußten die Häftlinge für die Mahlzeiten ja nichts bezahlen.

Petit und Brune hatten an jenem Mittwoch, dem 15. Juli, eigentlich dienstfrei, am Donnerstag erst waren sie im Hauptdienst. Sie gingen aber trotzdem zur Dienststelle, wie die vergangenen vier Monate an freien Tagen auch. Im Hof trafen sie sich, als wären sie dort verabredet gewesen, und gingen dann geradewegs in die Kantine. Pernell hatte heute Hauptdienst, und die beiden waren sicher, daß Pernell den Häftling Sidi Bussaid bereits übernommen hatte. Es war so gegen 10 Uhr. Als sie in die Ecke gingen, zu den drei Tischen, die normalerweise für Kriminalbeamte reserviert waren, sahen sie sofort, daß irgend etwas nicht in Ordnung war. Pernell saß da, und der hätte doch eigentlich den Sidi schon lange verhören müssen. Mehr als ein Dutzend Kollegen saßen herum, das war viel für diese Uhrzeit. Und sie blickten alle finster und redeten kaum. Irgend etwas war passiert. Das Ungewöhnlichste aber: Kommissar Dr. Frere saß mitten unter den Kollegen und hatte ein Glas Pernod vor sich stehen. Das war wirklich außergewöhnlich. Sowohl seine Anwesenheit in der Kantine um diese Zeit als auch der Pernod. Die beiden setzten sich.

»Was ist?« fragte Brune und sah Pernell in die Augen.

»Sidi Bussaid hat sich in der Zelle erhängt«, sagte Pernell. »So gegen 5 Uhr früh. Er hat sein Hemd in Streifen gerissen und sich aufgeknüpft.«

»Scheiße«, sagte Petit.

»Das kann man wohl sagen«, hörte man den Kommissar Dr. Frere. »Ich mußte Obduktion beantragen, der Mann hatte eine Menge äußerer Verletzungen.« Es war ein leiser, drohender Unterton in der Stimme des Kommissars.

»Er hat mich mit dem Messer attackiert«, sagte Brune. »Steht alles in meinem Bericht.«

Es war jetzt ganz ruhig am Tisch, und man hörte den Kommissar seufzen.

»Der Präsident verlangt eine genaue Untersuchung«, sagte er. »Die Presse ist wie verrückt dahinter. Ich hoffe, es gibt Zeugen für das Messerattentat.« Er trank seinen Pernod.

»Ich bin Zeuge«, sagte Petit.

Der Kommissar verzog das Gesicht. Der Pernod schmeckte ihm wohl nicht besonders.

»Wir werden keine Trauerfeier wegen dieses Ganoven abhalten«, sagte Petit. »Schließlich hat dieser Strolch auf unseren Pierre geschossen . . .«
»Eben nicht«, sagte Pernell traurig. Er hatte einen Akt in der Hand. »Sidi Bussaid war am 6. März im Gefängnis. Er wurde erst am 15. März enthaftet. Die Beretta muß er sich nachher irgendwo eingehandelt haben.«
Das allerdings war eine bestürzende Nachricht. Sidi Bussaid war nicht der Täter. Woher er die Tatwaffe hatte, war aus ihm jetzt nicht mehr herauszukriegen. Tote sagen ja nichts mehr.
»Scheiße«, sagte Petit noch einmal.
Brune fluchte leise und inbrünstig und bestellte einen Pernod.
»Ich werde eine Untersuchung einleiten müssen«, sagte der Kommissar. Sein Glas war jetzt leer.
Die angedrohte Untersuchung beschäftigte die Kriminalbeamten eigentlich kaum, auch nicht Brune und Petit. Aber daß die Spur abgerissen war, der Faden von der Tatwaffe zum Täter, das bedrückte sie alle. Wie sollte es jetzt weitergehen? Sidi konnte nichts mehr sagen, man war am toten Punkt angelangt. Pernell sprach aus, was alle dachten:
»Wir müssen wieder ganz von vorne anfangen«, sagte er.
Den Kommissar beschäftigten offenbar ganz andere Dinge.
»Ein toter Häftling«, seufzte er, »eine böse Sache.«
Petit wurde jetzt aggressiv. »Wir werden doch nicht weinen um Sidi Bussaid«, sagte er zornig. »Ein arbeitsscheuer Ganove weniger in der Stadt, rennen noch genug herum. Und es werden immer mehr.«

»Arbeitsscheue Ganoven hat es schon immer gegeben«, sagte der Kommissar grantig.
»Aber die wurden früher nicht staatlich gefördert«, grinste Petit. »In unserem sozialen Wohlfahrtsstaat«, setzte er hämisch fort, »da werden sie ja geradezu gezüchtet! Mein letzter Häftling war ein chronischer Alkoholiker, siebenunddreißig Jahre alt, ganze vier Jahre jünger als ich. Beruf: Fürsorgerentner! Er bekommt eine monatliche Rente von fünfhundert Franc. Von der Fürsorge!«
»Das ist etwa so viel, wie ich Lohnsteuer zahle«, sagte Brune böse.
»In anderen Worten«, lachte Petit, »jeder von uns erhält so einen Strolch. Und wißt ihr . . .« Petit war jetzt sehr laut und grinste über das ganze Gesicht, ». . . wißt ihr, was er mir sagte? Ich habe ihn nämlich gefragt, warum er nicht arbeitet . . .«
»Er hat dich ausgelacht«, sagte Pernell.
»Genau«, schrie Petit. »Aber genau! Er sagte, er ist ja nicht blöd, für einen Tausender zu arbeiten, wenn er fünfhundert umsonst kriegt. Von der Fürsorge!«
»Das sind Einzelfälle«, sagte der Kommissar erschrokken. In der nächsten Sekunde brüllten zwanzig Kriminalbeamte vor Lachen.
»Einzelfälle«, lachten sie, ». . . ich hab' jeden Tag drei solcher Einzelfälle!«
»In Amerika ist es noch schlimmer!« schrie der Kommissar jetzt böse. Und wieder lachten alle.
»Los«, schrie Brune, »singen wir die amerikanische Nationalhymne . . .« Und er grölte etwas, was wie »God save the Queen« klang.
»Das ist die englische, du Trottel«, schrie Petit.

Der Kommissar wußte: Jetzt war es Zeit zu gehen. In dieser emotionsgeladenen Atmosphäre war jede sachliche Diskussion unmöglich. Er stand auf. »Gehen wir an die Arbeit«, sagte er.
Die meisten Kriminalbeamten erhoben sich ebenfalls, tranken ihre Gläser aus und gingen. Auch Pernell. »Wir kommen dann in dein Büro«, sagte Petit, und Pernell nickte.
»Wird gut sein«, sagte er. Dann beeilte er sich, er erreichte den Kommissar noch im Stiegenhaus.
»Sie müssen die Leute verstehen«, sagte er.
Dr. Frere nickte. »Verstehen Sie bitte auch meinen Standpunkt, Inspektor«, gab er zur Antwort.

Polizeikommissar Dr. Frere war zwar Polizeijurist, aber trotzdem kein Dummkopf. Er war mit 26 Jahren in den Polizeidienst eingetreten, weil er keinen besseren Job gefunden hatte. Immer schon war es sein Traum gewesen, ein brillanter Strafverteidiger und später ein Mitglied der Menschenrechtskommission zu werden. Aber dazu hatten ihm die finanziellen Mittel gefehlt, und nach 14 Jahren im Polizeidienst war dieser Traum nicht nur ausgeträumt, er war zerstört.
Jetzt hatte er die finanziellen Mittel für eine eigene Rechtsanwaltskanzlei. Denn er war in all den 14 Jahren sparsam gewesen und auch Junggeselle geblieben. Jetzt hätte er seinen Jugendtraum verwirklichen können. Aber das ging nicht mehr. Er hatte in diesen letzten 14 Jahren seinen Glauben an die Menschenrechte, seinen Glauben an eine irdische Gerechtigkeit verloren.

Restlos verloren.
Er war desillusioniert. Als ihn einmal ein guter Freund fragte, wieso es dazu gekommen sei, wußte er vorerst keine Antwort. Dann fielen ihm die Tagesberichte der Kriminalabteilung ein, und er begann laut zu fluchen und zu erklären:
»Schau dir doch nur einen einzigen Tagesbericht an«, schrie er, »wen trifft denn eigentlich Göttin Justitia? Welche Typen füllen denn unsere Arrestzellen?«
In einem Tagesbericht werden die besonders gravierenden Vorkommnisse, insbesondere aber alle Verhaftungen der letzten vierundzwanzig Stunden, verzeichnet. Nun ist es in der Praxis eben so, daß die Menschen der sogenannten »unteren Gesellschaftsschicht« um vieles eher mit der Arrestzelle Bekanntschaft machen als hochrangige Wirtschaftsverbrecher oder Großbetrüger. Der besoffene Fabriksarbeiter, der in der Gemeindebauwohnung seine ebenfalls nicht nüchterne Ehegattin verprügelt und ihr zum hundertsten Male schwört, er werde ihr noch einmal den Hals umdrehen, der wird von der alarmierten Funkstreife ohne Zögern festgenommen. Der Journalbeamte sieht in den meisten solcher Fälle den Haftgrund der Ausführungsgefahr, und der Fabriksarbeiter sieht seine inzwischen reumütige Alte erst vor Gericht wieder. So einfach geht das. Hingegen ist es ein juristisches Kunststück, beispielsweise gegen einen betrügerischen Bilanzbuchhalter oder einen veruntreuenden Rechtsanwalt vom Gericht einen Haftbefehl zu erwirken. Sohin ist es nicht verwunderlich, wenn so ein polizeilicher Tagesbericht von Delikten wie »Körperverletzung« oder »Gefährlicher Drohung« überquillt, Betrugsdelikte jedoch kaum aufscheinen. All dieses hatte

das Rechtsempfinden des jungen Juristen Dr. Frere anfänglich sehr gestört, ganz daran gewöhnen konnte er sich nie.

In seinem Büro angekommen, telefonierte er mit dem Präsidenten und konnte erwirken, daß die Entscheidung über eine Untersuchung im Falle Sidi Bussaid auf den nächsten Tag verschoben wurde. Die beteiligten Kriminalbeamten hätten dienstfrei, argumentierte er, außerdem müsse er den Akt noch genau studieren. Der Präsident war zögernd einverstanden.

Am nächsten Tag hatte er den Frührapport abzuhalten. Er war nicht gerade fröhlich, als er den Rapportsaal betrat. Mit einem Blick sah Dr. Frere, daß die drei fehlten. Sowohl Brune und Petit, die beide in der Hauptdienst-Tour waren, als auch Pernell. Er schaute auf die Uhr, es war halb acht, der Frührapport sollte beginnen.

»Guten Morgen«, sagte er und hörte das vielstimmige Gemurmel der Kriminalbeamten. Er begann, den Tagesbericht zu verlesen.

Es war einer der üblichen Tagesberichte, keine außergewöhnlichen Ereignisse. Zwei Festnahmen wegen gefährlicher Drohung und Körperverletzung, eine Einlieferung in die Nervenklinik wegen Selbstgefährdung, ein versuchter Einbruch in einen Zigarettenladen und ein Selbstmord durch Erhängen. Der Kommissar bestimmte gerade einen Sachbearbeiter für die beiden Häftlinge, als plötzlich heftige Bewegung unter den Kriminalbeamten entstand. Und in der nächsten Sekunde wurde es turbulent:

Die drei waren hereingekommen, Pernell, Brune und Petit. Sie machten V-Zeichen mit den Fingern und riefen:

»Das Bein bleibt dran!« Alle sprangen auf, freudige Gesichter sah man. Sie klopften sich gegenseitig auf die Schultern, umarmten sich.

»Das Bein bleibt dran!« Alle wußten, was damit gemeint war. Pierre Cousteau mußte nicht zum Krüppel amputiert werden.

»Das ist die beste Meldung des Jahres«, schrie einer. Die helle Freude, der Jubel wirkte ansteckend. Kommissar Dr. Frere klappte die Mappe zu, an eine Fortsetzung des Rapportes war nicht zu denken. Er winkte Pernell heran, ließ sich die Einzelheiten berichten. Jetzt standen die Kriminalbeamten dichtgedrängt im Kreis um den Kommissar, lauschten Pernells Bericht.

»Und noch eine Supermeldung«, endete Pernell. »Pierre und Marianne werden heiraten. Schon in zwei Wochen!« Alle freuten sich.

Kommissar Dr. Frere tat nun etwas, was ihm seine Untergebenen bis zum Ende seiner Dienstzeit niemals vergessen sollten. Er nahm einem verdutzt dreinschauenden Beamten den Hut aus der Hand, zog seine Brieftasche und warf sein ganzes Geld in den Hut.

»Sammeln wir für ein Hochzeitsgeschenk«, sagte er nur und gab den Hut an Pernell weiter. In zehn Minuten war der Hut randvoll mit Geldscheinen und Münzen.

Als Dr. Frere in sein Büro kam, schob Marion ihre dünn gepinselten Augenbrauen hoch; das tat sie immer, wenn es Ärger gab.

»In 15 Minuten beim Präsidenten«, sagte sie. »Mit allen Unterlagen und dem Akt Sidi Bussaid.« Dabei legte sie eine Mappe auf seinen Schreibtisch, sie hatte den Akt also schon geordnet.
»Ist der Giftzwerg dabei?« fragte Frere ahnungsvoll, und Marion nickte. Der Giftzwerg war Ministerialrat Murat vom Innenministerium, er war Chef der Disziplinarkommission. Giftzwerg nannten ihn nur die Kriminalbeamten, und bei Dr. Frere war das heute eigentlich eine Premiere. Marion registrierte das sehr wohl und lächelte leicht. Dann stellte sie Kaffee auf.
»Eine Tasse geht sich noch aus«, sagte sie. Marion Voisin war seit vier Jahren seine Sekretärin, und seit vier Jahren hatte er ein Liebesverhältnis mit ihr. Wobei dieser Ausdruck nicht ganz zutreffend war, denn mit Liebe hatte ihre Verbindung wenig zu tun. Ihre sexuellen Beziehungen beschränkten sich fast ausschließlich auf die Büroräume, zumeist bei Überstunden, wenn das Haus fast leer war. Das ging nicht anders, denn Marion war verheiratet. Sie hatte zwei Kinder, ihr Mann war Postbeamter.

Es war noch schlimmer, als Dr. Frere befürchtet hatte: Alle Abteilungsleiter waren anwesend und die zwei Leiter der Wachkörper. Ministerialrat Murat hatte ein Gesicht wie der Erzengel Gabriel, und dem Präsidenten war anzusehen, daß ihm das ganze höchst unangenehm war.
»Meine Herren«, eröffnete er die Konferenz, »Sie wissen alle, warum ich Sie hierhergebeten habe. Ich bitte nun um eine kurze Darstellung des Sachverhaltes durch den

zuständigen Kommissar.« Er nickte Dr. Frere zu. Eine Sekunde lang hatte Dr. Frere das Gefühl, als ob er gesagt hätte »friß Vogel oder stirb.« Dann dachte er an die wütenden Argumente seiner Kriminalbeamten vom Vortag in der Kantine. Er mußte sich jetzt entscheiden, auf welcher Seite er war. Langsam öffnete er den Aktendekkel und begann zu referieren: Er begann mit dem Obduktionsbefund des toten Häftlinges Sidi Bussaid, und der war eindeutig: Todesursache Selbstmord durch Erhängen. »Den diensthabenden Beamten des Gefangenenhauses trifft kein Verschulden«, sagte er. Die vorgeschriebenen Rundgänge von einem Zellenguckloch zum anderen seien nachweislich gemacht worden. Schließlich könne man nicht jeden Häftling ständig beobachten. Alle nickten. Dann berichtete Dr. Frere über die festgestellten Verletzungen am Körper des Sidi Bussaid.
»Ein Brillenhämatom am linken Auge, blutunterlaufene Stellen an beiden Schienbeinen und Hautabschürfungen im Genick«, sagte er. »Alle Verletzungen dem Grade nach leicht und durch seinen körperlichen Widerstand bei der Festnahme und sein Messerattentat auf einen Kriminalbeamten erklärbar.«
Dann begann er den Bericht der Inspektoren Brune und Petit zu verlesen.
»Soweit der Sachverhalt«, endete er. Und dann sagte er spontan noch etwas, was ihn selbst überraschte: »Ich sehe keinen Anlaß für eine disziplinäre Untersuchung gegen die beteiligten Kriminalbeamten.«
Ministerialrat Murat sah drein, als ob er eben eine Kröte verschluckt hätte. Der Präsident nickte bekümmert.
»Hat jemand eine Frage?« sagte er heiser.
»Ich«, sagte Murat. Es klang wie ein Pistolenschuß. Aber

vorerst war es keine Frage, was der Ministerialrat hören ließ. Es war ein Monolog, die Anklage eines Staatsanwaltes.
Es wäre doch gewissermaßen amtsbekannt, begann er, daß seit dem 6. März 1981, als dieser bedauernswerte Schießzwischenfall auf Inspektor Cousteau passierte, die Kriminalbeamten des Kommissariates und insbesondere die persönlichen Freunde Cousteaus »eine Art Privatfehde« gegen die Unterwelt im Quartier Latin führen. Und eine Art Privatfahndung nach dem immer noch unbekannten Täter im Falle Cousteau.
In ihrer Freizeit würden die Kriminalbeamten Nachtstreifen und Erhebungen durchführen, und als der Ministerialrat das sagte, klang es wie ein verdammungswürdiges Verbrechen.
Murat redete in wohlgesetzten Worten von der Gleichheit der Bürger vor dem Gesetz, von Dienstkontrollen und Dienstaufsicht und daß es nicht anginge, einen Privatkrieg von Kriminalbeamten länger zu tolerieren, nur weil das Opfer des Verbrechens zufällig ein Kriminalbeamter sei. Je länger er redete, desto bekümmerter wurde das Gesicht des Präsidenten, und Dr. Frere spürte, wie sich seine Nackenhaare sträubten, und plötzlich hatte er eine Wut im Bauch wie noch nie zuvor in seiner Dienstzeit.
»In concreto«, hörte er jetzt den Murat sagen, »in concreto wäre im Gegenstande vorerst festzuhalten, daß die Festnahme des Sidi Bussaid ohne dienstlichen Auftrag erfolgte.«
»Unsinn«, sagte jemand laut. Alle blickten überrascht. Es war Dr. Frere.
»Wie bitte?« fragte Murat böse.

»Natürlich bestand ein dienstlicher Auftrag zur Fahndung nach Sidi Bussaid«, sagte Frere.
»Und wer gab diesen Auftrag . . .?« Murats Stimme klang drohend.
»Ich«, sagte Frere.

Den Kriminalbeamten des Kommissariates wären jetzt vor Stolz und Freude die Augen übergegangen, hätten sie ihren Kommissar reden hören. In klaren Worten meldete er, daß alle Ermittlungen und Aktionen zur Aufklärung des Falles Cousteau auf seine persönliche Weisung und somit unter seiner Verantwortung durchgeführt worden waren. Einschließlich der Festnahme des Sidi Bussaid. Er log dabei so unverschämt, daß sogar der Präsident blinzelte. Und bei all diesen Amtshandlungen, so versicherte er ohne mit einer Wimper zu zucken, wäre nichts Ungesetzliches oder Vorschriftswidriges passiert. Dafür garantiere er als Leiter der Abteilung. Alle waren von seiner energischen und eindeutigen Stellungnahme überrascht. Am meisten wahrscheinlich er selber.
Der Präsident lächelte leise und meinte erleichtert, damit wäre die Angelegenheit für ihn vorerst erledigt. So blieb dem Murat nur mehr übrig, eine vage Erinnerung über die Wichtigkeit der Einhaltung der Vorschriften und Gesetze vorzubringen.
»Ich bin aber nicht nur für die Einhaltung der Dienstvorschriften und Gesetze, ich bin auch für die Sicherheit der Bevölkerung verantwortlich«, sagte Dr. Frere abschließend.
»Mit der Dienstpragmatik unter dem Arm kann ich keine Verbrechensbekämpfung machen, zumindest keine wir-

kungsvolle. Das ist ja der Jammer im Sicherheitsbereich, daß der Unterschied zwischen Theorie und Praxis so riesengroß ist.«

Die nächsten Tage vergingen ohne besondere Ereignisse. Dr. Frere hatte im Falle Sidi Bussaid eine Presseaussendung abgefaßt, die alle befriedigte, sogar die Journalisten. Irgendwie hatten die Kriminalbeamten erfahren – weil doch in einer Behörde nie etwas geheim bleibt –, daß der Kommissar sich auf ihre Seite geschlagen hatte. Sie grüßten ihn jetzt um zwei Grade höflicher. Und wenn er in die Kantine kam, machten sie ihm bereitwillig Platz und boten ihm Zigaretten an.
Kommissar Dr. Frere wußte sehr wohl, daß von seinen Vorgesetzten sein immer enger werdender Kontakt zu den Kriminalbeamten kritisiert wurde. Insbesondere Ministerialrat Murat sprach stirnrunzelnd von Autoritätsgefährdung und mangelhafter Dienstaufsicht.
»Sie sollen sich um meine Autorität keine Sorgen machen, diese Ärsche«, sagte Frere wütend. Aber es hörte ihn niemand, er war alleine in seinem Büro. Er zündete sich eine Zigarette an und ging hinüber zu den Kriminalbeamten. In das Zimmer von Pernell und Petit. Die beiden befragten gerade einen Zeugen einer Messerstecherei, einen Barkellner, der nichts gehört und nichts gesehen haben wollte. Dr. Frere setzte sich und hörte eine Weile zu. Er mußte grinsen, als Petit dem Kellner einen Blindenhund empfahl und einen Hörapparat. Der Kellner blieb ungerührt: Nichts gehört und nichts gesehen. Er habe gerade Gläser gewaschen, und dabei schaue

er nur auf die Gläser und sonst nirgends hin. Pernell versicherte ihm, daß vielleicht auch er von der Polizei einmal etwas brauchen werde. Und daß die Polizei dann auch nichts hören und sehen werde. Der Kellner zuckte nur die Schultern.
»Hau schon ab«, sagte Petit freundlich, und der Kellner trollte sich.
Dr. Frere nahm den Dienstplan vom Schreibtisch und las ihn aufmerksam. »Ihr beide habt heute Nachtstreife«, sagte er dann.
»Von 22 Uhr bis 2 Uhr früh«, sagte Pernell. »Zwei Kollegen von der Fahndungsgruppe kommen mit.«
»Was Besonderes?« fragte Frere.
»Nichts Aufregendes«, meinte Pernell. Man werde versuchen, Gustave Maison zu finden. Er bekam 9 Monate wegen schwerer Körperverletzung und gefährlicher Drohung. Seine Frau hatte er fast umgebracht, und bei der Hauptverhandlung hatte sie ihn belastet. Vor drei Tagen war er aus der Haft entwichen. Bei Außenarbeiten war er getürmt.
»Wenn wir ihn nicht bald kriegen, bringt er seine Alte um«, meinte Pernell.
Petit grinste. »Ein Mord, wo wir den Täter schon vorher wissen«, sagte er.
»Irgendwelche Anhaltspunkte, wo er sein könnte?« fragte der Kommissar.
»Wir suchen in der Rue Fabrique«, sagte Pernell. »Er ist dort zu Hause. Wenn wir Glück haben, sitzt er irgendwo und besäuft sich. Er ist nicht sehr beliebt, weil er dauernd stänkert und krawallisiert. Vielleicht verpfeift ihn jemand.«
In dem dreckigen Quartier Latin war die Rue Fabrique

eine der miesesten Straßen. Eine Gegend, die von der Polizei nur mit Patrouillen zu mindestens vier Mann bestreift wurde, und auch nur dann, wenn irgendeine Notwendigkeit bestand. Wenn irgendwo eine Leiche lag oder wenn ein heißer Tip kam, daß ein zur Verhaftung Ausgeschriebener in der Gegend sei.
Dr. Frere nickte. »Ich komme mit euch«, sagte er dann.
Die beiden rissen die Augen auf.
»Im Ernst, Kommissar?« fragte Petit und lachte respektlos. Der Kommissar wollte wissen, was daran lustig wäre.
»Machen wir heute eine Nachtstreife nach Dienstvorschrift?« fragte Pernell lauernd.
Es wäre eine Nachtstreife wie jede andere, erklärte Dr. Frere. Nur daß er eben heute dabeisein werde. Und das wäre eben ein Schwachpunkt in der Polizeiorganisation, daß die Beamten des höheren Dienstes, des rechtskundigen Dienstes, niemals dabei seien, wenn die Drecksarbeit gemacht werden muß. Und einer müsse ja einmal einen Anfang machen, meinte er. Nicht nur immer hinter dem Schreibtisch sitzen und Akten schmieren. Und warum Pernell jetzt so unverschämt grinse, wolle er wissen.
Pernell meinte, er habe sich gerade vorgestellt, wie es wäre, in der Rue Fabrique oder im »Boo-Boo« nach Vorschrift einzuschreiten.
»Petit«, sagte er, »wenn wir da reingehen und sagen: Kriminalpolizei, Personskontrolle, im Namen des Gesetzes . . .«
»Die scheißen sich an vor lachen«, wieherte Petit, »wenn wir ihnen im Namen des Gesetzes kommen.«

Er verstehe schon, meinte der Kommissar. Aber er wolle sich das eben einmal ansehen. Pernell wurde ernst. Er hoffe, der Kommissar werde nicht im Anzug mit Hemd und Krawatte aufkreuzen. Er empfehle Blue Jeans und Tennisschuhe und einen alten Lederrock. Wenn der Kommissar so etwas daheim habe. Frere nickte. Und die Kanone solle er nicht vergessen, die das ganze Jahr aus der Schreibtischlade nicht herauskäme. Jetzt grinste der Kommissar: »Um 22 Uhr im Journalzimmer.«

Um 22 Uhr im Journalzimmer war die Sensation perfekt, als Dr. Frere zur Türe reinkam. Er trug Jeans und Basketballschuhe, Rollkragenpullover und eine schwarze Lederjacke, die so alt aussah, als hätte er sie von seinem Vater geerbt. Pernell und Petit zwinkerten sich zu, und die beiden Fahnder rissen die Mäuler auf; noch nie hatten sie einen Kommissar auf Nachtstreife erlebt, noch dazu in diesem Aufzug. Dabei waren sie natürlich selber ähnlich gekleidet. Pernell gab dem Kommissar den Fahrbefehl zur Unterschrift.
»Sie sind ja der Ranghöchste«, grinste er.
Sie stellten den Streifenwagen in der Rue Fabrique ab. Zwei Huren standen dort und protestierten. Das Polizeiauto verderbe das Geschäft, meinten sie. Pernell beruhigte die beiden, es wäre nur für eine halbe Stunde oder so, versicherte er. Dann fragte er nach Gustave Maison, aber die Huren zuckten nur die Schultern.
Im »Papillon« war nicht viel Betrieb. Zwei junge Burschen würfelten gelangweilt an einem Tisch. In einer Ecke saß ein Betrunkener und redete mit sich selbst. Sie setzten sich an die Bar. Valerie, die Kellnerin, stellte jedem ein Bier hin. Bei Frere zögerte sie.

»Gehört der zu euch? Den habe ich noch nie gesehen«, sagte sie.
»Das ist unser Chef«, erklärte Petit. Frere bekam auch sein Bier. Sie prosteten sich zu.
»Der Genuß von alkoholischen Getränken ist bei allen dienstlichen Verrichtungen strengstens untersagt«, zitierte Pernell aus der Dienstvorschrift und wischte sich den Schaum von den Lippen. Dann fragte er nach Gustave Maison. Valerie deutete kurz auf die beiden Burschen und sagte laut, daß sie keine Ahnung habe, wo Gustave sein könne. Dann schaltete sie die Musikbox ein. Eine Weile hörte man nur das Gestampfe von Pop-Musik. Valerie nahm ein Tuch und wischte vor Pernell die Bar ab.
»Gestern war er im Quick-Pick«, sagte sie leise.
»Trinkt euer Bier aus und seht einmal nach«, sagte Pernell zu den beiden Fahndern. »Wir warten hier auf euch.«
Die beiden Kollegen von der Fahndungsgruppe waren noch keine zwei Minuten bei der Tür draußen, als einer der würfelnden Jünglinge in die Telefonzelle wollte.
»Hier wird jetzt nicht telefoniert«, sagte Petit laut. Der Jüngling rief etwas von »Scheißbullen« und ging wieder zum Tisch. Petit stand auf.
»Ich muß was für seine Erziehung tun«, grinste er.
Er kontrollierte die beiden beinhart, ließ sich die Ausweise zeigen und durchsuchte sie nach Waffen. Bei einem fand sich ein Springmesser.
»Das ist eine verbotene Waffe, Freundchen«, sagte er und ließ die Klinge herausspringen. »Die nimmt dir der gute Onkel von der Polizei jetzt weg.« Er notierte sich den Namen des Bürschchens und stellte eine Beschlagnahmebestätigung aus.

»Das mag ich«, brummte er, »wenn diese jungen Rotznasen schon mit Messern in der Tasche herumrennen. Du kriegst eine Vorladung vom Jugendgericht.«
Petit setzte sich wieder zu seinem Bier. Die Burschen begannen wieder zu würfeln. Der Besoffene in der Ecke hatte den Vorgang interessiert beobachtet und begann jetzt laut auf die Polizei zu schimpfen.
»Arschficker«, schrie er, »alle Flics sind Arschficker.«
»Halt's Maul, Alter«, sagte Petit, »sonst komm' ich rüber.« Der Mann beruhigte sich wieder und verlangte noch einen Schnaps.
»Das Benehmen des Polizisten im Dienst hat stets ernst, anständig und höflich zu sein«, kicherte Pernell.
Es vergingen etwa zehn Minuten, da ging die Tür auf, und einer der Fahnder sah herein.
»Er war im Quick-Pick«, sagte er ruhig. »Er ist friedlich, wir brauchen euch nicht. Wir liefern ihn jetzt ein.« Im Hintergrund sah man Gustave Maison mit Handfesseln und den zweiten Fahnder.
»Laßt euch Zeit«, sagte Pernell, »kommt nachher ins ›Boo-Boo‹, etwa in einer Stunde.« Petit bestellte noch ein Bier, der Kommissar wollte auch noch eins.
»Jetzt kannst du telefonieren, Freundchen«, sagte Petit zu dem Jüngling. Aber der wollte jetzt nicht mehr und murmelte nur undeutlich.
Auf dem Wege zum »Boo-Boo« unterhielt sich Pernell eine Weile mit Marion, einer jungen Prostituierten, die nur ein Bein hatte und auf Krücken ging. Dr. Frere wollte es zuerst gar nicht glauben, daß es so etwas gäbe. Petit klärte ihn auf: Marion war noch nicht 18 und ging schon am Strich. Eines Tages warf sie sich stockbetrunken vor die U-Bahn, ein Selbstmordversuch. Ein Bein

mußte ihr amputiert werden. Kaum aus der Klinik entlassen, humpelte sie wieder in die Rue Fabrique. Und sie hatte jetzt mehr Kundschaften als zuvor. Es gab genug Perverslinge, für die eine Einbeinige was Besonderes war. Dr. Frere schüttelte den Kopf. »Schweine«, sagte er. Daraufhin erzählte ihm Petit die Geschichte von der Mulattin Fernande, die noch im neunten Monat schwanger auf den Strich ging, weil sie da das Dreifache verdiente.

»Sie haben keine Ahnung, Kommissar, was für Säue sich da herumtreiben«, grinste Petit. »Sie sollten öfter mit uns auf Nachtstreife gehen.«

Pernell kam heran von Krücken-Marion. »Mit den Hasch-Fratzen wird es immer schlimmer«, sagte er. »Vielleicht schreibe ich morgen ein paar Zeilen für die Suchtgiftgruppe.«

Der Kommissar wollte wissen, was er meine, und Pernell erklärte: Immer mehr jugendliche Mädchen gingen jetzt im Viertel um die Rue Fabrique der Gelegenheitsprostitution nach. Oft noch Schülerinnen oder Lehrmädchen trieben sich in den Diskos herum und rauchten Haschisch. Wenn sie »eingeraucht« waren und ihnen das Geld ausging, stellten sie sich an die nächste Straßenekke. Die Kunden waren meist Autofahrer, die dann rasch in irgendeine finstere Gasse fuhren. Nach dreißig Minuten waren diese halben Kinder wieder in der Disko, um hundert Franc reicher und ein Stück Seele ärmer. Die professionellen Huren und die eingesessenen Zuhälter beobachten diese Entwicklung mit steigendem Mißvergnügen. Das drückte die Preise und verdarb das Geschäft.

»Krücken-Marion ist sauer«, sagte Pernell, »weil diese

Gören es auch ohne Schutzgummi machen. Sie meint, wenn die Polizei dagegen nichts unternimmt, werden sich die Zuhälter organisieren, mit Hunden regelrecht auf Streife gehen und diese Hasch-Fratzen verjagen.«
»Das fehlte gerade noch«, sagte der Kommissar erschrocken. Doch Petit grinste sich eins, und ihm gefalle der Gedanke ganz gut, feixte er, und vielleicht könne man die Zuhälter als Hilfs-Ordnungshüter einsetzen und ihnen einen blechernen Sheriffstern verleihen. Der Kommissar fand das gar nicht lustig.

Im »Boo-Boo« hingen die Rauchschwaden bis in Kniehöhe, und aus der Musikbox seufzte Mireille Mathieu einen depressiven Song. In einer Ecke saßen drei Zuhälter, rauchten dicke Zigarren und spielten Karten. Pernell erkannte Freddy Linkshand und den widerlichen Seiden-Heinzi. Rita Dejardin, ganz in Leder und mit einer Reitpeitsche am Gürtel, sah ihnen gelangweilt zu. Rita annoncierte als »strenge Herrin mit Folterkammer«, aber für heute hatte sie offenbar genug vom Foltern. Sie trank ein Bier. Karla, das Barmädchen, war noch da, ansonsten war die Bude leer.
Die drei setzten sich an einen Tisch.
»Drei Pernod und das Sparschwein, Karla«, rief Pernell. Karla brachte die drei Pernod und tatsächlich ein echtes Sparschwein aus Porzellan. Der Kommissar war irgendwie irritiert.
»Seid ihr hier bei einem Sparverein?« fragte er. Pernell klärte ihn auf: Karla hatte ein zehn Monate altes Baby, einen Buben. Der Vater hatte noch ein Jahr abzusitzen, wegen Straßenraubes.

»Wir sammeln hier für die Erziehung des Kleinen«, sagte Pernell und warf eine Münze in das Sparschwein. »Sie müssen auch was reinwerfen, Kommissar.« Petit schepperte mit dem Porzellanding, es war ziemlich voll.
»Wenn er groß ist«, grinste er, »lassen wir ihn studieren. An der Universität in St. Germain.«
Alle lachten, auch Karla. In St. Germain war die Strafvollzugsanstalt für Rückfalltäter.
Dr. Frere sog an seinem Pernod und meinte, wenn er öfter solche Nachtstreifen mitmache, werde er noch Alkoholiker. Ob immer so viel gesoffen würde bei Nachtstreifen, wollte er wissen. Petit zog die Schultern hoch. Was sonst man in diesen Ganoven-Hütten konsumieren solle, fragte er.
»Wenn ich um diese Zeit Kaffee trinke, liege ich nachher ›habt-acht‹ im Bett bis morgen früh.« Der Kommissar sah das ein. Doch er stellte in Frage, ob es wirklich notwendig sei, bei diesen Streifen von einer Kneipe in die andere zu marschieren. Jetzt war Pernell an der Reihe:
»Der Chefinspektor«, sagte er, »unser alter Papa Trud, hat immer gesagt, ›Kriminalbeamte auf Nachtstreife gehören dorthin, wo die Kriminellen sind. Und wenn nichts Besonderes los ist‹, hat er immer gesagt, ›dann setzt euch zu den Huren und Strolchen und seht euch um. Das ist immer noch vernünftiger, als sinnlos die leeren Straßen auf und ab zu fahren.‹«
Dagegen war schwer was zu sagen, und der Kommissar nickte zustimmend. Außerdem wußte er, daß die Worte des verstorbenen Chefinspektors Trudeau im Kommissariat so eine Art Evangelium waren.
»Das soll auch in Zukunft so bleiben«, sagte er.
Es war schon gegen ein Uhr, als die beiden Fahnder

kamen. Sie hatten Gustave Maison eingeliefert und berichteten, daß der Kerl im Gefangenenhaus plötzlich verrückt gespielt hatte und der Polizeiarzt geholt werden mußte. Daher die Verspätung. Jetzt waren die beiden hungrig, und Karla brachte ihnen Zwiebelsuppe. Zuvor hatten sie jeder eine Münze ins Sparschwein getan.
Es war halb drei, als Dr. Frere in seine leere Wohnung kam, er konnte lang nicht einschlafen. Dann aber träumte er von schwangeren Huren auf Krücken, von geldfressenden Schweinen und von Ministerialrat Murat. Es war keine erholsame Nacht für Kommissar Dr. Frere.

Seitdem Roger Brune wußte, daß ihn seine Frau betrog, wurde es mit jedem Tag schlimmer mit ihm. Wenn er dieser Tage zum Frührapport der Kriminalbeamten im großen Sitzungssaal erschien und sich an seinen Platz setzte, kam er nicht wie üblich von seinem Zimmer oder von seinem Parkplatz, wenn es schon spät war. Er kam aus der Kantine und wischte sich mit dem Handrücken nach einem doppelten Cognac die Lippen ab. Das beruhigte ihn vorerst. Das Flattern seiner Hände hörte auf, und man merkte ihm nicht an, daß er Schwierigkeiten hatte. Den doppelten Cognac konnte man ihm nicht ansehen, höchstens riechen, und auch das nur in seiner unmittelbaren Nähe. Pernell saß heute morgen neben ihm.

»Muß das sein, Langer?« hatte Pernell gesagt. »Hör doch auf damit, so geht das doch nicht weiter.« Und Pernell hatte Runzeln an der Stirn.

»Leck mich am Arsch«, hatte Brune geflüstert. Dann hatte Kommissar Frere mit dem Frührapport begonnen.

Seine täglichen Akten erledigte Roger Brune so recht und schlecht, er war unkonzentriert, und es vergingen keine zwanzig Minuten, da er nicht an Claudile denken mußte und an den Saustall, den sie aus ihrem gemeinsamen Leben gemacht hatte. Und dann war da noch etwas, was auf sein Gemüt drückte: diese plötzliche Leere nach dem Ende der heißen Spur im Falle Pierre Cousteau, nach dem Selbstmord Sidi Bussaids. Irgendwie war in den letzten Monaten die Suche nach dem Unbekannten, der auf Pierre geschossen hatte, sein einziger Lebensinhalt gewesen. Er hatte sich fanatisch auf diese Aufgabe konzentriert, seine privaten Probleme damit verdrängt.

In dem depressiven Spannungszustand, in dem er sich befand, schien ihm die Klärung des Falles von eminenter Wichtigkeit. So als ob danach alles besser werden, ein neues und schöneres Leben beginnen könnte. Jetzt, da der Fall hoffnungsloser denn je war und niemand wußte, wie es weitergehen sollte, jetzt fehlte etwas in der Gedankenwelt des Roger Brune. Man müsse wieder von vorne anfangen, hatte Pernell gesagt. Das stimmte schon. Aber wo?

Eine relativ ruhige Beidienst-Tour war das heute gewesen – Roger Brune hatte einen Selbstmord zu bearbeiten gehabt –, eine Routinesache. Ein manisch-depressives Weib war vom sechsten Stockwerk auf das Pflaster gesprungen, voll alkoholisiert und sohin in der Verfassung, ihre ständigen Selbstmordabsichten zu realisieren. Zeugen hatten den Vorfall beobachtet, Fremdverschulden war also auszuschließen. Inspektor Brune telefonierte mit dem Staatsanwalt, der die Leiche zur Beerdigung freigab. Keine Obduktion, eine alltägliche Geschichte. Zwei Kinder waren da, glücklicherweise für Brune waren die beiden in der Schule, als die Mutter durchgedreht hatte. Die Fürsorgeschwester würde das Weitere veranlassen, Brune brauchte die Kinder nicht zu sehen. Es war ihm recht so.
Brune hatte seinen Bericht an die Staatsanwaltschaft getippt und sich nichts dabei gedacht. Nach so vielen Jahren im Referat A dachte man sich nichts mehr bei einem Selbstmord. Jetzt, da es spät abends war und er heimfuhr, fiel ihm die zerschmetterte Leiche wieder ein. Was für ein Mut dazu gehört, mußte er denken, vom

sechsten Stock auf die Straße zu springen. Roger hätte solchen Mut niemals aufgebracht.
Es regnete, und Roger fuhr langsam, die Scheibenwischer tanzten wie verrückt. Es war gegen dreiundzwanzig Uhr und die Luft feucht und eher kühl, trotzdem hatte Brune dicke Schweißtropfen an der Stirn. Er hatte Angst, heimzukommen. Den Schlüssel zur Wohnungstüre zweimal umdrehen zu müssen, was bedeutete, Claudile war wieder nicht daheim. Und er hatte Angst vor der leeren Wohnung.
Roger Brune war ein eher lockerer Vogel gewesen, bevor er Claudile kennengelernt hatte. Da waren eine ganze Menge Mädchen, die sich gerne mit ihm ins Bettchen schmissen, vornehmlich wegen seiner breiten Schultern und seiner langen, muskulösen Beine. Er dachte jetzt oft daran, Claudile zum Teufel zu jagen und sein altes Leben wieder fortzusetzen. Und es gab Augenblicke, wo er sich ehrlich wunderte, daß er es nicht schon längst getan hatte. Aber so hart und energisch er in seinem Beruf sein konnte, so hilflos war er seiner Frau gegenüber. Das wäre für jeden seiner Freunde unverständlich gewesen, hätte er sich einem eröffnet. Unverständlich und unvorstellbar. Aber Roger Brune verstand sich ja selber nicht mehr.
Mechanisch parkte er seinen Wagen vor einem Bistro, ganz in der Nähe seiner Wohnung. Er ging in die Kneipe und setzte sich in die dunkelste Ecke, und in den nächsten Stunden schüttete er so viel Schnaps in sich hinein, daß die Kellnerin erschrockene Augen machte. Seine Gedanken kreisten um Claudile und den toten Sidi Bussaid, und er hatte auch wieder das peinigende Gefühl, die Sache mit der Beretta vermurkst zu haben und

an der verfahrenen Situation mitschuldig zu sein. Wer konnte auch damit rechnen, daß sich dieser verdammte Algerier aufknüpfen würde! Niemand hatte ihm einen Vorwurf gemacht, auch nicht Pernell. Aber seine Selbstvorwürfe wurden immer quälender.

Es war gegen zwei Uhr früh, als Brune heimkam. Als er den Schlüssel in die Wohnungstür steckte, mußte er zweimal umdrehen, und eine heiße Stichflamme schoß ihm ins Gehirn. Zweimal umdrehen bedeutete, daß Claudile nicht daheim war. Denn sie versperrte die Tür nur von außen zweimal, wenn sie die Wohnung verließ. Roger Brune rannte wie ein Irrer durch alle Zimmer, schrie nach Claudile, obwohl er ganz genau wußte, daß sie nicht da war. Daß sie nicht da war, das geschah seit vier Monaten immer wieder.

Roger Brune hatte sich in vielen Jahren daran gewöhnt, daß seine Frau manchmal soff und durchdrehte. Doch immer war sie heimgekommen, so gegen Mitternacht. Wenn sie in den letzten vier Monaten auch bis in die Morgenstunden ausblieb, konnte das nur eines bedeuten: Sie hatte einen Freund, sie betrog ihn also.

In der Küche rauchte er eine letzte Zigarette. Natürlich war es richtig, daß er in den letzten Monaten immer spät nach Hause kam. Natürlich konnte sich Claudile vernachlässigt fühlen. Sie hatte ja überhaupt kein Verständnis für seinen Beruf, seine Probleme. Für Brune wäre es ein leichtes gewesen, sich einfach von seiner Frau zu trennen, sich scheiden zu lassen. Denn jeder Scheidungsrichter hätte ihm recht gegeben und sein Zusammenleben mit dieser Frau als weiterhin unzumutbar befunden. Welchem Mann ist es schon zuzumuten, mit einer Frau zu leben, die ihn offensichtlich betrügt. Aber da war eine

Kleinigkeit, die ihn daran hinderte, zu einem Anwalt zu gehen: Roger Brune liebte seine Frau!
Claudile kam gegen drei. Sie warf ihre Kleider in eine Ecke und kroch ins Bett. Gesprochen wurde kein Wort.
Das Morgenlicht schimmerte grau und feindselig durch die Vorhänge. Brune betrachtete seine schlafende Frau und dachte darüber nach, wie sein Leben ohne sie weitergehen sollte. Ein Leben ohne Claudile, er konnte sich das überhaupt nicht vorstellen. Aber jetzt war da wohl nichts mehr zu reparieren.
Von der Straße war Motorengeräusch zu hören, dann quietschende Bremsen, und das Motorengeräusch verstummte. Wahrscheinlich der Zeitungsausträger. Jetzt flüsterte Claudile etwas, was Brune nicht verstand. Seltsam, er hatte sie noch nie im Schlaf reden hören. Sie hatte den Kopf seitlich gedreht, und ihr Mund war halb offen. Irgendwie sah sie kindlich aus. Brune spürte seine Augen naß werden, und Claudiles Gesicht verschwamm. Sie träumte wohl von ihrem Liebhaber, mußte er denken und wischte sich die Augen trocken.
Er war jetzt entschlossen, sie zu töten.

Er stand auf und ging in die Küche, seine Bewegungen waren langsam, schleppend. Mechanisch nahm er ein Bier aus dem Frigidaire, trank aus der Flasche. Er schloß die Augen und sah wieder die Bilder, die ihn die ganze Nacht gequält hatten: Seine Frau in verzückten Stellungen mit ihrem Liebhaber. Es waren grellbunte Bilder, und er hörte dabei ihr Stöhnen und Liebesgeflüster. Dann starrte er wieder auf seine Hand und die halbvolle Bierflasche.

Aber die Bilder blieben –
Er stellte die Flasche weg und schleppte sich ins Vorzimmer, nahm seine Pistole aus der Kleidung, und am Weg ins Schlafzimmer lud er durch. Das Geräusch war erschreckend laut.
Claudile hatte sich gedreht und flüsterte wieder im Schlaf. Dann schoß Inspektor Roger Brune aus seiner Dienstpistole. Er schoß zweimal.

Die Nachricht vom Mord und Selbstmord des Kriminalinspektors Roger Brune war eine Sensation für die Tagespresse und hätte die Titelseiten gefüllt, wäre nicht zur selben Zeit in Kairo das Attentat auf Sadat passiert. Es war aber auch so auf der dritten Seite schlimm genug. »Polizist als Mörder« und ähnlich lauteten die Überschriften, und die Herren Journalisten überboten sich an Ausdrücken des Abscheues und der Verwunderung. Wie nur ein Polizist so etwas tun konnte! Das hörte sich so an, als ob Polizeibeamte eine besondere Art von Mensch wären und menschliche Empfindungen oder Fehlleistungen einfach nicht sein durften. Am Tage des Begräbnisses berichteten die Zeitungen von einem Straßenbahnschaffner, der seine Frau aus Eifersucht erstochen und sich dann erhängt hatte. Also ein sehr ähnlich gelagerter Fall. Diesmal aber schrieben die Blätter von einer »tragischen Kurzschlußhandlung«, von einer »Ehetragödie« und ähnlichem.
Die Kriminalbeamten des Kommissariates fluchten, und Pernell organisierte Brunes Beisetzung. Eine halbe Stunde brauchte er, um den Pfarrer zu überreden, trotz des

Selbstmordes ein kirchliches Begräbnis zu gestatten. Erst Pernells Argument, der Mord und Selbstmord wären sicherlich in geistiger Umnachtung geschehen, überzeugten den geistlichen Herrn.
Es war ein regnerischer Oktobertag, als sie um das offene Grab standen. Es waren alle gekommen, alle bis auf Pierre Cousteau, der gerade seine ersten Gehversuche auf Krücken machte. Dr. Frere war da, irgendwie gehörte er jetzt zu ihnen. Natürlich fehlten die Spitzenfunktionäre der Behörde, wer geht von den ganz hohen Herren schon zu dem Begräbnis eines Mörders und Selbstmörders. Kommissar Frere war der höchste Dienstgrad. Die Kriminalbeamten trugen dieselben dunklen Anzüge wie bei Pierre Cousteaus Hochzeit, nur hatten sie jetzt schwarze Krawatten und finstere Gesichter. Pernell hielt die Grabrede, er machte es sehr kurz:
»Er war einer von uns«, sagte er. »Wir alle wissen nicht die Gründe seines Handelns. Niemand außer Gott hat das Recht, über ihn zu urteilen. Laßt uns für ihn beten.«
Dann beteten sie tatsächlich, die meisten von ihnen zum erstenmal seit der Schulzeit. Sie hatten nasse Augen oder weinten. Es war ein seltsames Bild, diese Männer so zu sehen.

Es war gegen zwei Uhr früh, Freddy Linkshand lag auf seinem Bett und rauchte. Er war nervös. Nicht, daß irgend etwas Unangenehmes passiert war, das nicht. Aber er machte sich Sorgen um Su und Penny und hatte dabei auch ein schlechtes Gewissen. Denn wenn die beiden um diese Zeit noch nicht da waren, ging er normalerweise rüber in die Rue Fabrique und sah nach dem Rechten. Er hatte es nicht gerne, wenn seine zwei Weiber noch so spät Kundschaft annahmen.
Freddy überlegte, ob er nicht doch noch aufstehen und rübergehen sollte. Hundertmal hatte er den beiden schon gesagt, daß sie anrufen sollten, wenn es so spät wurde. Aber Su war wahrscheinlich wieder angesoffen, und Penny hatte sicherlich wieder vergessen, die vergaß ja immer alles. Er fluchte leise und warf die Zigarette zum offenen Fenster hinaus, zündete sich gleich eine neue an. Wenn er daraufkommen sollte, daß Su es wieder ohne Präservativ mit diesem Studenten gemacht hatte, konnte sie was erleben.

Die meisten Menschen haben eine völlig falsche Vorstellung von Prostitution und allem, was so drum und dran hängt. Sie meinen, die Huren hätten ein vergnügliches Leben und würden dafür auch noch bezahlt. Im Liegen Geld zu verdienen, scheint, oberflächlich betrachtet, leichte Arbeit, wenn man überhaupt von Arbeit in diesem Zusammenhang reden kann. Die Zuhälter aber sind in den Augen der meisten Bürger widerliche Außenseiter der Gesellschaft, die ohne jegliche Gefühle ihre Mädchen abkassieren und dafür so eine Art Beschützerrolle spielen. Es scheint unvorstellbar, daß es zwischen

der Prostituierten und ihrem Zuhälter oftmals innige menschliche Beziehungen gibt, was in anderen Kreisen unserer Gesellschaft anerkennend als »echte Liebe« bezeichnet würde.
So etwas ist schwer zu glauben.
Es ist aber so.
Und es hat im Prostituiertenmilieu schon Eifersuchtsmorde gegeben, und gar nicht einmal so selten.
Freddy Linkshand liebte Susanne Bonnet. Zwar auf seine Weise, aber deshalb waren seine Empfindungen ebenso echt, wie wenn das Leben aus ihm einen Steuerberater und aus seiner Su eine Krankenschwester gemacht hätte. Er war in Sorge um sie und war auch eifersüchtig. Eigentlich hieß er Alfrede Morerode, und natürlich war er nicht als Zuhälter und Spieler geboren worden. Seinen Vater hatte er nie gesehen, seine Mutter hatte auch niemals von ihm geredet. Sie war Kellnerin in einem Bistro und jeden Abend betrunken, seit der kleine Alfrede denken konnte. Sie starb an Leberkrebs, als der Bub 14 war, und ein paar Verwandte kamen und beratschlagten eine Weile, was jetzt werden solle. Dann steckten sie Alfrede in ein Waisenhaus und wurden nie mehr gesehen. Im Waisenhaus blieb Alfrede fast drei Jahre. Er onanierte täglich und war ein schlechter Schüler. Dann rannte er davon und war seither im Quartier Latin, das Viertel wurde seine Heimat, und nichts in der Welt hätte ihn da weggebracht. In den ersten Jahren stahl er alles, wozu Gelegenheit war, und versuchte sich als Einbrecher. Er war mehr im Gefängnis als draußen.
Im Gefängnis lernte er alle möglichen Gaunereien, nur keine rechtschaffene Arbeit. Er reifte zum Manne in einer Welt, in der geregelte Arbeit völlig indiskutabel ist

und der Gedanke daran Schweißausbrüche verursacht. In Freiheit war es sein einziger Ehrgeiz, bei seinen Diebstählen von der Polizei nicht erwischt zu werden. Er versuchte es in Telefonzellen, bei Zigaretten- und Spielautomaten, in Warenhäusern und Lagerräumen. Aber immer wieder war da irgendeine Kleinigkeit, die er nicht bedacht hatte und die ihn dann vor Gericht brachte. Und die Richter wurden immer böser und die Haftzeit länger.
Er war schon sechsundzwanzig und wieder einmal völlig abgebrannt, als ihm ein Mädchen zuerst eine Zwiebelsuppe und dann eine neue Hose kaufte. Das Mädchen war Susanne Bonnet.

Er hörte ihre Schritte, das Geklapper ihrer Stöckelschuhe im Hof und erkannte, daß sie doch nicht betrunken war. Als sie bei der Tür reinkam, sah er auf die Armbanduhr. Es war halb drei.
»Wo ist Penny?« sagte er böse. Susu schlüpfte aus den Schuhen.
»Keine Ahnung«, sagte sie. »Gib mir eine Zigarette.« Dann nahm sie ein paar Geldscheine aus der Handtasche und legte sie brav auf das Nachtkästchen.
»Das Hundsvieh war wieder da«, sagte sie.
Das Hundsvieh war ein Volksschullehrer aus St. Denise. Er kam ein- oder zweimal im Monat, ein Stammkunde. Susu mußte sich dann nackt ausziehen und auf allen vieren am Fußboden herumkriechen. Und bellen oder winseln. Der Volksschullehrer bellte dann auch und bildete sich ein, sie wären Hunde. Und das gefiel ihm sehr. Aber er bezahlte brav seine 200 Franc für eine

knappe halbe Stunde, ohne zu knurren, und Susu wünschte sich mehr solche Stammkunden. Diese Typen waren problemlos, und das Geld war leicht verdient.
»Ich mag es nicht, wenn Penny so spät allein ist«, sagte Freddy.
Susu gähnte. »Mach dir keine Sorgen«, sagte sie. »Sie wird sich eine Fut aufgegabelt haben, dann vergißt sie alles. Du kennst sie ja.«
Penny arbeitete mit der Schulmädchen-Masche. Sie hatte geflochtene Zöpfchen und trug flache Schuhe und so eine Art Schüler-Uniform, wie man sie in Waisenhäusern hat oder in Internaten. Niemand konnte kindlich-naiver dreinschauen als Penny, wenn sie mit ihrem Schulranzen am Rücken auf Kundenfang ging und Daumen lutschte. Dabei war Penny 26 und acht Jahre im Geschäft. Im Schulranzen hatte sie eine Flasche Schnaps und ein paar Dutzend Packungen Schutzgummi.
»Wenn sie noch einmal mit einer angetanzt kommt, schmeiß' ich sie raus«, sagte Freddy. Su-Su wußte, daß dies leere Drohungen waren.
»Laß ihr doch den Spaß«, gähnte sie. »Du wirst Penny auch nicht mehr ändern.«
Und darauf konnte Freddy wohl schwerlich was antworten, denn das wußte er selber am besten. Penny war hoffnungslos lesbisch, und ihr einzig wirkliches Vergnügen war es, wenn sie Susus Brüste stundenlang streicheln konnte.
Freddy Linkshand zählte das Geld und nickte zufrieden. Susu zog die Kleider aus und ging unter die Dusche. Es war gerade, als sie ihre Zähne putzte, als man den Schrei von der Straße hörte.
»Das ist Penny!« rief sie, aber Freddy war schon durch

das Fenster gesprungen, seinen Schlagring in der Hand.
Es war tatsächlich Penny.
Trotz der Dunkelheit konnte Freddy erkennen, daß sie aus der Nase blutete und weinte. Den Kerl sah er gerade noch um eine Ecke rennen, Richtung Rue Fabrique. Er hob die Schultasche auf und fluchte.
»Es war wieder dieser Hassan«, wimmerte Penny und fiel ihm um den Hals. Freddy spürte ihr Blut in seinem Hemdausschnitt und klopfte ihr beruhigend auf den Rücken.
»Jetzt reicht es mir«, sagte er. »Jetzt fahr' ich ab mit diesem Schwein.«
Da war ein Kerl, der sich Hassan nannte, ein Algerier, der immer wieder im Viertel auftauchte. Alles, was man von ihm wußte, war, daß er mit Suchtgift handelte, aber weder kannte man seine Abnehmer noch seine Unterkunft. Er blieb höchstens zwei bis drei Tage, und dann verschwand er wieder für mehrere Wochen. Zu Penny war er anfangs ganz normal als Kunde gekommen. Irgend etwas mußte ihn an dem Schulmädchentyp besonders reizen, denn er suchte und fand Penny immer wieder. In letzter Zeit hatte er sie zu überreden versucht, das Viertel zu verlassen und mit ihm zu kommen. Zuerst freundlich, und als Penny nicht wollte, schließlich mit Drohungen. Auch gab er sich mit dem professionellen Schutzgummiverkehr nicht mehr zufrieden, er verlangte Gefühlsausbrüche und Orgasmen und geriet außer sich vor Wut, wenn er merkte, daß solches bei Penny einfach nicht vorhanden war.
»Er versteht nicht, daß ich lesbisch bin«, sagte Penny. »Ich habe versucht es ihm zu erklären, aber er ist zu blöde

dazu. Er ist überhaupt ein blöder Hund, nur prügeln kann er und drohen, sonst nichts. Heute hat er mir ein Messer angesetzt, hier . . .«, sie zeigte eine Schramme am Hals.
»Er bringt mich um, wenn ich nicht zu ihm gehe, sagt er.« Penny begann wieder zu weinen.
»Hör jetzt auf zu heulen«, sagte Freddy. »Zieh dich aus und geh unter die Dusche, Susu wird dich abseifen.« Er wußte, daß Penny das gerne mochte, und Susu ging gehorsam in die Badenische. Penny legte ihr Geld auf Freddys Bett. Er sah mit einem Blick, daß es weniger war als sonst, aber diesmal fluchte er nicht. »Du wirst mir dann alles über diesen Hassan erzählen«, rief er in die Dusche, »alles, jede Kleinigkeit.« Dann machte er sich ein Bier auf.
Er hatte vier leere Bierflaschen vor sich stehen, als er dann endlich zu den beiden schlafenden Mädchen ins Bett kroch. Seine Gedanken drehten sich immer noch um die Geschichten, die ihm Penny da erzählt hatte: Daß dieser Hassan mit Haschisch handelte und neuerdings auch mit Heroin, war für Freddy keine Sensation. Daß er aus Algier stammte und auch von dort seine Ware bezog, hätte er sich selber denken können. Aber eine einzige Bemerkung Hassans, die Penny so nebenbei wiedergab, ließ ihn nicht schlafen: Er arbeite jetzt allein, hatte Hassan erzählt. Sein bester Freund habe Selbstmord begangen. Wegen einer Pistole, die er von Hassan bekommen hätte. Im Polizeigefängnis habe er sich erhängt, Hassans bester und einziger Freund . . .
Für gewöhnlich wachte Freddy Linkshand so gegen 11 Uhr vormittags auf, manchmal weckte ihn Susu. Die beiden hatten dann ihre »Liebesstunde«, wie sie es

nannten. Sie verkehrten wie Mann und Frau, ganz normal, wie bei Eheleuten, mit der einzigen Abweichung vielleicht, daß Penny zusehen durfte und sich dabei befriedigte. Dann duschte und rasierte sich Freddy und ging zum Kaufmann, um Milch und frisches Gebäck für die Mädchen zu holen. Er selbst frühstückte im »Boo-Boo«, weil er dort die Zeitung las. Er las alle Zeitungen, insbesondere die Gerichtssaalnotizen und die Polizeiberichte, das gehörte schließlich zu seinem Beruf. Und er hätte doch wetten können, erst kürzlich von einem erhängten Algerier im Polizeigefängnis gelesen zu haben. Wegen Heroinhandels war der verhaftet worden, und die Flics hatten ihn in der Ziehung, weil sie ihn mit ihrem angeschossenen Kumpel in Verbindung brachten.

Freddy Linkshand war jetzt echt im Zugzwang. Wenn er die Sache laufen ließ, nichts unternahm, war er erledigt in der Gilde und im ganzen Quartier Latin. Jeder im »Boo-Boo« wußte, daß dieser Hassan seine Penny für sich haben wollte, und es war an der Zeit, wieder Ordnung zu schaffen. Er mußte diesen Scheiß-Araber entweder aus dem Viertel vertreiben oder ihn abmurksen. Eine dritte Möglichkeit gab es nicht, nicht für Freddy. Das alles aber mußte genau überlegt werden, denn Hassan sah nicht so aus, als ob er sich von einem drohend erhobenen Zeigefinger schrecken ließe. Freddy hatte ihn zwei- oder dreimal gesehen, er kannte sich aus bei diesen Typen.

Er dachte an den kleinen Pikky, den Leibwächter der Cochon-Familie, dem er nur zehntausend Franc geben mußte und Hassan würde todsicher in der Seine davonschwimmen, ein Loch zwischen den Augen. Aber zehn-

tausend waren eine Menge Geld, und außerdem: Was würden die Cochons von ihm denken, wenn er seine Angelegenheiten nicht selbst regeln konnte?
Da war es wahrscheinlich klüger und sicherlich billiger, den Flics einen Tip zu geben. Wenn alles richtig lief, zogen die Bullen den Hassan aus dem Verkehr, und Freddy war seine Sorge los.
Aber das alles mußte eben genau überlegt werden . . .

Der Chefarzt des Krankenhauses war voll des Lobes über seinen Patienten Pierre Cousteau. Er habe noch nie einen Mann erlebt, sagte er, der so verbissen an seiner völligen Wiederherstellung arbeitete wie dieser Kriminalinspektor. Tatsächlich machte Pierre fast den ganzen Tag seine Muskelübungen und Gehversuche. Oft schrie er vor Schmerzen, und der Schweiß rann ihm über das Gesicht. Aber er ließ nicht locker.
Pernell freute sich von Herzen, als er seinen Freund zum erstenmal am Korridor des Krankenhauses daherhumpeln sah. Er klopfte ihm auf den Rücken.
»Ein paar Monate noch«, lachte er, »und wir gehen wieder auf Nachtstreife, schieben die ruhige Kugel.«
Pierre blieb stehen.
»Du sollst der erste sein, der es erfährt«, sagte er ernst. »Ich werde nie mehr auf Nachtstreife gehen. Ich quittiere diesen Scheiß-Polizeidienst. Ich trete aus.«
Sie setzten sich auf eine Bank.
»Ist es das Risiko?« fragte Pernell. »Hast du Angst, noch einmal eine Kugel einzufangen?«
An so etwas denke er gar nicht, meinte Pernell. Ein Unglück könne überall passieren.
»Wenn man Pech hat«, sagte er, »bricht man sich den Finger beim Nasenbohren.« Aber er habe in den letzten Monaten viel nachgedacht. Über das Leben und über alles. »Wir sind doch durch unseren Beruf täglich mit dem widerlichsten Dreck konfrontiert«, erklärte er. »Jeden Tag dasselbe: Leichen, Huren, Strolche, Rauschgiftsüchtige und Alkoholiker. Ich mag keine angeschissenen Leichen mehr entkleiden, Alter. Ich will keine Toten mehr umdrehen und auf Spuren von Gewaltanwendung untersuchen. Man sagt doch, daß jeder Beruf abfärbt.

Was ist mit uns? Für ein Drecksgehalt schlagen wir uns ein Leben lang mit dem Abschaum der Menschheit herum. Wenn man nicht gerade ein Gemüt hat wie ein Metzgerhund, wirkt sich das doch irgendwie aus. Denk an Brune. Der Lange hat durchgedreht, er konnte das alles nicht mehr verkraften. Er würde noch leben, wäre er Buchhalter geworden oder Sportlehrer. Wenn ich mir vorstelle, daß ich noch einmal im Leben so einem stinkenden Fixer das Heroin aus dem Arsch ziehen soll, wird mir zum Kotzen. Ich mag nicht mehr, Alter. Versteh mich bitte.«

Pernell verstand.

»Du hast eine gute Frau bekommen«, sagte er. »Denk auch an dein Kind. Mach es so wie ich. Ich kann abschalten, wenn ich heimkomme. Bei mir stimmt das Familienleben, und das ist sehr wichtig, gerade in unserem Beruf. Mach es so wie ich, und es wird gehen. Du wirst doch nicht 20 Dienstjahre herschenken, einfach so.«

Pierre Cousteau war nicht umzustimmen. Er wolle seiner Frau nicht zumuten, meinte er, zweimal die Woche in der Früh von Nachtstreifen heimzukommen, alle diese drekkigen Erlebnisse noch im Kopf, stinkend nach der Rue Fabrique.

»Bei mir ist der Ofen aus, Alter«, sagte er.

Pernell nickte.

»Hör jetzt gut zu, Kleiner. Auch wenn du wieder ganz in Ordnung bist, wirst du immer über Schmerzen klagen. Und ein wenig hinken, wenn du zum Amtsarzt mußt. Ich rede mit der Personalvertretung und der Gewerkschaft.«

Jetzt wurde Pernell laut: »Wir werden es nicht zulassen, daß einer von uns nach 20 Jahren Drecksarbeit so

weggeht, ohne daß der Staat was bezahlen muß. Wir werden für dich eine Frühpension herausschinden, Kleiner. Du wirst es brauchen können. Denk an deine Familie.«
»Du meinst, das geht?« zweifelte Pierre.
Da fresse er den berühmten Besen mitsamt der Putzfrau, fluchte Pernell, wenn das nicht ginge. Und er möge alles Weitere ihm überlassen, das mache er schon. »Heute noch rede ich mit dem alten Bonin«, sagte er. Wozu wäre man schließlich gewerkschaftlich organisiert. Dann fragte er nach Marianne. Mit Hilfe des Chefarztes war Marianne am Vortag ins selbe Krankenhaus eingewiesen worden, sie stand vor ihrer Niederkunft. Pierre sah auf die Uhr.
»Ich gehe dann rüber in die Entbindungsstation«, sagte er, »morgen oder übermorgen ist es so weit, hoffentlich geht alles gut.«
Sie waren aufgestanden und gingen wieder in Richtung Pierres Krankenzimmer. Ob Pierre schon über seine berufliche Zukunft nachgedacht habe, wollte Pernell wissen. Von einer Frühpension allein ließe es sich schlecht leben, irgend etwas werde er ja anpacken müssen. Pierre zog ein Buch aus seiner Jackentasche. Er poliere schon sein Schulenglisch auf, lächelte er. Eine Prüfung als Fremdenführer wolle er machen und dann versuchen, in irgendeinem Reisebüro unterzukommen. Pernell nickte zufrieden, er hielt das für eine gute Idee.
Sie standen vor Zimmer 355 und verabschiedeten sich gerade, als die Stationsschwester am Ende des Korridors auftauchte.
»Inspektor Cousteau«, rief die Schwester laut, »Inspektor Cousteau!«

Pernell spürte, wie sein Freund nervös zusammenzuckte.
»Inspektor Cousteau«, rief die Schwester weiter, »Ihre Frau hat soeben ein Mädchen entbunden. Alles gesund, ich gratuliere!«
»Hast du gehört«, keuchte Pierre, »ich habe eine Tochter!« Dabei machte er ein Gesicht, als ob soeben das größte Weltwunder geschehen wäre. Dann humpelte er schnell den Gang hinunter, ein Gesunder hätte nebenher laufen müssen.
Pernell sah ihm nach, dann sah er auf das Buch, das er plötzlich in Händen hatte und nicht wußte, wieso. »Englisch für Fortgeschrittene«, las er.

Trübes, kühles Herbstwetter hatte eingesetzt. Viel zu früh für die Jahreszeit, sagten die Leute. Die Wolken hingen tief über der Stadt, und es wollte nicht aufhören zu regnen. So wie das Wetter, so war auch die Stimmung bei den Kriminalbeamten des Kommissariates. Die Männer machten verdrossen ihre Arbeit, und es redete kaum noch jemand über Roger Brunes Tod oder den hoffnungslos gewordenen Fall Cousteau. Die hektische Streifentätigkeit im Quartier Latin hatte aufgehört, sehr zur Erleichterung der eingesessenen Ganoven und Prostituierten. Man konnte es sich jetzt wieder richten, man wußte ungefähr, wann und wo die Flics auftauchten und was sie wollten. Und man ging ihnen aus dem Wege.

Pernell war auf Urlaub gewesen mit seiner Familie, mit einem geborgten Wohnwagen waren sie auf einem Campingplatz nahe der spanischen Grenze. Sie waren alle sonnengebräunt, als sie zurückkamen. Jetzt gingen die Kinder wieder zur Schule, Frau Pernell wirtschaftete noch sparsamer als sonst, weil man im Urlaub zu viel Geld verbraucht hatte, und Pernell ging wieder ins Büro. »Leichenumdrehen«, wie er sagte. Am zweiten Tag nach seinem Urlaub hatte er den Selbstmord einer jungen Mutter zu bearbeiten. Die manisch-depressive Sechsundzwanzigjährige hatte sich mit ihrem vierjährigen Söhnchen in die Badewanne gesetzt und den eingeschalteten elektrischen Haartrockner ins Wasser geworfen. Durch den Stromschlag waren beide sofort tot. Ein Abschiedsbrief lag im Wohnzimmer. Der Wasserhahn im Bad war nicht abgedreht, die Wohnung war überschwemmt, und die Kommission kriegte nasse Füße. In einem Anflug von Sensibilität fragte Pernell am nächsten Tag seinen Kommissar, wie die Möglichkeit einer Versetzung zur Staatspolizei oder zur Betrugsgruppe aussehe. Der Gedanke mache ihn ganz schwach, meinte er, bis zu seiner Pensionierung jede Woche ein paar Leichen umdrehen zu müssen. Der Kommissar hatte nur müde abgewunken und darauf hingewiesen, daß nach den Abgängen von Cousteau und Brune die Personalsituation im Referat A ohnehin sehr angespannt sei.

•

Es war an so einem freudlosen Regentag im Büro, und Pernell tippte an seiner Maschine, als er plötzlich mitten im Satz aufhörte und sich zu Petit drehte.
»Ich muß mit dir reden, Alter«, sagte er. Petit warf einen Akt auf seinen Schreibtisch. »Zahl mir einen Pernod, und ich höre dir zu«, grinste er.
In der Kantine starrte Pernell eine ganze Weile in sein Glas. Dann sah er seinem Freund ins Gesicht.
»Es sieht so aus, als ob wir beide übriggeblieben wären.«
Petit nickte. Und er wisse auch ganz genau, meinte er leicht ärgerlich, was Pernell jetzt sagen werde: daß man im Falle Cousteau wieder ganz vom Anfang an beginnen müsse. Er könne das schon gar nicht mehr hören, bevor ihm nicht jemand sage, wo das sei: »Vom Anfang an!«
»Das will ich dir ja gerade erklären«, sagte Pernell, und jetzt wurde es spannend.
»Schieß los, Alter«, sagte Petit und schob sein Glas weg.
Pernell begann mit einer kurzen Erinnerung an den verstorbenen Chefinspektor Marcel Trudeau.
»Papa Trud würde uns allesamt in den Arsch treten«, sagte er, »müßte er zusehen, wie blöde wir bisher herumgefuhrwerkt haben. Überlege doch einmal: Wir began-

nen immer wieder von dem Zeitpunkt, als dieser Kerl auf Pierre schoß. Wir haben die Tatwaffe und suchen den Mann, der sie am 6. März im Besitz hatte. Und das war ein Fehler!«

Wieso das ein Fehler war und wen man sonst suchen solle, fragte Petit.

»Den Mopeddieb!« schrie Pernell.

»Den Mopeddieb? Aber das ist doch ein und derselbe?« Petit hielt den Mund offen. Wie eine Intelligenzbestie sah er im Moment gerade nicht aus.

Pernell nahm ein paar Papiere aus der Jackentasche und legte sie auf den Tisch.

»Natürlich ist es ein und derselbe«, sagte er jetzt ruhig. Aber man müsse dort nach ihm zu forschen beginnen, wo er das erstemal auftauchte. Das wäre der Tatort des Mopeddiebstahles. Vor einem Lokal namens Jardin in Montparnasse war das. Dort wäre der Diebstahl des Mopeds einer Funkstreife angezeigt worden, am 6. März um 21.30 Uhr.

»Ist das wichtig?« fragte Petit verdrossen.

Pernell trank einen Schluck.

Man wäre doch immer von der Annahme ausgegangen, meinte er, daß der Unbekannte eine Ladung Suchtgift bei sich hatte und deshalb bei seiner Anhaltung zuerst flüchtete und später schoß. Denn wegen eines Mopeddiebstahles einen Polizisten umzulegen, wäre doch eher unwahrscheinlich.

Petit nickte.

»Hast du dir schon einmal darüber Gedanken gemacht«, fragte Pernell, »daß es doch blödsinnig ist, ein Moped zu stehlen, wenn man Heroin von Montparnasse ins Quartier Latin bringen will? Das ist doch eigentlich heller

Wahnsinn. So einen vertrottelten Giftler kann es doch gar nicht geben!«

Petit kratzte sich am Hinterkopf.

Er habe sich die Diebstahlsanzeige von damals aufgehoben, setzte Pernell fort und deutete auf den Akt vor ihm. Und mit der Streifenbesatzung habe er auch geredet.

»Du mußt wissen«, sagte er, »das Jardin ist so eine Hasch-Bude, fast nur Halbstarke verkehren dort. Die Kollegen wollten dort gerade kontrollieren, eine Menge dieser Fratzen stand vor dem Lokal. Da kam ein Mädchen und meldete den Mopeddiebstahl. Die Streife hat die Fahndung gleich per Funk durchgegeben. Aus der Haschkontrolle wurde nichts.

»Du meinst, das Luder hat nur abgelenkt?« fragte Petit jetzt gespannt.

Genau das meine er, sagte Pernell.

Dann wäre das Moped also gar nicht gestohlen gewesen, sinnierte Petit, sondern irgendein Bekannter der Anzeigerin war damit unterwegs. Und der Kerl wußte gar nicht, weswegen er von der Streife angehalten wurde. Womöglich dachte er, er wäre verpfiffen worden.

»Warum schnappen wir uns das Mädchen nicht?« sagte er laut.

Pernell nahm die leeren Gläser, ging zur Theke und brachte zwei frische Pernod.

»Ich habe es versucht«, sagte er dann. »Sie ist verschwunden. Seit dem 17. Juli ist sie spurlos verschwunden.« Er nahm die Anzeige vom Tisch und hielt sie seinem Freund unter die Nase.

»Lies einmal ihren Namen«, sagte er.

Petit nahm den Akt.

»Fatima Bussaid, 17 Jahre alt ...«, murmelte er fassungslos. »Ist sie ...?«
»Seine Schwester!« schrie Pernell. »Und verschwunden seit 17. Juli! Das war der Tag, als Sidis Selbstmord in der Zeitung stand!« Eine Weile war es ganz ruhig.
»Er hätte uns wirklich in den Arsch getreten, der alte Papa Trudeau«, hörte man dann Petit. Er faltete den Akt zusammen und steckte ihn in seine Rocktasche.
»Jetzt bin ich am Zug, Alter«, sagte er. »Das ist jetzt etwas für mich. Ich werde dieses Luder finden, verlaß dich darauf.«

Kriminalinspektor Robert Petit war unbestritten das sonnigste Gemüt in der Gruppe, und seine engsten Freunde konnten sich nicht erinnern, ihn jemals mißmutig oder niedergeschlagen erlebt zu haben. Er war als einziger unverheiratet geblieben, seine Freundinnen wechselten ebenso oft wie die Rocklänge in der Damenmode, aber es gab niemals Tränen oder böse Worte bei Ende einer Affäre. In Gesellschaft und beim Wein war er voll von Schnurren und Schwänken, bei Pierre Cousteaus Hochzeitstafel unterhielt er die Gäste eine volle Stunde lang, so daß vor Lachen niemand zum Essen kam und Pierre mit der Krücke auf den Tisch klopfte und ihm Redeverbot erteilte. Am Grabe Roger Brunes blieben seine Augen trocken, beim Weggehen vom Friedhof aber sagte er ein paar einfache Worte, die den Kollegen den Heimweg leichter machten.
Es hatte den Anschein, als ob auch die vielen Dienstjahre in der Gruppe »Gewaltverbrechen« und die damit verbundene tägliche Konfrontation mit den Scheußlichkei-

ten des Lebens dem heiteren Wesen Robert Petits nichts anhaben konnten.
An einem Vormittag im Hauptdienst so gegen elf Uhr saß Petit in der Kantine, trank sein Bier und speiste genüßlich einen Wurstsalat mit Zwiebel. Belustigt erzählte er die Geschichte einer Meinungsverschiedenheit mit dem Polizeiarzt. Um zehn Uhr war die Kommission zu einer Leiche gefahren, einer Männerleiche nach Selbstmord durch Erhängen. Das vorgeschriebene Entkleiden einer Leiche ist immer Sache des Kriminalbeamten, aber für den Polizeiarzt war es eine Novität, als Petit die hängende Leiche zu entkleiden begann. Er war der Ansicht, der Tote gehöre vorerst vom Strick geschnitten. Petit argumentierte sachlich, daß hängende Leichen ungleich leichter zu entkleiden wären als am Boden liegende und dieses dem Erhängten auch völlig gleichgültig wäre. Er erzählte diese Episode im leichten Plauderton, und die zuhörenden Kollegen grinsten. Pernell trank sein Bier aus und ging. Er war ebenso lange beim Referat A wie Petit und hatte mindestens ebenso viele Leichen entkleidet, aber Wurstsalat mit Zwiebel unmittelbar danach schmeckte ihm immer noch nicht.

Der Tag nach jenem aufschlußreichen Kantinengespräch über die verschwundene Fatima Bussaid war ein Samstag, und Petit war zum Wochenende dienstfrei. Er schlief tief und traumlos bis zehn Uhr vormittags, dann weckte ihn das Telefon. Es war Gerlind, eine Freundin, die manchmal mit ihm schlief und manchmal auch seine Bude saubermachte, wenn die Unordnung allzu groß war. Petit gähnte ins Telefon, daß er arbeiten müsse und nicht sagen könne, wann er heimkomme, und daß er

einen Wohnungsschlüssel auf alle Fälle unter den Fußabstreifer legen werde, sie kenne ja den Hausbrauch. Dann ging er unter die Dusche, rasierte sich aber nicht. Er zog seine ältesten Jeans an und Tennisschuhe, einen verwaschenen Pullover und eine Lederjacke, die kein Vorstadttrödler mehr gekauft hätte. Ohne zu frühstücken, fuhr er ins Kommissariat.
Der Torposten blickte mißtrauisch und verlangte einen Ausweis. In seinem Büro nahm Petit sein ganzes Geld aus der Brieftasche und steckte es in seine Brusttasche. Das Etui mit allen seinen Ausweisen legte er in die Schreibtischschublade, auch seine Dienstmarke und die Dienstpistole. Einen alten Trommler fischte er aus der Lade, ein Neun-Millimeter-Ding mit kurzem Lauf. Schließlich spannte er ein blanko gestempeltes Formular in die Schreibmaschine, eine Entlassungsbestätigung aus dem Gerichtsgefangenenhaus. Er tippte eine Weile, und dann war dem Formular zu entnehmen, daß ein gewisser Robert Dupont mit den Geburtsdaten Petits am heutigen Tage nach Verbüßung einer dreimonatigen Freiheitsstrafe wegen Suchtgiftmißbrauches entlassen worden war. Das Papier steckte er in seine Jackentasche.
Auf dem Wege nach Montparnasse knurrte ihm ordentlich der Magen, und er hoffte, daß es im »Jardin« was zu essen geben werde.
Das »Jardin« war ein Loch, nicht besser und nicht schlechter als das »Boo-Boo«, das »Jetaime« im Quartier Latin, eher schlechter. Es war so gegen vierzehn Uhr, als dieser soeben aus der Haft entlassene Robert Dupont dort reinging und was zu essen verlangte. Er bekam die übliche Zwiebelsuppe und einen Wecken Weißbrot, was anderes gab es nicht.

Viel war nicht los im »Jardin« um diese Zeit. Ein paar Mädchen lungerten herum und rauchten, schwer zu unterscheiden, ob es Huren waren oder Studentinnen. Montparnasse ist das Universitätsviertel, demgemäß sind die Kneipen voll von jungen Menschen, und fast alle stecken in der Uniform unseres Jahrhunderts, in diesem unvermeidlichen Jeans-Zeug. Die Chefin war eine fette Enddreißigerin in fleckiger Bluse, schwarzem Rock und ebensolchen Fingernägeln. Drei langhaarige Burschen marterten einen Spielautomaten, die Langeweile sah ihnen aus den Augen. Petit aß seine Suppe, dann ging er an die Bar und sah der Chefin in den Blusenausschnitt.
»Ich brauche Sidi, den Algerier«, sagte er leise.
Er spürte ihren mißtrauischen Blick, sah das Zucken ihrer Schultern.
»Unbekannt«, sagte die Fette. Petit bestellte einen Genever. Ob es jemanden gäbe, der sich hier auskenne, wollte er wissen. Und die Chefin könne einen mittrinken, wenn sie Lust habe. Sie schenkte zwei Gläser voll.
»Waren Sie im Ausland?« fragte sie.
»So etwas Ähnliches«, murmelte Petit.
Vielleicht wisse der Chef etwas von diesem Sidi, meinte die Fette und kippte den Genever runter. Der Chef komme in etwa zwei Stunden. Petit kroch auf einen Barhocker. Er habe keine Eile, überhaupt keine. Nach zwei Zigarettenlängen ging er auf die Toilette und sah sich ein wenig um. Eine Holztüre führte in einen kleinen Hinterhof, der angeräumt war mit leeren Bierkisten. Eine Eisentreppe war da zum Halbstock, Petit sah dort ein paar winzige Zimmer ohne Fenster und nur mit einem Bett als einzigem Möbelstück. Die Mädchen unten in der Bar waren also doch keine Studentinnen.

Wieder an der Theke und bei seinem dritten Genever, setzte sich eine zu ihm, fragte nach einer Zigarette und ob sie einen mittrinken dürfe. Sie durfte. Sie roch süßlich und war eher mager, sicherlich noch keine achtzehn. Ein »Joint« wäre jetzt eine gute Sache, meinte Petit. Das Mädchen griff schon nach der Handtasche, als sich die Fette warnend räusperte. Hier gäbe es kein Hasch zu rauchen, sagte das Mädchen und legte die Handtasche wieder weg.
Petit zog seine Jacke aus und legte sie auf die Theke. Er achtete darauf, daß ein Ärmel genau längs der Barkante lag. Dann ging er wieder auf die Toilette und blieb ziemlich lange. Als er zurückkam, lag die Jacke anders. Die Chefin hatte also nachgesehen und wußte jetzt, daß Robert Dupont erst heute früh aus dem Knast entlassen worden war. Jetzt bekam er auch seinen Joint, und das Mädchen sagte, sie heiße Michele und der Joint koste fünfzehn Franc. Petit gab ihr einen Zwanziger.
Der Chef war ein fetter Araber mit schwarzem Schnauzbart und hieß Jussuf. Petit saß wieder an einem Tischchen in der Ecke und gab sich ziemlich eingeraucht. Michele saß daneben und war es tatsächlich. Aus den Augenwinkeln beobachtete Petit, wie die Fette ihren Mann informierte und dabei drei Finger zeigte. Drei Monate war der Kerl also im Gefängnis, kein Wunder, wenn er von Sidi Bussaid nichts wußte.

Als Jussuf zum Tisch kam, klopfte Petit dieser Michele an den Po und machte eine Kopfbewegung, sie stand gehorsam auf und setzte sich an einen anderen Tisch. Jussuf begann ohne Umschweife: Was er von Sidi, dem

Algerier, wolle, fragte er. Petit machte es auch kurz: Er war in Geschäftsverbindung mit Sidi. Jetzt war er drei Monate lang weg und brauche ihn wieder. Jussuf nickte und erzählte dann von Sidi, den es seit drei Monaten nicht mehr gäbe, weil ihn die Scheiß-Bullen mit Stoff erwischt und eingelocht hatten. Und weil sich dieser Schwachkopf Sidi in der Zelle erhängt hatte. Es war eine traurige Geschichte. Petit hörte interessiert zu.
»Das ist schlecht für mich«, sagte er dann und starrte in eine Ecke.
Jussuf zuckte mit den Schultern und wollte wieder gehen, und Petit fragte, ob er sich ein paar Tage hier aufhalten könne. Bis er sich wieder »arrangiert« habe und so. Jussuf blickte finster. »Bist du flach?« fragte er.
Nicht gerade gestopft, meinte Petit, aber für ein paar Tage reiche es. Er ließ ein paar Geldscheine sehen, und Jussuf wurde freundlich.
»Mach dir das mit Michele aus«, sagte er, »ich kassiere von ihr.« Dann ging er hinter die Bar.
Michele kam wieder und fragte: »Wie hängen die Gurken?« Er habe noch etwas zu besorgen und käme in zwei Stunden wieder, sagte er. Dann werde er für eine Weile bleiben. Sie nickte und holte zwei Genever von der Bar, tuschelte ein wenig mit Jussuf.
»Das geht aufs Haus«, sagte sie und setzte sich. »Die Nacht kostet dich vierhundert.«
»Drei«, sagte Petit.
»Vier, und ich gehe auch nicht weg«, versuchte sie es.
»Drei, und du kannst gehen, so oft du willst.« Sie sah rüber zur Bar und hob drei Finger. Jussuf nickte. »Also drei«, sagte sie. Er gab ihr drei Hunderter. »Bis nachher«, sagte er und ging.

Der nebelige Straßendunst kam ihm vor wie kristallklare Gebirgsluft. Er schlenderte langsam um drei Ecken, bis er sicher war, daß sie ihm niemanden nachgeschickt hatten. In einer passablen Kneipe aß er etwas Ordentliches und dachte nach. Bisher konnte er zufrieden sein mit seinem Ausflug nach Montparnasse. Aus seinem Auto holte er noch einen Plastiksack, Rasierzeug und Wäsche waren drinnen. Es war schon dunkel, als er wieder ins »Jardin« kam, die Musikbox plärrte Steve Millers »Abracadabra«, und die Gäste zuckten im Rhythmus. Die Fette begrüßte ihn wie einen alten Freund, und er kletterte wieder auf den Barhocker. Als Michele herankam, betrachtete er sie zum erstenmal ein wenig genauer. Mager schien sie ihm, und das einzig Hübsche an ihr waren die Zähne. Das kostete ihm noch einen Genever, Petit mochte keine mageren Weiber.

Eine volle Stunde lang unterhielt er sich mit Michele zuerst über das Scheiß-Wetter in Paris, dann über Impotenz bei jungen Männern, über Homosexualität und Gruppensex und schließlich über das Palästinenserproblem und die internationale Friedensbewegung. Michele war sehr sprunghaft in ihren Gedanken. Sie war jetzt ziemlich betrunken und plapperte munter. Als die Fette Gläser abtrocknete und außer Hörweite war, fragte sie, ob Sidi ein guter Freund von ihm gewesen wäre. Man hatte über ihn während seiner Abwesenheit also schon geplaudert. Petit meinte düster, daß die Sache mit Sidi für ihn sehr unerfreulich sei. Er wisse jetzt nicht, wie er zu Stoff komme, und habe drüben im Latin Viertel eine Menge Abnehmer.

»Du mußt Fatima fragen«, plapperte Michele. Petit glaubte zu träumen. Die Fette kam wieder, und er hatte

gerade noch Zeit, seine Michele in den Arm zu zwicken.
»Halt jetzt den Schnabel«, flüsterte er.
Petit erzählte noch ein paar ordinäre Witze, zahlte und nahm seinen Plastiksack. Er wolle jetzt sein Bett sehen, sagte er zu Michele. Ohne Flasche Rotwein ginge da nichts, meinte sie, das brauche sie zum Einschlafen. Die Flasche fand auch noch Platz im Plastiksack. Auf der Eisentreppe stolperte sie, und er mußte sie stützen. Oben zeigte sie ihm kichernd, wo er »pi pi« machen könne, und suchte und fand einen Korkenzieher, Gläser waren auch da. Ein paar Wandhaken gab es in dem Loch, eine alte Stehlampe ohne Schirm und das Bett, sonst nichts. Michele zog sich aus. Petit dachte daran, was sie vorhin von Fatima gesagt hatte, und jetzt kam sie ihm gar nicht mehr so mager vor.

Es war Sonntag spätabends, als er heimkam.
Wo sich Fatima Bussaid aufhielt, wußte er immer noch nicht, auch Michele wußte es nicht. Aber sie war irgendwo in der Stadt bei ihrem Freund, einem Algerier namens Hassan. Michele war zweimal von ihr angerufen worden im »Jardin«. Denn Michele schuldete ihr noch Geld, zweihundert Franc. Sie hatte ihr das Moped verkauft, bevor Fatima von Hassan weggebracht wurde, damals vor drei Monaten.

Der Wohnungsschlüssel lag unter dem Fußabstreifer, die Bude war sauber aufgeräumt, das Geschirr gewaschen. Am Nachtkästchen lag ein Zettel. »Wo treibst du dich herum, du Schuft?« las Petit.

Freddy Linkshand war also doch zu einem Entschluß gekommen.
»Hör zu, Linkshand«, sagte Pernell, »das ist alles schön und gut, was du mir da erzählst. Aber wenn Sidi Bussaid die Beretta von Hassan bekommen hatte, ist die Sache für mich wichtig. Und ich muß mit Penny selber reden, du verstehst.« Linkshand verstand.
»Das wird sich machen lassen, Inspektor«, sagte er, »kann ich dabeisein?«
Das solle er sogar, erklärte Pernell.
»Du mußt ihr zureden, daß sie mir alles sagt. Vielleicht brauche ich sogar eine Unterschrift.« Linkshand nickte. Das »Boo-Boo« komme für den Treff nicht in Frage, meinte er. Das beste, der Inspektor komme so gegen Mittag in seine Wohnung, zum Frühstück, da rede es sich leichter. Der Inspektor war einverstanden.
»Morgen um zwölf bei dir«, sagte er.
Nachdem Freddy Linkshand gegangen war, rauchte Pernell in Ruhe eine Zigarette und dachte nach. Dann ging er hinüber ins Sittendezernat und hob sich einen Akt aus. Den Akt der registrierten Prostituierten Penelope Cerdan, geborene Rubin, 26 Jahre alt, genannt »Penny«. Es war ein ziemlich umfangreicher Akt, und Pernell unterschrieb dafür und ging damit wieder in sein Zimmer. Er begann zu lesen.
Penny war 1957 in Marseille geboren. Sie war das einzige Kind des Ehepaares Rubin, der Vater war Kraftfahrer, die Mutter Weißnäherin. Pernell war überrascht über ihre Schulbildung. 6 Klassen Gymnasium, las er. Das Abitur hatte sie nicht geschafft, aber immerhin. Mit 16 hatte sie ihre erste Vormerkung wegen Suchtgiftmißbrauches. Es begann wie üblich mit Haschisch. Mit 18

heiratete sie Marcel Cerdan, 25 Jahre alt, Student, las Pernell. Der Marcel war damals schon »fest an der Nadel«. Ein paar Reisen nach Indien, Pakistan, in die Türkei folgten. Marcel Cerdan mußte dann 9 Monate ins Gefängnis wegen Heroinschmuggels. Das war die Zeit, als Penelope Cerdan »Penny« und Prostituierte wurde. Ihr Mann machte nach der Haftentlassung die übliche erfolglose Entwöhnungskur. Er starb an einer Überdosis Heroin in einem Klosett einer Bar in St. Denise.

Niemand im Hause verstand sich besser mit Huren als Inspektor Pernell.
Das rührte noch aus einer Zeit, als Pernell der »Sitte« zugeteilt war, dem Dezernat »Jugend- und Sittenpolizei«. Als seine Hauptaufgabe noch die Kontrolle der Straßenprostitution und der Bordells war. Das war lange her. Aber schon damals hatte er ein gutes, fast freundschaftliches Verhältnis zu den Mädchen und wußte so ziemlich alles, was sich in der Szene tat.
Wahrscheinlich kam das daher, weil Pernell die Prostitution als Beruf wie jeden anderen auffaßte, als einen Beruf mit eigenständigen Gesetzen oder Eigenheiten wie eben jeder Beruf. Und weil er deshalb die Prostituierten mit der selbstverständlichen Höflichkeit behandelte, wie etwa auch Friseusen, Tippmädchen oder Kindergärtnerinnen. Die Menschen spüren so etwas, auch Prostituierte. Oder gerade Prostituierte.

Eine Weile stritten sie, weil Pernell meinte, es wäre gescheiter, wenn er allein den Linkshand und Penny besuchte.

»Vielleicht ist Freddy angefressen, wenn ich mit dir angetanzt komme«, sorgte er sich. Petit bestand darauf, diese Penny zu sehen. Er habe von Michele so viele Einzelheiten über Fatima und ihren Freund gehört, Kleinigkeiten nur, die er sich nach den vielen Genevers auch gar nicht merken konnte. Aber in einem Gespräch könnte ihm wieder manches einfallen. Das gab den Ausschlag, und sie gingen zu zweit.
Freddy hatte sie schon erwartet und Kaffee gemacht, die Weiber lagen noch im Bett. Er schilderte noch einmal kurz, was Penny von diesem Hassan erfahren hatte: Der wäre jetzt allein im Gifthandel, weil sich sein Freund und Partner im Knast erhängt habe. Und schuld daran sei ein »heißes« Schießeisen, welches Hassan seinem Freund gegeben hatte. Das bißchen Heroin im Arsch wäre nicht so schlimm gewesen. Aber die verdammte Pistole hatte sein Freund irgendeinem Idioten verscheuert, und die Flics waren dahintergekommen. Jetzt mache er sich arge Vorwürfe, dieser Hassan. Er hätte damals die heiße Pistole in die Seine schmeißen sollen, das wäre besser gewesen, und sein Freund würde noch leben.
»Komm jetzt hoch, Penny«, rief Linkshand gutmütig. »Geh in die Dusche und trink dann einen Kaffee mit uns. Und erzähl unseren Freunden von diesem Hurensohn.«
Penny kroch aus den Federn und ging unter die Dusche, sie war nackt. Die beiden Kieberer grinsten vergnügt hinter ihr her. Sie hatte eine noch gute Figur, aber einen leicht fetten Hintern, wie ein Schulmädchen sah sie wirklich nicht mehr aus. Als sie sich dann zu Tisch setzte, hatte sie ein Badetuch umgewickelt und roch nach Körperspray.

Pernell redete zu ihr wie ein Vater mit seiner Lieblingstochter. Jede Kleinigkeit von diesem Hassan interessierte ihn, seine Gewohnheiten, wie er redete, wie er im Bett war, alles. Zuerst zurückhaltend, dann immer flüssiger plauderte Penny von diesem Kerl.
Sie trank dabei ihren Kaffee, und Freddy strich ihr Butterbrötchen. Aber immer wieder brach bei Penny die blanke Angst durch:
»Ihr habt leicht reden, ich soll euch den Hassan liefern. Ich wäre auch froh, wenn er weg wäre. Aber wenn was schiefgeht, murkst er mich ab. Er ist so ein Typ.«
Freddy wirkte dann beruhigend: Er werde dafür sorgen, daß nichts schiefgehe. Hassan müsse eine Bude haben, irgendwo im Viertel. Das herauszufinden wäre Pennys Aufgabe. Alles Weitere wäre dann eine Kleinigkeit.
Pernell hatte noch zusätzliche Sorgen: Er werde noch heute im Büro eine Niederschrift über die Aussagen Pennys tippen, das wäre notwendig. Ob Penny auch bereit wäre, das Papier zu unterschreiben? Sie sah ihren Freddy an, der zustimmend nickte. Also wenn es wirklich notwendig wäre, würde sie unterschreiben. Freude habe sie keine damit, gar keine.
Susu, noch immer im Bett, begann zu kichern und kriegte dann einen Lachkrampf: Ob Freddy jetzt zum Hilfspolizisten geworden sei und einen Sheriffstern kriege, gluckste sie.
»Halt's Maul, Su«, rief Freddy ärgerlich.
Pernell war noch nicht zu Ende.
Man habe ja gewissermaßen gleiche Interessen. Mit der Niederschrift und noch ein paar gesammelten Kleinigkeiten bekomme man sicherlich einen Haftbefehl vom Untersuchungsrichter.

»Wenn wir Hassan geschnappt haben, stellen wir ihn vor Gericht wegen Mordversuches an einem Polizisten und Verdachtes des Suchtgifthandels«, sagte er. Aber bei der Hauptverhandlung müsse dann Penny als Zeugin aussagen, das ginge nicht anders. Penny blickte leicht erschrocken, aber Linkshand beruhigte wieder: Die Hauptsache, dieses Schwein wäre einmal aus dem Verkehr gezogen.
Jetzt kam Susu aus dem Bett und verlangte Kaffee. Wenn alles vorbei wäre, kicherte sie, könne man ja den netten Herren von der Polizei eine Party veranstalten. Alle waren belustigt einverstanden, nur Freddy sagte nichts. Er richtete seiner Su ein Butterbrötchen.
Als Petit und Pernell zurück ins Kommissariat fuhren, waren sie guter Dinge. Sie beratschlagten eine Weile, ob sie alles Weitere mit oder ohne den Kommissar tun sollten. Pernell war sehr dafür. Mit Dr. Frere könne man jetzt offen reden, und außerdem wäre es an der Zeit, den Akt Cousteau in Ordnung zu bringen. Petit stimmte schließlich zu.
»Aber alles, was sich im Jardin abspielte, muß er nicht wissen«, grinste er.
Dr. Frere war ziemlich bekümmert, als ihn die beiden vom letzten Stand im Falle Cousteau informierten. Auch ohne Petits Einzelheiten über seinen Ausflug nach Montparnasse. Er las zum drittenmal die unterschriebene Aussage der Zeugin Penelope Cerdan und seufzte. Einen Haftbefehl würde er bekommen, aber was dann? Die Beweislage wäre ziemlich dürftig. Wenn sich dieser Hassan auf keine Aussage einließe, wäre es fraglich, ob der Staatsanwalt Anklage erheben könne. Petit gab seinem Freund unter dem Tisch einen leisen Fußtritt.

»Sie vergessen zwei todsichere Augenzeugen des Mordversuches, Kommissar«, sagte er.
»Augenzeugen?« Der Kommissar war irritiert.
»Pernell und ich«, setzte Petit unbekümmert fort. »Wir saßen damals im Auto und sahen diese Type herankommen. Wir schwören vor Gericht jeden Eid, daß es der Angeklagte war.«
Du lieber Himmel – der Kommissar griff sich an den Kopf. Wenn das Gericht einen Lokalaugenschein anordnet, das geht doch in die Hosen! Nach all den Monaten jemanden zu identifizieren. Außerdem war es doch damals dunkel in dieser Rue Cohon.
»Wir hatten den Scheinwerfer angedreht, wir sahen ihn ganz genau«, log Petit eiskalt weiter.
Der Kommissar lehnte sich zurück.
»Sagt einmal, ihr beide«, wechselte er das Thema, »warum seid ihr gerade in diesem Fall so emotionell, so fanatisch?« Er verstehe schon, daß persönliche Gründe eine Rolle spielten, schließlich wurde ihr Freund angeschossen. Er habe übrigens Pierre Cousteau gestern im Krankenhaus besucht. Und er werde ihn auch unterstützen, in der Sache seiner Invalidenpension.
»Aber sogar Pierre ist über die Sache weggekommen«, sagte der Kommissar, »das Leben geht weiter, er denkt an seine Zukunft. Was zum Teufel geht in euch beiden vor? Warum jagt ihr diesen Hassan, als ob euer Lebensglück davon abhängt?«
Die beiden sahen sich an.
»Wir sind keine Tiefenpsychologen«, sagte Pernell gereizt. »Wir wissen es nicht. Aber eines wissen wir: Diese Laus werden wir kriegen, verlassen Sie sich darauf, Kommissar.«

Bevor sie gingen, verlangte Dr. Frere noch schriftliche Berichte oder Aktenvermerke über alles, was ihm da so gesagt worden war. Petit dachte an Michele und kratzte sich am Ohr. Zum Teil wären es vertrauliche Mitteilungen von Konfidenten, wandte er ein, aber der Kommissar blieb unbeeindruckt. Er möge eben Konfidentenberichte schreiben, ohne Namensangabe der Informanten, sagte er. Dann zog er einen Kassablock aus der Tischlade und fragte, ob fünfhundert Franc Konfidentengeld fürs erste ausreichten. Das Geld könne Petit bei der Polizeikassa abholen.
Petit nickte.
Auf dem Wege zu ihrem Büro grinste Pernell unentwegt.
»Jetzt bezahlt dich der Kommissar schon fürs Ficken«, sagte er.
Petit seufzte. »Das ist schwer verdientes Geld. Du solltest einmal mitkommen ins Jardin, solltest Michele kennenlernen.«

Susu und Penny saßen im »Boo-Boo«, es war gegen ein Uhr nachts, und sie hatten die Hoffnung auf Kundschaft für heute so ziemlich aufgegeben. Das Geschäft ging schlecht, wie alle Jahre um diese Zeit. Die Leute sparten offenbar schon für die bevorstehenden Weihnachtsfeiertage. Letzte Woche war Katholikentag gewesen und ein Landwirtekongreß, da hatten die beiden Hochbetrieb gehabt.
Susu schüttete ein Glas nach dem anderen in sich hinein und war verärgert, weil sie nicht ordentlich betrunken wurde. Penny blies aus Langeweile ein Präservativ zu

einem Ballon und malte mit ihrem Augenbrauenstift ein Gesicht auf den Gummi. Das Gesicht habe Ähnlichkeit mit Freddy, behauptete sie. Susu fand das gar nicht und gähnte.
Es war gerade, als Susu das unwiderruflich letzte Glas bestellte, als der Mann hereinkam und sich suchend umblickte. Südländischer Typ, etwa dreißig Jahre. Dunkles, schulterlanges Haar, schwarzer Schnauzbart.
»Das ist er«, flüsterte Penny erschrocken.
Wer sei was, fragte Su träge.
»Hassan«, flüsterte Penny, »laß mich auf keinen Fall allein.«
Dann war ausgeflüstert, denn Hassan saß am Tisch und lächelte freundlich. »Ich habe dich überall gesucht«, sagte er zu Penny.
Penny ließ den aufgeblasenen Schutzgummi los, und das Ding schwirrte mit einem Furzgeräusch unter den Tisch.
»Wir arbeiten nur noch zu zweit«, sagte Penny steif und deutete auf Su. »Wenn du bedient werden willst, kostet dich das sechshundert. Und wir gehen nur mehr privat, nicht mehr in dieses Scheiß-Stundenpuff.« Angesichts dieser Bedingungen hoffte sie, er würde fluchen und wieder gehen. Ihr Herz klopfte.
Er fluchte nicht und blieb sitzen.
»Wir sind jetzt ganz was Exquisites«, kicherte Su. »Etwas für gestopfte Gents. Wenn du hier sitzen bleiben willst, mußt du Champagner bestellen.«
Hassan sah sie kurz an, und seine Zähne schimmerten. Ein dickes Geldbündel zog er aus der Hosentasche und hob einen Finger. Das Barmädchen brachte Cham-

pagner mit drei Gläsern. Hassan gab ein Glas zurück. Er trinke nur Bier.
Sein Glas war noch halbvoll, als er alles klarmachte. Er hatte durch das Barmädchen ein Taxi bestellen lassen, und als der Fahrer reinkam und sein »Taxi gewünscht« leierte, griff er rasch über den Tisch und bekam Penny am Busenausschnitt zu fassen.
»Du kommst jetzt mit mir, du Süße«, sagte er drohend. In der nächsten Sekunde überstürzten sich die Ereignisse.
Susu schlug ihr halbvolles Glas gegen die Tischkante, mit dem zersplitterten Glasfragment fuhr sie dem Hassan kräftig über die rechte Gesichtshälfte. Blut und Champagner spritzten. Penny ließ sich vom Sessel fallen und biß dabei dem brüllenden Hassan in den Handrücken. Das Barmädchen hatte schon das Telefon in der Hand – nicht etwa, daß sie die Polizei anrief. Mit dem Jetaime telefonierte sie, und nur einen Satz schrie sie in den Hörer: »Linkshand soll kommen, rasch!«
Der Taxifahrer vom nahe gelegenen Standplatz, solcher Situationen nicht ungewohnt, machte zuerst Anstalten, seinem Auftraggeber zu helfen, mischte sich dann aber nicht drein. Hassan hatte jetzt Penny an den Haaren bis etwa in die Mitte der Bar geschleift, dabei aber Su aus den Augen verloren, die ihm von hinten die halbvolle Champagnerflasche an den Schädel schlug. Fluchend ließ er Penny los, aber sein Fluchen hörte man kaum in dem irren Gekreische der beiden hysterischen Weiber.
Hassan wischte sich das Blut aus dem Gesicht.
Su und Penny waren wieder in der Ecke hinter dem Tisch, mit Aschenbecher und Sektkübel bewaffnet und sichtlich entschlossen, auch einen zweiten Angriff abzuwehren. Der Taxifahrer gab Hassan sein Taschentuch.

»Gib es auf«, sagte er gutmeinend. Es war ihm um seinen Fuhrlohn zu tun. »Mit den beiden Furien ist nicht zu spaßen.«
Dem Barmädchen war es um die Zeche zu tun.
»Das macht dreihundert Franc, du Schweinskerl«, schrie sie hinter der Bar hervor. »Oder ich rufe die Polizei!«
Die Drohung mit der Polizei war für Hassan sichtlich eine schwere Kränkung. Er spuckte in Richtung Barmädchen und warf dann ein paar Geldscheine auf den Boden. Das Taschentuch gegen die Wange gepreßt, verließ er das Lokal, der Taxifahrer hielt ihm die Türe und ging auch hinaus. Gleich darauf hörte man das Startgeräusch des Taxis.

Als Freddy Linkshand in das »Boo-Boo« stürzte, atemlos und einen Schlagring in der Hand, kehrte das Barmädchen schon mit einem Besen die Glasscherben in eine Ecke.
»Ich krieg' einen Hunderter von dir«, sagte es. »Fürs Telefonieren und die zerbrochenen Gläser.« Su und Penny standen an der Bar. Penny schluchzte hysterisch, und als sie Freddys ansichtig wurde, heulte sie wieder laut.
»Halt's Maul, Penny«, sagte Su gütig. Sie war die Heldin des Vorfalles und gab dann ihrem Freddy eine Art Bericht:
»Ich lasse unsere Penny doch nicht verschleppen«, sagte sie stolz, als sie in ihren Schilderungen bei dem Hieb mit der Champagnerflasche angelangt war. »Das kann er bei mir nicht machen, dieses algerische Arschloch.«
Freddy war sehr zufrieden mit seinen beiden Weibern.

Sein Gesicht spannte sich, als er erfuhr, daß Hassan mit einem Taxi weggefahren war. Welchen Taxistand sie verständigt habe, wollte er von dem Barmädchen wissen, und er bekam genaue Auskunft. Das Mädchen bekam zweihundert Franc und einen Kuß auf die Stirne. Dann war Freddy schon unterwegs zum Taxistandplatz.
Su und Penny waren schon geduscht und im Bett, als Freddy heimkam. Er hatte den Taxifahrer gefunden und für weitere hundert Franc auch das Fahrziel des Hassan erfahren. »Avenue Concorde Nummer fünfundzwanzig«, sagte er fröhlich. »Ein zehnstöckiger Wohnblock. Dort muß er seine Bude haben. Alles Weitere ist Sache der Flics.«

Inspektor Pernell war im Einwohner-Meldeamt gewesen, in der Häuserkartei. Einen dicken Stoß Meldezettel hatte er durchblättert, polizeiliche An- und Abmeldungen aus dem Hause Avenue Concorde Nr. 25. Was er befürchtet hatte, traf zu: Weder ein Mann mit Vornamen Hassan noch eine Fatima Bussaid waren polizeilich gemeldet. Das Gebäude hatte vierundvierzig Wohnungen und sechs Büros, aber keine Concierge, wie halt üblich in diesen modernen Wohnsilos. Die Hausverwaltung war zwei Wohnblocks weiter, dort war kaum etwas zu erfragen.
Bleibe also nichts anderes übrig, meinte er mißvergnügt zu Petit, als alle vierundvierzig Wohnungen entweder als Kontrolleur vom Elektrizitätswerk oder Monteur vom Fernheizwerk abzuklappern. Oder als Zeitschriftenkeiler. Petit war für den Monteur und holte einen abgetragenen blauen Arbeitsmantel aus seinem Schreibtisch, als Pernell noch eine Idee hatte. Er fuhr mit dem Lift in den 6. Stock ins Führerscheinreferat, dort wurde er fündig. Als er zurückkam, hatte er ein Foto von Fatima Bussaid, es stammte von ihrem Antragsformular auf einen Führerschein für ein Mofa der Klasse A.

Es war die neunzehnte Wohnungstüre im Hause Avenue Concorde Nr. 25, an welche der freundliche Monteur vom Fernheizwerk klingelte und den öffnenden Hausparteien mitteilte, er müsse die Heizkörper kontrollieren. Bei vier Wohnungen war nicht geöffnet worden, wahrscheinlich war niemand zu Hause. Der Monteur vermerkte es auf einer Liste. Zumeist waren es Hausfrauen gewesen, die ihn einließen und bei dieser Gele-

genheit über die hohen Heizkosten klagten. Der Monteur in seinem verwaschenen Arbeitskittel nickte verständnisvoll.
Die 19. Wohnungstüre öffnete ein hübsches, zirka 20jähriges schwarzhaariges Mädchen. Als sie kapiert hatte, was dieser Monteur wollte, rief sie ein paar Worte in arabischer Sprache ins Wohnungsinnere. Es erschien ein dunkelhaariger, schnauzbärtiger Mann, nur mit Hemd und Hose bekleidet. An seiner rechten Gesichtshälfte hatte er frische Schnittverletzungen . . .

Die Nachricht von der Verhaftung des Algeriers Hassan Elarab wegen Verdachtes des Mordversuches an Inspektor Pierre Cousteau hatte unter den Kriminalbeamten des Kommissariates die Wirkung einer Bombe.
Als am nächsten Tag Kommissar Dr. Frere den Frührapport zu lesen begann, war es zunächst totenstill im Saal.
»Bezugnehmend auf den Tagesbericht vom 6. März dieses Jahres«, begann Dr. Frere mit ein wenig heiserer Stimme. Er räusperte sich:
»Festgenommen wegen Verdachtes des versuchten Mordes an einem Kriminalbeamten durch einen Schuß aus einer Handfeuerwaffe wurde Hassan Elarab, 15. 1. 51 in Algerien geboren, algerischer Staatsbürger, ohne Beruf, zuletzt Avenue Concorde Nr. 25 wohnhaft, aber nicht polizeilich gemeldet gewesen. Bei der Hausdurchsuchung wurden außerdem 20 Gramm Heroin und 500 Gramm Haschisch vorgefunden. Sachbearbeiter sind ...« die Stimme des Kommissars war nunmehr gefestigt, »... Sachbearbeiter sind die Inspektoren Pernell und Petit.«
»Vorstellen!« rief jemand aus den hinteren Sitzreihen.
Im nächsten Moment war der Teufel los.
»Vorstellen!« schrien einhundertzwanzig Kriminalbeamte und trampelten mit den Füßen. »Vorstellen!«
Die Vorstellung eines besonders gefährlichen Kriminellen war eine uralte, wenn auch selten gehandhabte Gepflogenheit in der Kriminalpolizeilichen Abteilung des Kommissariates. Diese Vorstellung war weder in Gesetzen oder Vorschriften verankert, noch war sie ausdrücklich untersagt. Sie sollte den Zweck haben, einen besonders gefährlichen Verbrecher allen Kriminal-

beamten zu zeigen, damit ihn diese in späteren Zeiten wiedererkennen konnten.
Sehr glücklich sah der Kommissar nicht drein, als der Tumult losbrach. Er hob einen Arm, und es wurde leidlich ruhig.
Dr. Frere winkte Pernell und Petit heran.
»Holt ihn runter«, sagte er zu den beiden. »Aber Disziplin bitte ich mir aus!« rief er dann laut in den Rapportsaal. Dann verlas er die restlichen Punkte des Tagesberichtes. Besonderes war nicht dabei, und der Kommissar bestimmte die Sachbearbeiter.
Ein leises Raunen zeigte ihm an, daß Pernell und Petit mit dem Häftling Elarab beim Saaleingang waren. Der Kommissar ging zu den dreien, Elarab hatte den Achter vorne. Dann gingen einhundertzwanzig Kriminalbeamte an diesem Algerier vorbei, jeder blieb eine Sekunde stehen und besah sich sein Gesicht. Geredet wurde kein Wort.

Zweiter Teil

Wie schnell die Zeit vergeht, merkte der Kriminalinspektor Robert Petit an dem Kassier der Polizeisportvereinigung, der vierteljährlich kam und den Mitgliedsbeitrag für drei Monate haben wollte. Es war also wieder einmal so weit, die erste Zahlung für 1982 war fällig.
Die Weihnachtsfeiertage und der Jahreswechsel waren vorbei, und Robert Petit war froh darüber und erleichtert. Ohne Familie und Angehörige ging ihm die sentimentale Singerei und das hysterische Geschenkekaufen in seiner Umgebung von Jahr zu Jahr mehr auf die Nerven. Gerlind war am Heiligen Abend bei ihren Eltern gewesen, weil das so sein muß, und Petit hatte freiwillig Journaldienst gemacht, ein verheirateter Kollege war ihm dankbar dafür.
Die vorweihnachtlichen Wochen waren für die Kriminalbeamten des Referates »Blutdelikte« wie immer eine harte Zeit gewesen. Denn kaum hatten in den Massenmedien und Supermärkten die Tonbänder ihre Melodien über Nächstenliebe und Frieden auf Erden zu spielen begonnen, stiegen die Selbstmordzahlen im Distrikt wie alljährlich um diese Zeit zu neuen Rekordwerten. Das »Leichenumdrehen« und Abschneiden von Erhängten wurde für die Kriminalbeamten zur Tagesgewohnheit wie Zähneputzen am Morgen. Aber zum erstenmal in seiner Dienstzeit mußte Petit daran denken, daß diese oft stinkenden Kadaver, die er da entkleidete, zuvor einsame und verzweifelte Menschen waren. Menschen, für die das Weihnachtsglockengebimmel und die Lieder von der

Stillen, der Heiligen Nacht das auslösende Moment zum unwiderruflich letzten Akt des Lebens geworden waren.
Die Polizeigewerkschaft hatte es durchgesetzt, daß die Gebühren für die Entkleidung von »normalen« und »stark verschmutzten« Leichen um hundert Prozent erhöht worden waren. In der Leichenentkleidungsliste des Monates Dezember 1981 schien der Name des Inspektors Petit vierzehnmal auf. Achtmal bei »normalen« und sechsmal bei »stark verschmutzten«. Von dem unerwarteten Geldsegen hatte er für Gerlind einen Rollkragenpullover gekauft. Sie hatte sich sehr gefreut darüber. Von der Erhöhung der Entkleidungsgebühren erzählte Robert Petit nichts, aber wiederum zum erstenmal in seiner Dienstzeit machte er sich darüber Gedanken, ob die Menschen außerhalb eines Polizeikommissariates von der Existenz einer Leichenentkleidungsgebühr Kenntnis haben. Sie sollten es eigentlich, fand er.
Pierre Cousteau und seine Marianne hatten Anfang Dezember eine recht hübsche und finanziell erschwingliche Wohnung erhalten und bezogen, nach tatkräftiger Unterstützung der Personalvertretung. Wie überhaupt alle Hilfe für den immer noch hinkenden Pierre nach seinem Dienstunfall von der Gewerkschaft und dem engen Kreis seiner Freunde und Berufskollegen gekommen war. Die Behörde und das Ministerium hatten zwar gleich nach dem 6. März Blumen und Wunschtelegramme geschickt, aber sonst geschah gar nichts. Offenbar war niemand zuständig. Eine intime »house-warming-party« hatten die Cousteaus arrangiert, und es wurde ein fröhliches Fest; Robert Petit erzählte seine Schnurren und Schwänke bis Mitternacht. Die Pernells waren ge-

kommen, der alte Bonin und alle Kollegen vom »harten Kern«, wie sie sagten. Und zum erstenmal war auch der Kommissar dabei, und man konnte ihm anmerken, daß er sich in dieser Gesellschaft wohl fühlte. Das Baby der Cousteaus war allerliebst und quietschte vor Vergnügen, Marianne wurde auch wieder molliger und hatte ihre Grübchen an den Wangen, wenn sie lachte. Petit war einer der letzten Gäste gewesen, und beim Abschied hatte ihn Marianne geküßt und anschließend beschimpft, weil er ohne Frau gekommen, also immer noch nicht in festen Händen war. »Für dich wird es auch Zeit, schau in den Spiegel«, hatte Marianne gekichert.
Auch ohne Spiegel wußte Robert Petit, daß er jetzt fünfundvierzig Jahre alt war und nicht mehr taufrisch. Er war nach der Party in die letzte Straßenbahn gestiegen, hing an einem Haltegriff und dachte an seine leere Bude und an das Baby der Cousteaus. Da stand im vollbesetzten Waggon ein junger Bursche auf und bot ihm seinen Sitzplatz an. Und zumindest nach diesem unbedeutenden Vorfall mußte Inspektor Robert Petit immer häufiger über Dinge nachdenken, die ihn früher ganz kalt ließen. Zum erstenmal in seiner Dienstzeit. Präzise ausgedrückt, zum erstenmal in seinem Leben überhaupt.

Am 7. Jänner 1982 war die Hauptverhandlung gegen den Algerier Hassan Elarab, vor einem Geschworenengericht. Die Anklage lautete auf versuchten Mord an einem Kriminalbeamten und Verdacht des Suchtgifthandels. Die Verhandlung war auf zwei Tage anberaumt. Der Angeklagte und sein Verteidiger wiesen alle Beschuldigungen entschieden zurück. Hassan Elarab habe niemals eine Pistole besessen, noch habe er jemals geschossen, noch sei er am 6. März mit einem Moped unterwegs gewesen. Das in seiner Wohnung hinter einem Wandteppich gefundene und sichergestellte Suchtgift müsse schon vor seinem Einzug dort gelegen haben, jedenfalls wisse er nichts davon. Fatima Bussaid wurde als Zeugin der Anklage wohl aufgerufen, entschlug sich nach Rechtsbelehrung des Verteidigers aber der Aussage, weil sie nachweisen konnte, mit dem Angeklagten intim zu sein und mit ihm in einem gemeinsamen Haushalt gelebt zu haben. Die als Zeugen geladenen Beamten der Funkstreife, die den Angeklagten als den geflüchteten Mopedfahrer identifizieren sollten, waren recht unsicher und zuckten andauernd mit den Schultern. Er könnte es gewesen sein, aber mit Sicherheit könne man das nicht sagen.

Als die Zeugin Penelope Cerdan in den Zeugenstand gerufen wurde, hatte der Staatsanwalt schon Kummerfalten, und die Huren und Zuhälter, die auf den Auftritt Pennys in der Gerichtskantine gewartet hatten, strömten in den Verhandlungssaal.

Penelope trug ein schlichtes Kostüm und flache Schuhe, sie hatte die Haare glatt zurückgekämmt und zu einem Knoten gebunden. Als sie die Schwurhand hob und den Eid leistete, sah sie eher aus wie eine Lehrerin oder eine Hausfrau, gar nicht wie eine Prostituierte. Sie schilderte die Erwähnung Elarabs über die Pistole und den Selbstmord seines Freundes im Polizeigefängnis in allen Einzelheiten und fast wörtlich nach dem Polizeiprotokoll.

Es war gegen Ende ihrer Aussage das einzigemal während der ganzen Verhandlung, daß der Angeklagte seine demonstrativ zur Schau gestellte Ruhe und Selbstsicherheit verlor. Er sprang plötzlich auf und begann in seiner

Muttersprache erregt zu schreien, das verstand zwar niemand im Saal, aber es waren sicherlich keine Segenswünsche für Penny. Der Vorsitzende unterbrach die Verhandlung für eine halbe Stunde, und die Huren und Zuhälter trollten sich wieder in die Kantine. Nach dieser Pause verlas der Verteidiger polizeibekannte Einzelheiten aus dem Leben der Zeugin Penelope Cerdan, verwies auf ihre Rauschgiftvergangenheit und ihre langjährige Tätigkeit als Prostituierte. Dann legte er den Geschworenen eindringlich nahe, diesem verworfenen Weibsstück kein Wort zu glauben. Bei diesem Stand des Beweisverfahrens wurden unter den Gerichtssaalkiebitzen bereits Wetten über Schuld- oder Freispruch abgeschlossen. Die Wetten standen 10 : 1 für Freispruch.

Als nächster Zeuge humpelte Pierre Cousteau in den Saal und sagte trocken aus, er könne nicht beschwören, daß der Angeklagte jener Mann sei, der auf ihn geschossen habe. In der Rue Cohon habe er auf den Herankommenden nicht sonderlich geachtet, beim Nachlaufen habe er ihn nur von hinten gesehen, und als er um die Ecke war, habe es nur geblitzt und gekracht, da sah er gar nichts mehr. In fünf Minuten war Pierre wieder draußen, der Verteidiger nickte zufrieden, und der Angeklagte grinste sich eins. Wetten auf Schuldspruch nahm niemand mehr an im Zuschauerraum.

Dann wurden die letzten Zeugen, die Kriminalinspektoren Pernell und Petit, gerufen. Pernell war zuerst an der Reihe. Es gab ein Geraune unter den Zusehern, als Pernell nach Erinnerung an den Diensteid ruhig aussagte, er kenne in dem Angeklagten mit Sicherheit jenen vermeintlichen Mopeddieb wieder, den sie am 6. März in der Rue Cohon anhalten wollten.

»Mit Sicherheit?« fragte der Vorsitzende noch einmal, und Pernell bejahte. Der Verteidiger sprang auf und rief, die Rue Cohon sei eine finstere Gasse, und nach Einbruch der Dunkelheit könne man dort niemanden erkennen. Pernell erklärte, am abgestellten Streifenfahrzeug wären die Schweinwerfer eingeschaltet gewesen, und der Angeklagte sei mindestens zehn Sekunden lang im vollen Licht gesehen worden. Der Verteidiger warf ein, das wäre wohl gegen jede kriminaltaktische Regel, bei einer Vorpaßhaltung an einem Dienstfahrzeug die Scheinwerfer eingeschaltet zu lassen. Pernell riet ihm gemütlich, sich nicht um Regeln der Kriminaltaktik zu kümmern, und versprach als Gegenleistung, daß sich die Kriminalbeamten auch nicht für die Vorschriften der Rechtsanwaltskammer interessieren würden.
Im Zuseherraum gab es Gelächter, und das machte den Verteidiger vollends wütend. Er bezweifle sehr, rief er, daß der Zeuge die Wahrheit sage, und das brachte ihm eine Ermahnung des Vorsitzenden ein. Pernell wurde rausgeschickt, und Petit kam herein.
Er hatte kaum seinen Namen und Dienstgrad zu Protokoll gegeben, als der Vorsitzende schon fragte, ob damals in der Rue Cohon die Autolichter eingeschaltet gewesen waren. Ja, das waren sie, sagte Petit. Ob das immer bei Vorpaßhaltungen so sei, wollte der Vorsitzende wissen. Petit grinste und meinte, immer wohl nicht, aber damals habe man ja nur einen lächerlichen Mopeddieb erwartet und deshalb auch keine gefinkelten kriminaltaktischen Vorkehrungen für nötig gehalten. Und den Angeklagten kenne er eindeutig als jenen vermuteten Mopeddieb von damals wieder. Schon bei der Verhaftung und noch im Arbeitskittel eines Fernheizmonteurs

habe er ihn wiedererkannt. Der Vorsitzende nickte, und der Verteidiger hatte keine Fragen mehr.
Das Urteil wurde am nächsten Tag verkündet.
Die Geschworenen hatten die Schuldfrage nach dem Mordversuch verneint. Die Zusatzfrage, ob schwere Körperverletzung vorliege, hatten sie bejaht. Man war also zur Ansicht gekommen, Hassan Elarab habe auf den Kriminalbeamten wohl geschossen, aber nicht in der Absicht, ihn zu töten, sondern nur um flüchten zu können. Von der Anklage des Suchtgifthandels erfolgte Freispruch. Wegen schwerer Körperverletzung lautete das Urteil auf zweieinhalb Jahre Freiheitsentzug. Der Staatsanwalt legte Berufung ein.
In der Öffentlichkeit, in der Tagespresse, wurde dieses Urteil mehr oder weniger kommentarlos zur Kenntnis genommen. »Mopeddieb schoß auf Verfolger: Polizist ist seither Invalide«, das waren etwa die Schlagzeilen. Ein hinkender, pensionierter Bulle mehr in der Stadt, wen interessierte das schon. Die zur selben Zeit bekannt gewordenen Erhöhungen der Benzinpreise waren es, was die Gemüter der Bevölkerung erregte.
In der Kantine des Kommissariates war es nicht der Benzinpreis.
Die Polizeibeamten waren ob des milden Urteiles zuerst fassungslos, und dann fluchten sie in selten gehörter Lautstärke. Man diskutierte den Fall von allen möglichen Gesichtspunkten und kam immer wieder zu dem Schluß, in dieser Gesellschaftsordnung müsse der Wurm sein. Daß man um den Preis von zweieinhalb Jahren einen Kriminalbeamten mit einem 9-Millimeter-Ding und abgefeiltem Projektil aus sechs Meter Entfernung umschießen dürfe, wollte niemandem in den Schädel. Als

eine Art Trotzreaktion war plötzlich der Slogan »Dienst nach Vorschrift« in aller Munde, und man malte sich aus, welche Folgen ein solches genau vorschriftsmäßiges Dienstmachen für die Verbrechensbekämpfung nach sich ziehen würde. Allen war klar, daß die Aufklärungsquote von Straftaten nahe zum Nullpunkt sinken würde. Aber wem damit geholfen wäre – außer den Strolchen im Distrikt –, wußte auch niemand zu beantworten.

Robert Petit beteiligte sich kaum an diesen hitzigen Diskussionen. Er las fasziniert und zum drittenmal einen Artikel aus dem »Figaro«, einen Bericht aus Argentinien. Dort hatten sich wegen des Überhandnehmens der Kriminalität und der Hilflosigkeit der Justiz förmliche Banden gebildet, die nachts auf Streife gingen und die ärgsten Verbrecher einfach abknallten und in den Rio schmissen. Er hoffte sehr, daß argentinische Gewohnheiten bis zu seiner Pensionierung in seinem Distrikt keinen Eingang fänden. Dann holte sich Petit einen Pernod und erzählte seinem Freund Pernell die Geschichte von dem Telefonanruf:

Am Tage nach der Urteilsverkündung hatte eine Zeitung ein Foto von Petit im Zeugenstand gebracht, man konnte ihn deutlich erkennen. Am selben Tag wurde er angerufen, und eine wütende Frauenstimme kreischte ins Telefon, durch das Foto wisse man jetzt, daß er ein mieses Bullenschwein sei, und er solle sich ja nicht mehr blicken lassen. Sonst werde man ihm den Schwanz abschneiden. Petit hatte »falsch verbunden« gesagt und aufgelegt. Die Stimme hatte er erkannt. Es war die magere Michele aus der »Jardin-Bar« gewesen.

In den Kreisen um die Rue Fabrique gab es ebenfalls keinen Grund zum Jubeln. Das Prostitutionsgeschäft war in den Weihnachtswochen traditionell schlecht, weil die Kunden für die lieben Familien Geschenke kaufen mußten und kein übriges Geld hatten. Auch im Jänner wollte es diesmal nicht besser werden. Susu beklagte den Ausfall eines Stammkunden, das »Hundsvieh« war mit Jahresbeginn nach Reims versetzt worden. Dort war ein Direktorposten an einer Schule freigeworden. Außerdem hatte Susu jetzt ständig Schmerzen in der Lebergegend, und Linkshand hatte sie zum Arzt geschickt. Der Doktor konstatierte ganz miserable Leberwerte und verbot ihr das Saufen. Er verschrieb ihr Antabus-Tabletten, und wenn Su das Zeug morgens unter Aufsicht Freddy Linkshands schluckte und dann doch heimlich irgendwann ein Glas hinunterschüttete, wurde ihr speiübel, und sie bekam rote Flecken im Gesicht und am Hals. Ohne den gewohnten Alkohol aber war sie depressiv und im Geschäft eine Niete. Es war ein echter Jammer.

Penny hatte im Zeugenstand bei dem Wutausbruch Hassan Elarabs vor Angst fast ins Höschen gemacht, und als sie das Urteil am nächsten Tag in der Zeitung las, wurde sie hysterisch. Was in zwei Jahren werden solle, wenn dieses Schwein nach guter Führung im Knast wieder herauskomme, schrie sie. Freddy hatte alle Mühe, sie zu beruhigen, aber er war selber wütend und ängstlich zugleich, und Susu stichelte ständig, das komme davon, wenn man sich mit diesen Scheiß-Bullen einlasse. Und sie nannte ihn wieder einen Hilfssheriff; Freddy konnte das Wort gar nicht mehr hören und knallte ihr eine. Alles in allem also eine prekäre Situation in diesen ersten Jännerwochen 1982.

Abgesehen von der Kantine, ging es im Kommissariat recht ruhig zu in diesen Tagen. Oberinspektor Bonin hatte die vorgeschriebene Erklärung abgegeben, daß er mit der Erreichung der Altersgrenze in den Ruhestand treten wolle. Bonin wurde sechzig, er hätte noch fünf Jahre im Erkennungsamt Dienst machen können, aber er wollte nicht mehr. Die Kollegen witzelten, Bonin werde sich als Pensionist kosmetisch liften lassen. Der alte Bonin hatte tausend Falten im Gesicht wie ein Theatervorhang, und seine Freunde kolportierten die Geschichte, man werde nach der Operation von der übriggebliebenen Gesichtshaut dem Ministerialrat Murat eine Lederjacke anfertigen lassen. Das war tatsächlich zum Lachen, denn Murat hatte den dicksten Bauch vom ganzen Kommissariat.
Weniger zum Lachen war der Bericht Murats über den Prozeß Hassan Elarab, den er als offizieller Beobachter der Behörde anzufertigen hatte. Er kritisierte in diesem Bericht »standeswidriges Verhalten« und »unsachliche Äußerungen« von Kriminalbeamten als Zeugen vor Gericht und meinte damit Petit und Pernell, insbesondere Pernells Kontroverse mit dem Verteidiger und sein Vergleich mit Kriminaltaktik und Rechtsanwaltskammer. Der Präsident hatte diesen Bericht an den Kommissar mit der beigefügten Bemerkung weitergeleitet, die Kriminalbeamten wären »aus gegebenem Anlaß« entsprechend zu belehren. Dr. Frere hatte den Bericht zum Akt gelegt und niemanden belehrt. Er ging jetzt regelmäßig auf Nachtstreife mit, und seine Ansichten über eine effektive Verbrechensbekämpfung hatten sich grundlegend geändert. Und die Versetzung seiner Sekretärin Marion Voisin in eine andere Abteilung, geschehen aus

dienstlichen Gründen, aber auf Betreiben Murats, wie man munkelte, hatte ihn wenig betrübt. Eher erleichtert.

Der 19. Jänner 1982 war ein Freitag, und am Dienstplan standen wieder einmal Pernell und Petit zur Nachtstreife, mit zwei Kollegen von der Fahndungsgruppe. Gegen 22 Uhr versammelten sie sich im Journalzimmer, alle trugen warme Jacken und Wollpullover, denn es hatte Minusgrade, und es schneite ein wenig. Der Kommissar war auch gekommen, und niemand wunderte sich mehr darüber. Der Tag war eintönig gewesen, keine besonderen Vorkommnisse, und man erwartete eigentlich die »ruhige Kugel«, die in den nächsten Stunden geschoben werden könnte. Dr. Frere blätterte in den Fahndungen und Fernschreiben, die nach Dienstschluß noch eingelangt waren, als er plötzlich blaß wurde und mit der flachen Hand auf den Tisch schlug.
»Hört euch das an!« schrie er.
»Entwichen aus dem Landesgerichtlichen Gefangenenhaus am 19. 1. 82 gegen 19 Uhr der Strafhäftling Hassan Elarab, 15. 1. 51 geboren, algerischer Staatsangehöriger, war bekleidet mit grauer Anstaltskleidung, Personenbeschreibung . . .«
Dr. Frere hörte auf zu lesen. »Das war vor drei Stunden«, sagte er noch. Dann war es ganz ruhig im Journalzimmer.
»Penny«, flüsterte Petit leise, aber jeder hörte es.
Trotz der allgemeinen Hast zum Aufbruch in den nächsten Sekunden war es dem Kommissar nicht entgangen, daß Petit noch in sein Zimmer rannte und den alten

sechsschüssigen Trommler in die Jacke steckte. Diesen Revolver hatte Petit immer in seiner Tischlade liegen, und der Teufel wußte, woher das alte Ding stammte. Der Kommissar mochte es nicht, wenn seine Beamten neben der Dienstwaffe auch noch private Schießeisen bei sich hatten, daraus konnten nur Unannehmlichkeiten entstehen, und es war auch gegen jede Vorschrift. Und einen Waffenpaß für den Trommler hatte der Inspektor ganz sicher auch nicht.

Petit war also der letzte im Hof bei dem Streifenwagen, und Pernell fuhr wie ein Irrer mit Blaulicht und Folgetonhorn in die Rue Fabrique. Das Kreischen der Bremsen vor dem »Boo-Boo« war in der Bar trotz der Musikbox zu hören, und die Huren und Kartenspieler blickten erschrocken, als diese fünf Flics ins Lokal stürzten. Schon war Petit bei Freddy Linkshand und legte ihm die Hand auf die Schulter.

»Wo ist Penny«, sagte er. »Hassan ist getürmt, vor drei Stunden.«

Die Spielkarten und das Geld vor Freddys Platz blieben liegen, auch seine Zigaretten. Sie suchten die gewohnten Standplätze Pennys ab, die Ecken, an denen sie die Kunden anredete. Krücken-Marion war da und sagte erschrocken, sie habe Penny wie üblich gesehen, vor einer Stunde oder eineinhalb oder so. Die Männer rannten in das Stundenhotel, das Penny für gewöhnlich mit ihren Kunden aufsuchte. Vor eineinhalb Stunden oder so, meinte der Portier mißtrauisch, wäre Penny dagewesen. Mit einer Kundschaft, mit einem älteren Herrn. Nein, seitdem sei sie nicht wiedergekommen.

Sie trafen Susu vor dem »Papillon« stehen, die fror erbärmlich und hatte rote Flecken im Gesicht.
»Penny?! Vor einer Stunde oder so war sie noch da!« Als sie von Hassans Ausbruch erfuhr, fluchte Susanne Bonnet so greulich auf die Polizei, daß der Kommissar eine Gänsehaut bekam.
Die Möglichkeiten, wo sich Penny aufhalten könnte, waren begrenzt. Unter Anleitung von Freddy Linkshand und Susu fuhren sie immer wieder dieselben Straßen ab, fragten an denselben Plätzen, suchten in allen Kneipen des Viertels. Der Kommissar hatte die Fahndung nach dem entflohenen Hassan Elarab per Sprechfunk noch mehrmals durchgegeben und alle Stellen zur intensiven Mitarbeit aufgefordert, da weitere Verbrechen zu befürchten seien. Nach Mitternacht gab er auch die Personenbeschreibung von Penelope Cerdan durch und wies darauf hin, daß sie möglicherweise in Begleitung des Algeriers sein könnte. Gegen zwei Uhr früh begann man auch in Hinterhöfen, leerstehenden Häusern und finsteren Ecken nachzusehen. Die vorgeschriebene Zeit der Nachtstreife war längst um, aber niemand dachte daran, heimzufahren.
Es war schon nach drei Uhr, als Linkshand keine zwanzig Meter vom Eingang des Stundenhotels einen Schuh fand, einen Damenschuh.
»Der gehört Penny«, schrie Susu sofort, und von diesem Zeitpunkt an fluchte sie nicht mehr. Der Schuh war hinter einer Mülltonne gelegen, Petit und Pernell machten sich sofort daran, die randvolle Tonne umzukippen. Su und Freddy getrauten sich gar nicht hinzusehen, als die beiden den Blechdeckel abhoben und das Ding dann umwarfen. Aber die Lichtkegel der Taschenlampen er-

hellten nur leere Konservendosen und Flaschen, Speisereste und stinkenden Unrat. Der Kommissar ging wieder zum Streifenwagen und forderte einen Suchhund an, nach zwanzig Minuten erschien ein verschlafener Diensthundeführer mit einem Schäferhund an der Leine. Man ließ das Tier an Pennys Schuh eine Weile schnuppern, und dann machte es der Beamte von der Leine frei. Aber der Hund lief nur ein paarmal im Kreise, begann dann zu winseln und kehrte wieder zur Mülltonne zurück.
»Wahrscheinlich in ein Auto gestiegen«, sagte der Diensthundeführer.
Es hatte die ganze Zeit über leicht geschneit. Auf dem Straßenpflaster blieb der Schnee nur stellenweise liegen, wohl aber auf dem Gras der Parkanlagen und Gärten. Als man gegen vier Uhr früh die Suche nach Penny aufgab, wurde der Flockenwirbel dichter. Noch einmal fuhr man zu Freddy Linkshands Bude und sah auch dort nach, aber es war alles finster, alles leer.
Keine Spur von Penelope Cerdan.

Gegen elf Uhr am nächsten Vormittag – dem Samstag – traf Robert Petit Dr. Frere im Hofe des Kommissariates, und sie gingen zusammen zum Aufzug. Es schneite immer noch. Pernell saß schon in seinem Büro und studierte den Tagesbericht der Sicherheitswache der letzten 24 Stunden. Sie wären eigentlich alle drei dienstfrei gewesen, und sie hatten sich auch nicht verabredet gehabt. Irgendwie aber war es ihnen selbstverständlich, den Fall Elarab und der verschwundenen Penny weiter zu verfolgen.
Pernell hatte zwei Meldungen aus dem Tagesbericht

angekreuzt, drückte dem Kommissar das Papier in die Hand und tippte auf die angezeichneten Stellen:
Gegen 20 Uhr wurde ein 64jähriger Kriegsinvalide in einem Wohnhaus in der Rue Arcade von einem unbekannten Täter überfallen, als er gerade seine Wohnungstüre aufsperren wollte. Der wehrlose Mann wurde in seine Wohnung gezerrt, gefesselt und geknebelt. Geraubt wurde seine Brieftasche mit ca. 500 Franc, mehrere Kleidungsstücke aus den Schränken, ein Koffer, verschiedene Lebensmittel und ein Küchenmesser. Die Personenbeschreibung des Täters paßte auf Elarab. Die Anzeige im Wachzimmer erfolgte erst nach 6 Uhr früh, nachdem ein Zeitungsausträger das Klopfen und Stöhnen aus der Wohnung gehört hatte.
Um 21 Uhr war in der Rue Arcade der Diebstahl eines Personenkraftwagens Marke »Citroën« gemeldet worden. Der Besitzer, ein Waschmaschinenvertreter, hatte den Wagen geparkt und abgeschlossen und war dann in ein Bistro gegangen. Er trank einen Kaffee an der Theke, seine Handtasche mit den Wagenschlüsseln lag vor ihm. Gleich darauf kam ein südländischer Typ herein, altmodisch angezogen, mit einem kleinen Koffer. Er bestellte auch Kaffee und bezahlte gleich. Beide schimpften über das lausige Wetter. Dann ging der Vertreter telefonieren. Als er zurückkam, war sein Täschchen weg, der Südländer auch. Und von dem Citroën fanden sich nur mehr die Spuren im nassen Schnee.
Pernell schlug dem Kommissar eine Alarmfahndung nach dem Citroën, einen Großeinsatz über den Distrikt und sogar über das Stadtgebiet hinaus vor. Das war »Sperrplan A« und bedeutet, daß in einem Umkreis von 500 Kilometern an jeder Straßenkreuzung schwerbe-

waffnete Polizei- und Gendarmeriebeamte kontrollieren und auch ein Hubschrauber eingesetzt wird. Die Anordnung eines solchen Großeinsatzes aber steht nicht in der Macht eines Kommissars, der noch dazu gar nicht im Dienst ist. Dergleichen gibt es nur in Fernsehkrimis. Dr. Frere kratzte sich also die Stirn, weil er wußte, daß der Präsident auf Skiurlaub war und von Dr. Murat vertreten wurde. Schließlich telefonierte er mit Dr. Murat und berichtete den Sachverhalt.
Der Ministerialrat hatte wenig Verständnis für die Anordnung des »Sperrplanes A«, nur weil ein Auto gestohlen worden und eine Hure eine Nacht nicht heimgekommen war, wie er sagte. Und vielleicht schlafe sich diese Penny nur irgendwo ihren Rausch aus. Sperrplan A komme nicht in Frage, aber der Kommissar und die beiden Kriminalbeamten sollten über das Wochenende die Erhebungen weiterführen. Auf Überstundenbasis sogar, die Überstunden würden bezahlt.
Die drei gingen vorerst einmal in die Kantine. Petit war das sehr recht, er hatte noch nicht gefrühstückt.
Eine riesige Portion Schinken mit Ei verschlang Petit heißhungrig, trank ein Bier dazu. Der Kommissar und Pernell schlürften heißen Kaffee, man wußte nicht recht, wie die Sache jetzt weitergehen sollte. So schimpften die drei vorerst einmal ausgiebig über den Giftzwerg.
Die Einzelheiten über Hassans Flucht aus dem Gerichtsgefängnis waren jetzt bekannt, und Pernell erzählte: Beim Abendessen im Speisesaal hatte Hassan einigen Mithäftlingen erklärt, er wolle nicht mehr leben. Er brach dann einen Löffel entzwei und schluckte den Stiel. Mit der Bahre brachte man den schreienden und sich vor Schmerz krümmenden Selbstmordkandidaten in den Sa-

nitätsraum, und der herbeigerufene Anstaltsarzt ordnete die Überführung in das Inquisitenspital an. Dort gab es noch einmal große Aufregung, weil der Eingelieferte so schrecklich brüllte und dann ohnmächtig wurde. Eine Notoperation schien dringend erforderlich, vorher mußte man röntgenisieren. Als der Röntgenarzt endlich da war und man den Bewußtlosen in den Röntgenraum bringen wollte, war die Tragbahre leer. Den angeblich verschluckten Löffelstiel fand eine Besenfrau am nächsten Morgen im Speiseraum des Gefängnisses.
Pernell bezeichnete die Gefängnisaufsicht als müden Nachtwächterverein, und dann beschlossen sie wieder in die Rue Fabrique zu fahren. Was sonst sollte man tun? Der Kommissar war ratlos und ärgerte sich, daß er Dr. Murat überhaupt angerufen hatte. Das war ja vorauszusehen, daß der keine Genehmigung für eine Großfahndung geben werde. Petit trank sein Bier aus. Plötzlich klatschte er sich an die Stirn:
»Fatima Bussaid«, sagte er laut. Tatsächlich, dieses Luder hätte man beinahe vergessen.
Man kam überein, in zwei Gruppen zu arbeiten. Der Kommissar und Pernell mit einem Kollegen von der Journalgruppe fuhren in die Rue Fabrique. Petit mit zwei Fahndern sollte Fatima suchen. Es war schon 14 Uhr, als man abfuhr; zu schneien hatte es aufgehört. Jede volle Stunde solle man entweder telefonisch über den Journaldienst oder per Sprechfunk Verbindung aufnehmen, hatte der Kommissar angeordnet. Und wiederum bemerkte er zu seinem Mißvergnügen, wie Petit diesen alten Trommler in die Jackentasche steckte.

Im »Boo-Boo« hielt Freddy Linkshand mit seinen engsten Freunden so eine Art Kriegsrat. Susu war nicht mitgekommen. Nach der schlaflosen Nacht hatte sie erklärt, sie wisse genau, daß Penny irgendwo in einem Wald oder auf einem Müllhaufen liege, erwürgt oder erstochen. Und sie werde sich jetzt betrinken, und die Antabus-Tabletten mitsamt dem Doktor und ihren Leberwerten wären ihr scheißegal. Freddy wußte, daß da nichts zu machen war.

Es waren alle gekommen und saßen gedrängt um den Ecktisch im Hinterzimmer, an dem sonst Karten gespielt wurde. Luis la Cochon war da und der kleine Pikky von der Cochon-Familie, Jo-Jo der Flinke und Zwinker-Joe, der Amerikaner-Harry, dem alle Sex Shops im Viertel gehörten, und der dicke Jussuf, der die Spielautomaten kontrollierte. Freddy hatte sie alle ernst und mit Handschlag begrüßt, wie es sich gehörte. Dann hatte er kurz erzählt, was geschehen war. Die meisten waren ohnehin bereits informiert. Linkshand erklärte auch, da wäre noch ein Hoffnungsschimmer: Dieser wahnsinnige Algerier Hassan war sexuell verrückt nach Penny. Die Möglichkeit, daß er sie nicht umgebracht, sondern irgendwo versteckt halte, bestünde also noch. Linkshand versprach jedem, der Penny finden könne, die runde Summe von 50.000 Franc. Im Falle man Pennys Leiche fände, wäre ihm dann die Leiche Hassan Elarabs ebensoviel wert. Die Anwesenden nickten verständnisvoll. 50.000 waren eine Menge Geld, und Freddy hatte den Betrag auch nicht flüssig. Das sagte er auch. Aber schließlich war er kreditwürdig, und sein Wort galt etwas im Quartier Latin.

Als die drei Flics ins Hinterzimmer kamen und mit

Freddy reden wollten, war man gerade wieder am Händeschütteln und Weggehen. Angesichts des Kommissars und Pernells erklärte Linkshand laut und vernehmlich, mit solchen unfähigen Arschlöchern von Polizisten wolle er nie im Leben wieder etwas zu tun haben. Alle nickten wieder und gingen. Pernell erfaßte die Situation als erster und setzte sich an die Bar, bestellte drei Biere, die nur unwillig serviert wurden. Der Kommissar hatte Falten auf der Stirn. Der junge Kollege von der Journaldienstgruppe, ein langer, kräftiger Kerl, murmelte böse, er habe gute Lust, dem großmäuligen Zuhälter ein paar in die Schnauze zu hauen. Pernell wischte sich den Bierschaum vom Mund und grinste nur.

Inspektor Robert Petit sah zuerst einmal alle Karteien und Evidenzen nach Fatima Bussaid durch, so wie es der alte Chefinspektor Trudeau immer gepredigt hatte. Die Nachschau war negativ. Dann erklärte er den beiden Kollegen von der Fahndungsgruppe, worum es eigentlich ging, und sie fuhren in die Avenue Concorde, parkten vor dem Hause Nr. 25. Die Nachbarsleute der Wohnung, aus der vor mehr als zwei Monaten Hassan Elarab verhaftet worden war, sahen den nachfragenden Inspektor merkwürdig an. Er sah einem Monteur des Fernheizwerkes recht ähnlich. Von Fatima Bussaid wußte niemand etwas. Sie hatte nach der Festnahme ihres Freundes die Wohnung verlassen und war nicht mehr gesehen worden. In die Wohnung war eine junge Frau mit vier Kindern eingezogen, die alle die Herren von der Kriminalpolizei neugierig anguckten. So also sahen richtige Kriminalbeamte aus. Ganz anders als im Fernsehen.

Sie fuhren dann zum Gerichtsgebäude und gingen in das Gefangenenhaus, die Kollegen von der Justizwache machten verlegene Gesichter. Petit ließ sich die Besucherliste vorlegen und fand heraus, daß Fatima Bussaid ihren Hassan mehrmals besucht hatte, zuletzt am 18. Jänner, also am Tage vor seinem Ausbruch. Die Laune der beiden Fahnder besserte sich schlagartig, weil sie jetzt wußten, jemanden zu suchen, der noch vor zwei Tagen in der Stadt war. Petit hatte plötzlich eine Idee. Er suchte im Telefonbuch und rief dann die Privatnummer des Anwaltes an, der Elarab verteidigt hatte. Der Herr Rechtsanwalt war tatsächlich zu Hause, und Petit meldete sich ordentlich mit Name und Dienstgrad und fragte höflich, ob er die Anschrift der seinerzeitigen Zeugin Fatima Bussaid erfahren könne. Da wurde der Herr Anwalt aber sehr böse und hielt es für eine Frechheit und einen polizeilichen Übergriff, daß man ihn an einem Samstag und privat belästige. Im übrigen habe er keine Ahnung, wo diese Algerierin sei, aber auf jeden Fall werde er sich über den Inspektor beschweren. Petit legte zuerst auf und dann sagte er etwas sehr Ordinäres.

Wieder im Streifenwagen, atmete Petit zuerst einmal tief durch und sagte dann:

»Bleibt nur mehr das verdammte ›Jardin‹ und Michele.«

Die beiden Fahnder blickten verständnislos. Petit erklärte ihnen kurz seinen Auftritt in dieser Ganovenhütte vor drei Monaten, seine Rolle als entlassener Häftling und die Sache mit Michele.

»Es kann Ärger geben«, meinte er abschließend, »aber wir marschieren die harte Tour.« Während er noch redete, fiel ihm ein, daß er nicht einmal Micheles Familiennamen kannte. Es war sein Fehler gewesen damals, ihre Vormerkungen in der Zentralkanzlei nicht herauszusuchen, sich nicht zu informieren – der alte Papa Trud hätte ihm das nie verziehen.

»Wenn ich dir bei der Ausweiskontrolle einen Wink gebe«, sagte er zu dem einen Fahnder, »dann merke dir den Familiennamen und die Geburtsdaten dieser Michele. Ich will sie nicht selber kontrollieren, das muß ja nicht sein.« Die Fahnder grinsten.

Sie waren noch keine Sekunde im »Jardin«, als Petit in fast einem Bewegungsablauf zwei Dinge tat: Er drehte die Deckenbeleuchtung an und riß den Stecker der Musikbox heraus. Es wurde hell und ruhig in der Bude. Petit sah Michele an der Bar sitzen und gab dem Fahnder den verabredeten Wink. Fatima Bussaid war nicht da, das sah er sofort, er hatte es auch nicht anders erwartet. Dann sagte Petit laut und noch ehe der dicke Jussuf den Mund aufmachen konnte: »Kriminalpolizei – Personenkontrolle!«

Es waren ganze sieben Gäste in der Bar, und Petit war das recht so. Er kontrollierte formhalber die Ausweise von zwei Burschen. Aus dem Augenwinkel sah er Michele in ihrer Handtasche kramen und wie sie dann dem Fahnder einen Studentenausweis gab.

»Der Ausweis ist seit einem Jahr abgelaufen«, hörte er. Sie zuckte mit den Schultern. In fünf Minuten war die Kontrolle zu Ende, durch das aggressive Auftreten der drei Flics hatte offenbar niemand Zeit oder Lust zu protestieren. Schon im Hinausgehen trat Petit an die Bar und auf Michele zu, sie riß ordentlich die Augen auf, als sie ihn erkannte.

»Wenn du unbedingt was abschneiden möchtest«, grinste er ihr ins Gesicht, »dann ruf mich wieder an.« Sein

Tonfall war ganz freundschaftlich. An der Tür drückte er den Stecker wieder in die Musikbox und drehte die Deckenbeleuchtung ab, murmelte dabei etwas von der gebotenen Höflichkeit des Polizisten beim dienstlichen Einschreiten.
Im Auto gab ihm der Fahnder einen Zettel, »Michaela Blanc, Studentin, 16. 2. 63 in Paris geboren«, las er. »Die ist gar nicht so übel«, sagte der Fahnder. Petit steckte den Zettel ein. »Aber mager«, sagte er. »Sehr mager.«
Abends im Kommissariat waren alle ziemlich sauer und wohl auch noch müde von der vergangenen Nacht. Der Kommissar warf die Frage auf, ob man am Sonntag überhaupt weitermachen solle, konkret wäre ja nichts zu veranlassen. Die beiden Inspektoren meinten, solange Überstunden angeordnet seien und auch bezahlt würden, werde weitergearbeitet. Und sonntags gäbe es die doppelte Überstundengebühr. Pernell war überzeugt, daß der gestohlene Citroën irgendwo abgestellt wäre, Hassan sei nicht so blöd, mit einem gestohlenen Fahrzeug länger durch die Gegend zu kutschieren. Sie verabredeten sich für 10 Uhr beim Journaldienst.
Am Sonntag um 10 Uhr ließ der Kommissar noch einmal einen Rundspruch an alle Streifenwagen rausgehen und forderte intensive Suche nach dem gestohlenen Citroën.
»Der Autodieb steht im dringenden Verdacht des Mordes«, ließ er zusätzlich durchgeben, um die Kollegen auf Trab zu bringen. »Bei Auffindung des Fahrzeuges nichts anrühren und sofort Journaldienst verständigen.« Dann setzten sich die drei zusammen und spielten Preferance. Ziemlich lustlos, bis auf Petit, der ständig am Gewinnen war.

Um halb zwölf kam der erhoffte Anruf von Funkstreife »Alpha 7«: Der Citroën stand halbverschneit in einem Waldweg an der Stadtgrenze nach St. Denise. Er war versperrt. »Aus dem Kofferraum tropft eine Flüssigkeit, sieht wie Urin mit Blut aus«, sagte der Streifenmann. Sie warfen die Karten weg, und in 20 Minuten standen sie alle in dem Waldweg um den Citroën, auch der Polizeiarzt und die Leute vom Erkennungsdienst.

»Rührt nichts an«, sagte Oberinspektor Bonin. Dann nahm er ein Werkzeug aus seiner Packtasche und brach den Kofferraum auf.

Sie sahen ein blutverschmiertes Bündel von verrenkten Gliedmaßen, Kleidungsstücken und Haaren. Langen, blonden Haaren.

»Fotografieren«, sagte Bonin, und einer seiner Leute begann zu blitzen.

»Es ist Penny«, sagte der Kommissar tonlos.

»Haben Sie die Königin von England erwartet?« fragte Pernell giftig.

»Rausheben und entkleiden«, befahl der Polizeiarzt.

Petit und Pernell zogen die Gummihandschuhe an und mühten sich ordentlich. Dann nahm der Polizeiarzt sein Diktiergerät aus der Tasche und begann hineinzusprechen:

»Nach Entkleiden der Leiche finden sich im Bereiche des Oberkörpers sowie auch im Gesicht und am Rücken zahlreiche Stichwunden eines zirka drei Zentimeter breiten Stichwerkzeuges. Der Oberkörper ist blutverschmiert. Keine sichtbaren Verletzungen an den Händen und an den Armen . . .«

Sie konnte sich also gar nicht wehren, dachte Petit. Sie hatte keine Chance.

».. . Die weibliche Leiche weist voll ausgebildete Totenstarre auf. Ausgiebige Totenflecke auf Brust und Schenkeldreieck, links mehr als rechts, sowie im Gesicht, hier mit Aussparung an der rechten Wange, insgesamt der Auffindungslage entsprechend. Bindehautrötung rechts, Ohren und Nase frei, im Mund eingetrocknetes Blut. Am linken Kopf und an der linken Halsseite je eine zirka drei Zentimeter lange Stichwunde, im linken Brustbereich zahlreiche waagrecht verlaufende Stichwunden . . .«
Sie muß schon tot gewesen sein, dachte Petit, und er hat immer noch auf sie eingestochen.
».. . Tiefreichende, horizontal stehende Stichwunde an der Mitte des Brustbeines, zwei vertikal liegende Stichwunden in Höhe der Magengrube beziehungsweise der unteren Rippen rechts, eine oberflächliche und eine lappenförmige Stichwunde im Bereich des Unterbauches, am Rücken zirka 25 Einstiche.«
Ich werde ihn finden, dachte Petit. Ich werde diesen Hassan Elarab finden, und wenn ich dazu meinen Urlaub verbrauchen muß.
».. . Todesursache vermutlich Herztamponade, Todeszeit vermutlich späte Abendstunden des 19. Jänner«, endete der Polizeiarzt und packte sein Diktiergerät wieder in die Tasche.
»Was ist eine Herztamponade?« fragte einer der Streifenbeamten. Er war noch sehr jung.
»Ein Herzstillstand nach Gewalteinwirkung«, sagte Petit und zündete sich eine Zigarette an.
Bonin sperrte dann mit ein paar Werkzeugen die Autotüre auf, er war Fachmann für so was. Er und seine Leute hatten dann eine Menge mit der Spurensicherung zu tun, der Rücksitz war voll von Blutflecken, Tatwaffe gab es

keine. Alles in allem sah es so aus, als habe der Täter sein Opfer in den Wagen gezerrt und dann wie irre auf sie eingestochen. Erst nachher dürfte er sie in den Kofferraum gelegt haben, vielleicht sogar erst am Auffindungsort des Wagens. Bonin fand einen erstklassigen Daumenabdruck am inneren Rückspiegel und hoffte, der wäre vom Täter. Weil Autodiebe zumeist den Rückspiegel verstellen müssen, eine alte Polizeiweisheit.
»Wir wissen ohnehin, wer es war«, meinte Pernell, und der junge Streifenbeamte wollte wieder etwas fragen, unterließ es aber, als er Pernells Gesicht sah. Der Kommissar war sehr erleichtert, als Pernell sagte, er kümmere sich um alles Weitere, den Abtransport der Leiche und des gestohlenen Autos, die Obduktion, die Verständigung der Angehörigen und was da noch alles zu machen war.
»Wer informiert Linkshand?« fragte der Kommissar.
»Das mache ich«, sagte Petit.

Krücken-Marion sagte gerade, man dürfe die Hoffnung niemals aufgeben.
»Und vielleicht hält dieser blöde Algerier unsere Penny nur irgendwo gefangen und vögelt sich zu Tode, und alles hat noch ein gutes Ende.«
Ein paar nickten und murmelten zustimmend. Linkshand zündete sich seine hundertste Zigarette an, und Su war betrunken.
»Rede nicht solchen Scheiß daher, Krücke«, lallte sie.
Als sich Petit zum Tisch setzte, sahen ihm alle erwartungsvoll ins Gesicht. Er hatte sich von der Bar einen doppelten Schnaps mitgenommen und trank das Glas in einem Zuge leer.
»Erwürgt oder erstochen?« lallte Su.
»Erstochen«, sagte Petit und bestellte ein neues Glas.
Irgend jemand stand auf und schaltete die Musikbox ab.
Der Kriminalinspektor Robert Petit sah sich diese Menschen an, zu denen er sich gesetzt hatte. Die meisten kannte er. Ganoven und Huren, mußte er denken – eine seltsame Trauergemeinde. Sie hatten jetzt betroffene Gesichter und nasse Augen.
»Sie war ein gutes Mädchen, unsere Penny«, hörte man von Krücken-Marion.
Freddy Linkshand verfluchte leise und inbrünstig den Tag, an dem er Penny überredet hatte, vor Gericht auszusagen. Er zuckte zusammen, als er Susus Hand an seiner Schulter spürte. Er befürchtete einen Vorwurf, eine Beschimpfung oder ein böses Wort. Aber die betrunkene Hure Susanne Bonnet weinte jetzt.
»Du mußt für ein ordentliches Begräbnis sorgen, Freddy«, sagte sie. »Unsere Penny soll ein ordentliches Begräbnis haben, versprich es mir, Freddy.«

Freddy versprach es und hörte auf zu fluchen. Der zweite doppelte Schnaps für Petit wurde serviert, und Linkshand wollte wissen, wie und wo sie gefunden wurde.
»Wenn es kein Dienstgeheimnis ist«, sagte er. »Aber morgen steht ohnehin alles in der Zeitung.«
Petit erzählte von dem gestohlenen Citroën und dem Fund im Kofferraum. Er sah überhaupt keinen Grund, etwas zu verschweigen. Überhaupt keinen ...
»Mehr als sechzig Messerstiche«, murmelte jemand böse.
»Das ist neuer Landesrekord«, sagte Petit bitter. Niemand fand die Bemerkung unpassend in dieser Runde. Susu wollte wissen, ob das sehr lange gedauert habe, und Petit vertrat die Ansicht der Kommission, daß schon einer der ersten Stiche der tödliche Herzstich war. Weil sie an den Armen keine Verletzungen hatte.
Su wischte sich die Augen trocken. Sie stand auf und ging zur Eingangstür, drehte den Schlüssel um.
»Laß nur Bekannte rein«, sagte sie zur Kellnerin. Dann bestellte sie eine Runde für alle und setzte sich zu Petit.
»Sag zu dem Bullen danke, Freddy, weil er noch zu uns gekommen ist.« Freddy stand auf und hielt Petit die Hand hin. Petit drückte sie und trank dann seinen dritten Schnaps.
»Der gehört aus dem Verkehr gezogen, dieser Hassan«, sagte Krücken-Marion, und alle wußten, was sie meinte. Linkshand versprach jedem, daß es keine Gerichtsverhandlung mehr geben werde, sollte Hassan noch einmal im Viertel auftauchen. Petit dachte an die Zeitungsberichte aus Argentinien. Su hatte ihre Hand auf seine Schulter gelegt, und seltsamerweise empfand er das als wohltuend. Das machte wahrscheinlich der Schnaps.

»Wenn ich ihn kriege«, murmelte er, »gibt es auch keine Verhandlung.« Er hatte nur für sich so dahingemurmelt, aber Su mußte ihn verstanden haben. Der Druck auf seiner Schulter verstärkte sich.
Es war schon lange nach Mitternacht, als Petit heimkam, er fühlte sich sehr müde und betrunken. Vor seiner Wohnungstüre trat er auf etwas Hartes, es waren die Schlüssel, die er Gerlind gegeben hatte. Richtig, es war ja wieder einmal ein Wochenende gewesen, das er Gerlind versprochen hatte. Im Zimmer ging er zum Tisch und suchte den üblichen Zettel.
Es war keiner da.

»Bestialischer Prostituiertenmord!« schrien die Schlagzeilen der Montags-Ausgaben und »Entsprungener Häftling nimmt blutige Rache an Belastungszeugin!« In einer Zeitung waren es bereits mehr als hundert Messerstiche, eine andere schrieb von grob fahrlässigem Verhalten der Justiz, weil man einen offensichtlich wahnsinnigen Triebtäter nicht sicher verwahrt hatte. Es waren dieselben Zeitungen, die seinerzeit »Mopeddieb schoß auf Verfolger« geschrieben hatten und nichts dabei fanden, daß dieser Hassan Elarab nur zu zweieinhalb Jahren verurteilt worden war. Jetzt waren seine Fotos auf allen Titelseiten, und darunter stand fettgedruckt, daß er von der Polizei »fieberhaft gejagt« werde.
Nun, niemand jagte »fieberhaft«, und im Kommissariat hätte man auch gar nicht gewußt, wo man denn herumjagen sollte. Den Steckbrief nach Elarab wegen Verdachtes des Mordes hatte der Kommissar noch Sonntag abends rundversendet, auch die Interpol-Abteilung im Ministerium war verständigt. Nach dem Frührapport ging der Kommissar wie üblich zur allmorgendlichen Besprechung zum Präsidenten, die Kriminalbeamten gingen wie üblich in ihre Büros oder in die Kantine auf den ersten Kaffee. Allerdings war der Mord an Penelope Cerdan Thema Nummer eins. Sowohl in der Kantine als auch beim Präsidenten.
Dr. Murat beruhigte sein leicht schlechtes Gewissen wegen der nicht angeordneten Großfahndung nach dem gestohlenen Citroën mit der Erklärung, daß nach dem Bericht der Mordkommission die verschwundene Prostituierte am Sonntag vormittag ja schon lange tot gewesen sei. Die Großfahndung hätte also auch nichts geholfen. Dann gab er noch zu bedenken, daß die Beweislage

gegen diesen entsprungenen Häftling Elarab bezüglich des Mordes eher dürftig sei. Wenn er verhaftet werde und alles bestreite, gäbe es nur Indizien. Dr. Frere ließ ihn nicht ausreden und verlas kurz einen Bericht des Oberinspektors Bonin: Der Fingerabdruck am Rückspiegel stammte einwandfrei von Hassan Elarab. Die Bedenken des Dr. Murat zerstreuten sich wieder, und er nickte anerkennend. Damit war dieser Punkt der Tagesordnung abgeschlossen, und der Leiter der Sicherheitswache berichtete kurz über Ausschreitungen von Fußballfans beim Spiel Stade-Reims gegen Racing Paris. Anschließend klagte der Personalchef des Kriminalbeamtenkorps über Nachwuchsprobleme und meldete, daß er im laufenden Jahr elf Dienstposten nicht besetzen könne. Der Präsident erzählte dann noch von seinem Skiurlaub, und damit war die Besprechung beendet.

Kommissar Dr. Frere ging in die Kriminalabteilung, in das Büro der Inspektoren Pernell und Petit, aber das Zimmer war leer. Vor der Türe standen zwei miese Typen, die nach Schnaps stanken und ihn anredeten. Sie wären von einem Inspektor Pernell für heute vorgeladen worden, wegen einer harmlosen Rauferei, und jetzt wäre der Inspektor nicht da. So werde man als Staatsbürger von der Polizei behandelt. Dr. Frere ließ sich die Ladung zeigen, er mochte es auch nicht, wenn Parteien warten mußten.

»Die Ladung ist für 10 Uhr«, sagte er dann wütend. »Jetzt ist es neun!« Ob die Herren Staatsbürger nicht lesen könnten. »Um zehn wird der Inspektor sicher da sein.« Die beiden Typen meinten, die Uhrzeit auf der Ladung hätten sie übersehen, und jetzt gingen sie eben bis zehn noch einen Schnaps trinken.

Dr. Frere fand Pernell in der Kantine und winkte ihn zu einem freien Tisch. Petit kam nach fünf Minuten, er war in der Zentralkanzlei und hatte sich einen Akt ausgehoben. »Michaela Blanc, Widerstand gegen die Staatsgewalt«, stand auf dem Aktenbündel, das Petit da auf den Tisch legte.

»Wir müssen uns was einfallen lassen«, begann der Kommissar. »Irgendeine gezielte Fahndung nach diesem Elarab.« Er dachte jetzt an den Augenblick, als Bonin den Kofferraum geöffnet hatte. »Wir müssen diese Laus kriegen«, sagte er heftig. Und dann sah er die grinsenden Gesichter seiner beiden Inspektoren und fragte betroffen, was denn daran, verdammt noch einmal, so lustig wäre.

»Chef«, sagte Pernell, »waren das nicht Sie, der uns vor ein paar Wochen gefragt hat, warum wir Elarab so fanatisch jagen?«

»Als ob unser Lebensglück davon abhänge«, ergänzte Petit.

Der Kommissar erinnerte sich. Er war plötzlich sehr nachdenklich. »Ihr habt mir damals gesagt, ihr wißt es nicht«, sagte er lahm.

»Weil wir keine Tiefenpsychologen sind«, grinste Petit und stieß unter dem Tisch an Pernells Schienbein.

Eine Weile sagte niemand was.

Dann meinte Dr. Frere, er wäre eben auch kein so ein Arschloch von einem Tiefenpsychologen und wisse es auch nicht. Aber das wäre jetzt scheißegal und ob die beiden eine Idee hätten, wie man an den Elarab, diese Sau, herankomme. Sehr ordinär redete er, der Kommissar, und gar nicht wie ein rechtskundiger Beamter der höheren Polizeilaufbahn.

Wie immer in solchen Situationen, dachte Pernell an den alten Papa Trud und was der wohl jetzt vorgeschlagen hätte.
»Cherchez la femme«, sagte er dann, »suche die Frau«, und Petit schlug mit der flachen Hand auf den vor ihm liegenden Akt und meinte, das wäre goldrichtig und Chefinspektor Trudeau hätte das nicht besser sagen können. »Wenn wir das verdammte Weib einmal haben, kriegen wir auch den Hassan wieder.«
Der Kommissar war nicht im Bilde.
»Was für ein verdammtes Weib?« fragte er.
»Fatima Bussaid«, sagten die beiden gleichzeitig, und jetzt ärgerte sich Dr. Frere ob seiner Begriffsstützigkeit. Aber diese Fatima wäre ja auch in Luft aufgelöst, soweit er informiert sei, und er wolle jetzt endlich einen konkreten Vorschlag hören.
Petit rückte näher und meinte, das wäre jetzt eine Sache für ihn. Pernell sei ein Ehekrüppel mit glücklicher Familie und Kindern, und der komme für so eine Drecksarbeit nicht in Frage.
»Der einzige Mensch«, so sagte er, »von dem wir wissen, daß er Fatima kennt, ist diese magere Michele aus der Jardin-Bar. Ich muß mich an sie heranmachen und sie »umdrehen«. Einen Augenblick lang dachte er an ihren obszönen Telefonanruf und die Kontrolle im »Jardin« und bekam Bauchweh.
»Sie kann uns helfen, wenn sie will«, sagte er. »Und daß sie es will, wird mein Job sein. Es ist eine geringe Chance, aber unsere einzige.«
Wie er denn das anstellen wolle, fragte der Kommissar, diesen ausgeflippten Hasch-Fratzen »umzudrehen«. Petit meinte, er werde zweierlei tun. Zuerst Versäumtes

nachholen und ihren Akt studieren, sich ein genaues Bild von ihr machen. Dann werde er seinen gesamten Resturlaub nehmen, vier Wochen.

»In diesen vier Wochen befasse ich mich nur mit Michele, und wenn mir der liebe Gott hilft, kommt was raus dabei.«

»Laß den lieben Gott aus dem dreckigen Spielchen«, sagte Pernell gutmütig.

Der Kommissar wollte von Pernell wissen, wie er über die Sache denke.

Es gäbe im Augenblick keine andere Möglichkeit, war die Ansicht Pernells. Die einzige Alternative wäre, gar nichts zu tun und alles abzuwarten und dem Zufall überlassen.

»Und die üblichen polizeilichen Alibihandlungen wie: verstärkte Streifentätigkeit, Aufruf an die Bevölkerung um Hinweise und so. Wir hätten dann unsere sogenannte Pflicht erfüllt, alles Menschenmögliche getan. Alles Beamtenmögliche«, schloß er bissig.

Der Kommissar nickte traurig.

»Ich mache jetzt meine Urlaubsmeldung«, sagte Petit und stand auf.

»Das werden Sie nicht tun«, sagte der Kommissar scharf.

Petit setzte sich wieder.

»Sie werden Ihren Urlaub nicht für eine dienstliche Sache verwenden. Ab sofort sind Sie aus dem Dienstschema draußen und arbeiten ausschließlich im Falle Elarab. Machen Sie das mit dieser Michele wie besprochen. Sie halten engen Kontakt mit Pernell, und der berichtet mir täglich. Bevor Sie anfangen, kommen Sie in mein Büro. Sie werden Geld brauchen.«

Pernell hustete, er hatte sich verschluckt.

»Ich passe schon auf unseren Geheimagenten hier auf«, sagte er fröhlich. »Und ich berichte Ihnen täglich, Kommissar. Wenn was Blödes passieren sollte, dann ...«
»Die Verantwortung liegt alleine bei mir«, sagte der Kommissar. »Auch wenn was Blödes passiert. Und die ganze Aktion bleibt vorläufig unter uns. Unter uns dreien.«
»Jawohl, Chef«, sagten die beiden.
Sie sagten wieder »Chef«, nicht »Kommissar«. Es klang fast wie eine Liebeserklärung.

Inspektor Pernell ging zu seinem Büro, er hatte für zehn Uhr zwei Beschuldigte einer Körperverletzung vorgeladen, einer Messerstecherei. Das Opfer lag im Krankenhaus mit einem Leberstich und war schon befragt worden. Die beiden Schnapsnasen warteten schon vor der Tür.
»Einer nach dem anderen«, sagte Pernell und schob einen wieder auf den Gang hinaus. Den anderen drückte er in einen Sessel. Dann begann er mit der Niederschrift, die Maschine klapperte ...

Robert Petit blieb in der Kantine, holte sich frischen Kaffee und setzte sich in eine ruhige Ecke. Dann schlug er den Aktendeckel auf: Michaela Blanc, Widerstand gegen die Staatsgewalt, las er noch einmal.
Sie war das einzige Kind des Ehepaares Ernestin und Gustave Blanc, der Vater war Tapezierer, die Mutter Verkäuferin in einem Schuhgeschäft. Petit sah die Geburtsdaten der Eltern, die beiden waren etwa in seinem

Alter, und wieder einmal dachte er daran, daß er eigentlich schon lange Frau und Kinder haben sollte. Dem Akt war ein handschriftlicher Lebenslauf des hoffnungsvollen Töchterchens angeschlossen, sie wollte nach Abschluß der Mittelschule in den Staatsdienst eintreten, Sozialfürsorgerin wollte sie werden. Daraus wurde nichts, weil keine Arbeitsplätze frei waren. Zu dem späteren Zeitpunkt, als sie wegen Widerstandes gegen die Staatsgewalt straffällig wurde, hatte sie als Beruf »Studentin der Sozialwissenschaften« angegeben. Sie hatte an der Universität in Montparnasse inskribiert. Und wiederum verfiel Petit ins Nachdenken: Welche Mühen und Opfer mußten es für den Tapezierer und seine Frau gewesen sein, ihrem Kind eine solche Ausbildung zu bieten. Und jetzt haschte sie im »Jasmin« und prostituierte sich. Er hatte den starken Wunsch, ins »Jasmin« zu fahren und ihr ein paar Ohrfeigen zu geben. Dann blätterte er um. Er war jetzt gespannt, wie sich diese Neunzehnjährige dem Staat widersetzt hatte.

Eine Demonstration war es gewesen, las er, für Frieden und Völkerverständigung und gegen Kriegsgefahr zum Anlaß eines Jahrestages des Atomangriffes auf Hiroshima. Die Friedensdemonstration war eigentlich friedlich verlaufen, aber als genug demonstriert war, hatten einige Jugendliche noch nicht genug. Um ihrer friedlichen Gesinnung Ausdruck zu verleihen, zertrümmerten sie ein paar Auslagenfenster und steckten ein Auto in Brand. Die Polizei war sehr gegen diese Form von Friedenskampf, und ein Überfallkommando trat auf den Plan, verhaftete ein paar Friedensstreiter, bis wieder alles friedlich war. Michaela Blanc war unter den Festgenommenen. Weil sie noch zwei faustgroße Steine in den

Taschen hatte und auch im Kommissariat nicht aufhören konnte zu plärren: »Bullen sind Nullen«, sperrte man sie über Nacht in den Arrest. Ob sie dort ihre Friedensparolen über die Bullen weiter schrie, stand nicht im Akt.
Vom Gericht erhielt sie eine Geldstrafe, die auch bezahlt wurde, wahrscheinlich vom Tapezierer. Das war das Ende des Aktes über die Staats-Widerstandskämpferin Michele, aber Petit las weiter, es waren noch vier Vormerkungen wegen Suchtgiftmißbrauches da.
Es war viermal dasselbe Lied:
Eine schummrige Diskothek, die Stereo-Anlage brüllt trommelfellzerreißend, die jungen Leute zucken im Rhythmus und haben starre Augen. Dicke, süßlich riechende Rauchschwaden. Eine Spezialstreife der Suchtgiftgruppe kommt herein, sie haben einen Hund mit.
Weil dieser verdammte Polizeistaat etwas dagegen hat, daß sich seine Jugend ungestört ruiniert. Die Jugendlichen haben keine Angst vor den Beamten, den Hund fürchten sie. Der Hund spürt schmerzhaft den Haschisch-Duft in seiner empfindlichen Nase und beginnt zu winseln, zu knurren. Injektionsnadeln werden klappernd unter die Tische fallen gelassen, auch angebrannte Löffel, Ampullen, all das Zeug, das nachher als »Suchtgift-Utensilien« im Streifenbericht erscheint. Die Toilettentüren sind verriegelt, die Wasserspülungen rauschen, Klopfen und Schimpfen der Polizisten hilft nicht. Die schon dutzendemale reparierte Verriegelung wird wieder aufgebrochen.
Die Kriminalbeamten haben müde Gesichter, auch die unflätigsten Beschimpfungen hören sie nicht mehr. Ein paar Jugendliche werden festgenommen, in den Arrestantenwagen gesteckt. Dort erfährt auch eine weibliche

Kriminalbeamtin zum hundertsten Male, daß sie eine Scheiß-Polizeihure ist und von einer Negerbande totgevögelt gehört. Im Kommissariat werden die Arrestanten dem Journalbeamten und dem Polizeiarzt vorgeführt. Die achtzehnjährige Michaela Blanc ist darunter.
Ihre Rechtfertigung ist immer die gleiche, viermal liest Robert Petit dasselbe: Sie könne mit ihrem Körper und ihrer Gesundheit machen, was sie wolle, die Polizei habe kein Recht, ihr dabei etwas dareinzureden. Und dem Staat gehe das auch einen Dreck an. Das Verbot von Rauschgift gehöre abgeschafft. Alkohol ist auch nicht verboten und ebenso gesundheitsschädlich. Hunderttausende alkoholkranke Bürger gibt es, steht in der Zeitung. Wenn man Drogen nimmt, wird man eingesperrt. Säuft man sich zu einem Krüppel, ist das ganz legal, und niemanden kümmert es, gibt Michaela Blanc jedesmal zu Protokoll. Womit sie nicht ganz unrecht hat, denkt Petit.
Er trinkt seinen Kaffee aus und bringt den Akt zurück in die Zentralkanzlei. Dann geht er ins Erkennungsamt und ersucht Oberinspektor Bonin um Fotos von der ermordeten Penelope Cerdan. Womöglich Farbfotos, sagt er. Der alte Bonin legt ihm eine ganze Sammlung zur Auswahl auf den Tisch, es sind grauenhafte Bilder. Petit steckt drei davon in die Jackentasche, die häßlichsten.
Beim Kommissar meldet er sich ab und verspricht noch einmal, mit Pernell ständig in Verbindung zu bleiben. Dr. Frere gibt ihm fünfhundert Franc und läßt ihn eine Quittung unterschreiben. Dann fragt er, wo und wie er beginnen werde.
»Bei ihren Eltern«, sagt Robert Petit.

Inspektor Petit klingelt an der Wohnungstüre, und als geöffnet wird, verwünscht er sich und seine Idee, hierher gekommen zu sein: Er sieht in die traurigsten Augen, die ihm je untergekommen sind.

»Guten Tag, Madame Blanc«, sagt er freundlich und sieht das Zucken in ihrem Gesicht.

»Sie sind von der Polizei, nicht wahr?« sagt sie. »Sie kommen wegen meiner Tochter.«

»Ich komme vom Gesundheitsamt«, lügt Petit. »Und wir wollen Ihrer Tochter helfen.«

Er wird in die Küche gebeten, Kaffee wird ihm angeboten.

»Sie war jetzt schon wieder eine Woche nicht daheim«, sagt die ehemalige Schuhverkäuferin Ernestin Blanc. »Ich hoffe, es ist ihr nichts passiert.« Sie sagt es in demselben Tonfall, in dem andere Leute über schlechtes Wetter klagen.

Petit sieht sich um. Alles ist ordentlich, sauber aufgeräumt. Ein fleckenloses Tischtuch, der Fußboden spiegelt. Wann sie wohl ihrer Mutter zum letztenmal geholfen hat, die Wohnung zu putzen, denkt Petit. Er rührt den Löffel in der Kaffeetasse, viel zu lange. Frau Blanc möge ihm doch bitte erzählen, sagt er, wie das alles mit ihrer Tochter gekommen sei. Und ob und welche Verbindungen sie noch zum Elternhaus habe, ob sie in regelmäßigen Abständen heimkomme, ob ihr die Eltern Geld geben. Jede Einzelheit würde ihn interessieren. Er rührt immer noch im Kaffee.

»Sie sind nicht vom Gesundheitsamt«, sagt Ernestin Blanc leise. »Sie sind von der Polizei, nicht wahr?«

»Ja«, sagt Petit und zeigt seine Dienstmarke.

Er sieht wieder diese traurigen Augen.

»Ich möchte Ihrer Tochter wirklich helfen, wenn ich kann«, sagt er. Diesmal lügt er nicht.
»Ist sie wieder im Gefängnis?« fragt die Mutter ängstlich.
Petit beruhigt diese verhärmte Frau, die ihm alt erscheint und von der er doch weiß, daß sie zwei Jahre jünger ist als er. Er versucht ihr zu erklären, warum er hier ist und was er eigentlich will. Je länger er redet und in diese Augen sieht, je näher kommt er der Wahrheit, erzählt vom »Jardin«, und unter welchen Umständen er Michele kennengelernt hat. Von Pierre Cousteau erzählt er und von dem entflohenen Hassan Elarab, von dem Mord an der Hure Penny Cerdan. Und daß er jetzt sozusagen im Alleingang versucht, diesen Elarab zu finden, daß Michele ihm dabei helfen könnte.
»Ihre Tochter ist noch nicht einmal zwanzig«, sagt Petit. »Da ist doch noch nicht alles verloren, da darf man doch nicht aufgeben. Ich bin nicht von der Heilsarmee und verfolge auch keinen edlen Zweck, ich will einfach einen Mörder finden. Aber vielleicht kann ich Michele herumkriegen. Es kann ihr auch nicht schaden, wieder mit normalen Menschen zusammenzukommen. Vielleicht hilft es ihr.«
»Das wäre schön«, sagt Madame Blanc.
Sie hat verstanden. Sie beginnt von Michele zu erzählen:
Ein gesundes, normales Kind, recht aufgeweckt in der Schule, der Lehrer spricht von einem besonderen zeichnerischen Talent. In den Zeugnissen hat sie ausgezeichnete Noten in Kunsterziehung und Musik. Sie ist neun, und der Vater kauft ihr ein Piano, bezahlt einen Klavierlehrer. Mit dreizehn spielt sie Polonaisen von Chopin

und Sonaten von Mozart. Sie tritt bei Wohltätigkeitsveranstaltungen auf und spielt bei Weihnachtsfeiern des Sparvereines und der Tapezierergewerkschaft. Nach dem Abitur inskribiert sie an der Uni und verliebt sich in einen Studenten, Billy Harrington aus Massachusetts, USA. Er studiert Französisch und Geschichte. Michele bringt ihn auch in die elterliche Wohnung, ein sehr netter Kerl, dieser Ami. Er schafft seinen »Magister« und fährt zurück in die Staaten, verspricht wiederzukommen, und dann werde geheiratet. Ob Michele bereit wäre, mit ihm nach Massachusetts zu gehen, dort zu leben? Michele ist bereit, und die Welt ist in Ordnung.
Briefe werden geschrieben, zuerst wöchentlich, dann läßt es nach. Eines Tages kommt der letzte Brief von Billy: Das täte doch nicht gut, die Pariserin Michele Blanc und eine Kleinstadt in den USA, er habe sich das genau überlegt. Er werde seine Nachbarstochter heiraten, seine Verlobte. Michele möge verstehen und verzeihen.
Michele versteht nicht und verzeiht nicht.
Sie betrinkt sich, und ganz nüchtern wird sie eigentlich nie mehr seit diesem Tag. Den Rest kenne er ja, der Herr Inspektor, meint Madame Blanc.
Den Rest kennt der Herr Inspektor.
Es wird an der Tür geklingelt, Herr Blanc kommt von der Arbeit heim. Er hat Farbspritzer an der Hose und riecht nach Bier, seine Frau flüstert erst eine Weile im Vorzimmer, bevor sie ihn in die Küche läßt. Petit drückt dann eine schwielige Hand und wird auf ein Bier eingeladen. Bier habe er immer vorrätig im Kühlschrank, sagt Gustave Blanc.
Bevor sich der Herr Inspektor verabschiedet, führt man

ihn noch in Micheles Zimmer. Recht hübsche Aquarelle hängen an den Wänden, alle von Michele gemalt, erfährt er. Am Bett liegen noch Puppen und Stofftiere. Plötzlich hat Petit so einen ausgestopften Stoffhund in der Hand und fragt, ob er den mitnehmen darf.
»Wahrscheinlich werde ich Michele früher sehen als ihr beide«, sagt er. Sie nicken traurig. Den Stoffhund darf er mitnehmen. Der Tapezierer deutet auf das Piano, das in einer Ecke steht.
»Sie hat nie mehr darauf gespielt«, sagt er, »seit dieser Brief kam, aus Amerika.«

Auf der Fahrt nach Montparnasse beginnt es wieder zu schneien, und es ist stockdunkel geworden. Unterwegs hält er bei einer Telefonzelle und ruft Pernells Privatnummer an. Es hebt seine Frau ab, aber Teddy ist zu Hause.
»Hallo Geheimagent«, meldet sich Teddy gutgelaunt und will wissen, ob es was Neues gäbe. Nichts Besonderes, einen Stoffhund habe er geschenkt bekommen, und jetzt gehe er was essen ins »Jardin«, berichtet Petit. Im Kommissariat wäre auch alles ruhig, sagt Teddy, keine Spur von Elarab. Bevor er auflegt, hört Petit Kinderstimmen im Hintergrund, und jetzt graut ihm vor dem »Jardin« noch mehr als vorhin.
Im »Jardin« ist alles wie immer.
Michele ist nicht da, sieht Petit mit einem Blick und setzt sich an die Bar, bestellt Zwiebelsuppe und ein Bier. Der dicke Jussuf kommt heran:
»An Bullen wird hier nicht serviert«, eröffnet er die Feindseligkeiten, aber seine Stimme klingt unsicher. Petit explodiert.

»Du fettes Arschloch!« schreit er. »Wenn ich nicht sofort bedient werde, hetze ich dir die Funkstreife in die Hütte. Wir kontrollieren dann die Hinterzimmer und sind neugierig, ob du eine Hotelkonzession hast!« Jussuf fuchtelt mit den Armen. Der Inspektor möge nicht gleich so schreien. In zwei Minuten steht die Suppe vor ihm und das Bier.

Fast eine Stunde hängt Petit an der Bar, die Flasche Bier ist sein einziger Freund in dieser feindseligen Umgebung. Die bösen Blicke Jussufs und einiger Gäste lassen erkennen, daß man hier die Anwesenheit eines Kriminalbeamten nicht ohne Protest hinnimmt. Auch dann nicht, wenn der Kerl nur teilnahmslos dreinschaut und den Zigarettenrauch gegen die Decke bläst.

Michele kommt durch die Hintertüre. Sie hat einen Kunden mit, einen älteren Mann, dem noch der Schweiß auf der Stirne steht und der sich hastig verabschiedet, bei der Vordertüre rausgeht. Sie setzt sich an die Bar und verlangt etwas zu trinken.

»Darf ich dich einladen?« sagt Petit freundlich.

Erst jetzt erkennt sie ihn, und ihr Gesicht wird hart. »Seit wann sitzen hier stinkende Bullen herum?« fragt sie Jussuf. Der Dicke zuckt hilflos mit den Schultern und verdreht die Augen.

»Seit junge Mädchen nicht mehr Klavier spielen«, sagt Petit ganz ernst.

Er sieht, wie sie zusammenzuckt, und ihr Gesichtsausdruck ungläubig, verständnislos wird. Jussuf stellt ihr ein Glas Pernod hin.

»Der Inspektor hat dich eingeladen«, sagt er. Er will keinen Streit.

»Deine Mutter läßt grüßen«, sagt Petit leise.

Sie nimmt das Glas und schüttet ihm den Pernod ins Gesicht. Ihre Hände flattern. Gleich wird sie hysterisch zu schreien beginnen, fürchtet Petit. Er nimmt sein Taschentuch heraus und trocknet sich umständlich ab.
»Ein neues Glas für die Dame«, sagt er zu Jussuf. Es gelingt ihm zu lächeln. Michele sieht wie Hilfe suchend in die Runde, Jussuf nickt ihr zu und stellt ihr das frische Glas hin. Wenn sie nicht schreit, ist die erste Runde gewonnen, denkt Petit. Jussuf beginnt irgendeinen Blödsinn daherzureden. Vom Wetter redet er, daß es viel zu kalt ist für die Jahreszeit.
Michele schreit nicht.
Sie trinkt ihren Pernod und sieht dabei irgendwie hilflos aus. Wie ein Kind, das sich verlaufen hat. Petit greift in die Jackentasche und spürt den Stoffhund, zieht die Hand aber leer zurück.
»Das wird ihr zu viel«, denkt er, »ich muß vorsichtig sein.«
Er fragt den dicken Jussuf, ob er die Wettervorhersage im Radio gehört habe, und stimmt ihm zu – es wäre tatsächlich viel zu kalt für die Jahreszeit. Die beiden bringen es zuwege, tatsächlich drei Minuten über das Wetter zu nörgeln.
»Und für morgen ist wieder Schneefall angesagt«, schimpft Jussuf. Michele sieht von einem zum anderen.
»Was geht hier eigentlich vor?« fragt sie dann.
Petit gibt dem Wirt einen Wink, und der verzieht sich an das andere Ende der Bar.
»Ich möchte dir etwas zeigen«, sagt Petit.
»Zeigen? Mir?«
Petit nimmt Pennys Fotos aus der Jackentasche. Er legt

sie vor Michele auf die Theke. Sie hält ein Foto gegen das Licht, um besser sehen zu können.
»Du lieber Gott«, sagt sie erschrocken.
»Laß den lieben Gott aus dem Spiel«, sagt er und erinnert sich an Teddy Pernell.
»Wer ist das?« fragt sie und legt die Fotos weg. Petit steckt sie wieder in die Brusttasche.
»Ein Mädchen namens Penny«, sagt er. »Eines Tages hat sie aufgehört, Klavier zu spielen.«
Ihre Stimme trieft vor Hohn:
»Du blöder Polizistenschwanz. Du willst mich wieder auf den ehrsamen Pfad der Tugend zurückführen. Mich wieder in die bürgerliche Welt dieser anständigen Menschen ...«
Er lacht so laut und herzlich, daß sie aufhört zu reden.
»Dumme Kuh«, sagt er. »Sehe ich aus wie ein Pfarrer? Oder glaubst du, ich bin verliebt in dich?«
Was er dann bezweckt mit diesem Affentheater, will sie wissen.
»Ich muß dieses Schwein haben, der das angerichtet hat.« Er klopft auf seine Brusttasche.
»Was geht das mich an?« schreit sie.
Er nimmt zwei Zigaretten aus der Schachtel, schiebt ihr eine in den Mund, gibt ihr Feuer und zündet dann die seine an. »Du kennst ihn«, sagt er leise. »Er ist Fatimas Freund.«
Jussuf kommt wieder und schenkt die Gläser voll. Michele saugt an ihrer Zigarette, sie schaut angestrengt auf ihre Fingernägel, wartet, bis Jussuf wieder außer Hörweite ist.
»Ich will dir einmal etwas sagen ...«, beginnt sie.
»Ich weiß«, sagt Petit.

Sie schaut überrascht auf.
»Du willst mir sagen, du bist kein dreckiger Polizeispitzel.«
»Genau das«, sagt sie.
Sie steht auf und geht auf die Toilette. Petit trinkt sein Glas leer, wirft einen Geldschein auf die Theke.
»Bis morgen, Jussuf«, sagt er. Er ist recht zufrieden mit dem Anfang. Auf der Straße fährt ihm der kalte Wind in die Haare. Langsam geht er zu seinem Wagen, der Wind ist irgendwie angenehm. Es tut ihm leid, daß zu Hause niemand auf ihn wartet. Nicht einmal Gerlind.

Für den Mai des laufenden Jahres waren die Parlamentswahlen angesetzt, und man sollte es nicht glauben, dieses bevorstehende politische Großereignis hatte über Nacht entscheidenden Einfluß auf die Fahndung nach dem geflüchteten Strafgefangenen Hassan Elarab. In der einsetzenden Wahlpropaganda der Oppositionspartei wurde harte Kritik auch am Justizressort geübt, kein Wunder, der Justizminister war einer der profiliertesten Politiker der Regierungspartei. Ihm wurden jetzt Mißstände und Unzulänglichkeiten im Strafvollzug, bei der Rechtsprechung und in der Justizverwaltung vorgeworfen, Schlampigkeiten bei der Häftlingsverwahrung und Versäumnisse in der Gesetzgebung. In anderen Worten, dem Justizminister wurde nun vorgehalten, daß er vier Jahre lang sein Ministeramt saumäßig geführt habe und er ganz und gar unfähig sei, eine solche Stellung zu bekleiden.

Der jüngste spektakuläre Fall einer Flucht aus einer Strafanstalt, eben der Fall Elarab, stand wieder als Paradebeispiel in den Zeitungen der Opposition, dieses Mal in den innenpolitischen Kolumnen. Was denn das für Zustände bei der Justiz wären, schrieben kritische Journalisten, wo ein gemeingefährlicher Triebmörder einfach wieder aus der Haft spazieren könne, nur weil er Bauchweh simuliere. Sogar der nicht geschluckte Löffelstiel wurde mehrmals erwähnt.

Der Justizminister reagierte wie alle Politiker, er schob alle Schuld auf die kleinen Beamten und kündigte eine strenge Untersuchung und disziplinäre Maßnahmen an. Der oppositionelle Abgeordnetenblock im Nationalrat kündigte auch etwas an, nämlich eine parlamentarische Anfrage an den Justizminister. So etwa war die Situation,

als Kommissar Dr. Frere nach dem Kriminalbeamten-Frührapport zur täglichen Präsidenten-Besprechung mußte.
Punkt acht Uhr dreißig waren sie im Konferenzzimmer versammelt, die Herren Abteilungsleiter und die Herren Leiter der Wachkörper, nur der Präsident und Ministerialrat Dr. Murat waren noch nicht zugegen. Die beiden Herren wären noch bei einer Besprechung im Justizministerium, wußte der Leiter der Staatspolizei zu berichten. Man vertrieb sich die Zeit mit Diskussionen zum Thema dieser nun politisch gewordenen Sicherheitsfragen. Die einschlägigen Zeitungsmeldungen des Tages wurden gelesen und kommentiert. Der Kommandant der Sicherheitswache hielt es für einen groben Unfug und für unverantwortlich, daß man durch diese Kampagne die Bevölkerung jetzt so verunsichere.
»Wenn das so weitergeht«, sagte er, »getrauen sich ja die alten Weiber nach Einbruch der Dunkelheit nicht mehr auf die Straße.«
Er war Mitglied der Regierungspartei, versteht sich. Der Chef der Präsidialabteilung sprach von einem berechtigten Sicherheitsbedürfnis der Bürger, auch der älteren, und verwies auf die von Jahr zu Jahr schlechter werdende Kriminalstatistik. Es war ihm anzumerken, daß er auf einen Wahlsieg der Oppositionspartei hoffte.
Dann kamen der Präsident und Dr. Murat.
Sie hatten ernste Gesichter, und die Besprechung begann. Die üblichen Tagesordnungspunkte waren rasch erledigt. Der Präsident ersuchte dann Dr. Murat um ein kurzes Referat über das Ergebnis der frühen Konferenz beim Justizminister.
Dr. Murat machte es wirklich sehr kurz:

Daß ausgerechnet zu diesem innenpolitisch brisanten Zeitpunkt dieser Verbrecher Elarab spektakulär flüchten und einen Frauenmord begehen konnte, fand der Justizminister sehr betrüblich. Ebenso die Tatsache, daß Einzelheiten hierüber in die Presse gelangten, die dem Amtsgeheimnis, der Dienstverschwiegenheit unterliegen. Die Anwesenden nickten, alle bis auf Dr. Frere. Nicht auszudenken wäre es, wenn dieser Elarab jetzt womöglich noch eine Gewalttat begehen würde. Das wäre ja Wasser auf die Mühlen einer gewissenlosen Parteipresse.

»Sohin«, sagte der Ministerialrat, »sohin müssen alle Anstrengungen unternommen werden, diesen Verbrecher wieder zu verhaften.« Das Wort »alle« hatte der Ministerialrat besonders betont. Die Anwesenden nickten wieder – bis auf den Chef der Präsidialabteilung. Und dann sahen sie auf Dr. Frere wie auf jemanden, der den Schwarzen Peter in der Hand hat.

»Es wurden bereits alle Anstrengungen unternommen«, sagte Dr. Frere.

»Welche?« fragte Dr. Murat scharf.

Der Kommissar zählte auf: Fahndung an alle, Meldung an Interpol, den Steckbrief, Aufruf an die Bevölkerung zur Mitarbeit, Veröffentlichung des Fahndungsfotos in Presse und Fernsehen, verstärkte Streifentätigkeit der Kripo und der Sicherheitswache.

»Ist das alles?« fragte Dr. Murat.

Einen seiner besten Beamten habe er in den Untergrund geschickt, ergänzt Dr. Frere. Mit dem Spezialauftrag, eine Spur Elarabs zu verfolgen. Auf den Mann setze er große Hoffnung, sagt er.

»Ist ein einzelner Mann da nicht ein bißchen wenig?«

fragt Dr. Murat und blickt Zustimmung heischend in die Runde.
»Ich würde für eine solche Mission aus kriminaltaktischen Erwägungen mindestens drei Beamte einsetzen.«
Der Herr Ministerialrat ist jetzt ganz der große Kriminalstratege. Dr. Frere weiß genau, daß Dr. Murat niemals in seiner Dienstzeit auch nur einen Fahrraddiebstahl geklärt hat. Aber er unterdrückt eine bissige Bemerkung, schließlich will er einmal Oberkommissar werden.
»So ein Spezialeinsatz kostet Zeit und Geld«, sagt er.
»Geld spielt keine Rolle«, donnert der Ministerialrat. Der Kommissar möge unverzüglich drei seiner besten Leute einsetzen. Und jeden erforderlichen Geldbetrag könne er bei ihm aus dem Fonds der Zentralausgaben abheben.
Der Präsident nickt und sagt »in Ordnung«. Dann ist die Sitzung beendet.
Die Herren gehen in ihre Büros, Dr. Frere geht in die Kantine und sucht Pernell. Der ist nicht da, und der Kommissar schickt einen jungen Beamten nach ihm.
»Er soll hierher kommen und mit mir einen Pernod trinken«, sagt er. Der junge Mann schaut verwundert und marschiert ab. Pernell kommt nach fünf Minuten und meint, er habe nicht viel Zeit, ein Exhibitionist sei eingeliefert worden, und den müsse er jetzt übernehmen.
»Wir beide und Petit«, grinst der Kommissar, »wir haben ab sofort so viel Zeit und Geld, wie wir nur wollen. Wir müssen nur den Elarab kriegen. Sonst braucht uns gar nichts mehr zu interessieren.
Pernell versteht nichts und bezweifelt, daß der Pernod am Tisch der erste des Kommissars ist.

»Der Präsident hat das persönlich angeordnet«, sagt Dr. Frere.
Ja wieso denn das so plötzlich gekommen ist, will Pernell wissen.
»Weil die Regierungspartei die Wahlen wieder gewinnen will«, sagt der Kommissar. Und dann lacht er so laut und herzlich, daß die Mädchen hinter der Theke verwundert die Köpfe schütteln.

Robert Petit hatte lange geschlafen an diesem Vormittag. Jetzt lag er wach im Bett und rauchte und hustete und besah mißmutig die Unordnung in seiner Bude. Randvolle Aschenbecher, schmutzige Wäsche, gebrauchtes Geschirr. Regen prasselten an graue Fensterscheiben. Es war also wärmer geworden, und Jussuf und die Wettervorhersage hatten nicht recht behalten. Er überlegte, wen aus seinem Bekanntenkreis er dazu bringen könnte, in diesem Saustall rund um ihn wieder Ordnung zu bringen. Denn eine bezahlte Haushälterin konnte er sich nicht leisten. Und er hatte auch keine Ahnung, daß er durch die Vorkommnisse im Spitzengremium seiner Dienststelle nunmehr zu einer so wichtigen Figur bei der Aufrechterhaltung der öffentlichen Sicherheit geworden war.
Er schaltete das Radio an. Ein Sprecher gab die Wasserstandsmeldungen des Hydrographischen Dienstes bekannt. Petit hatte das Gefühl, daß bei ihm der Wasserstand auch schon ziemlich hoch sei, und er ging auf die Toilette. Einmal auf den Beinen, faßte er den heroischen Entschluß, nicht mehr wieder ins Bett zu fallen, und stellte sich unter die Dusche. Das heiße Wasser war vorerst das einzig Erfreuliche an diesem Vormittag, und er begann sich zu rasieren. Er war noch nicht fertig, als es an der Tür klingelte.
Im Gedanken an Gerlind und in ein Badetuch eingewikkelt, öffnete er. Draußen standen Pernell und Dr. Frere und machten Gesichter wie Weihnachtsmänner.
»Hallo, Geheimagent«, grinste Pernell. »Es gibt Neuigkeiten. Dürfen wir reinkommen?«
Die beiden erzählten von dem plötzlichen Interesse in den Behördenspitzen, von dem großen Umschwung in

der Fahndungssache Elarab. Petit war schon gewaschen, rasiert und angekleidet, duftete nach Rasierwasser und konnte es immer noch nicht recht glauben, was er da zu hören bekam. Der Kommissar hatte ein dickes Bündel Banknoten vorgezeigt und die akademische Ausdrucksweise des Giftzwerges imitiert, »Geld spielt keine Rolle«.

Nun aber wurden sie wieder ernsthaft und beratschlagten, wie man diese unverhofften Hilfsmittel – Geld und Zeit – zweckentsprechend einsetzen könnte. Und da erwies es sich wieder einmal, daß es in verschiedenen Bereichen des Lebens Dinge gibt, wo Aufwand an Geld und Material auch nicht hilft. Keiner hatte eine neue Idee, und übrig blieb wieder nur diese geringe Hoffnung: die Bekanntschaft Micheles mit Fatima. Petit berichtete über seine gestrigen Erlebnisse im »Jardin« und wiederholte seine Ansicht, daß man mit Micheles Unterstützung sehr wohl Fatima finden könnte. Die Schwierigkeit bestehe immer noch darin, diesen verhaschten Fratzen echt zu gewinnen. Während er noch redete, zog Pernell plötzlich einen Zettel aus der Tasche.

»Das habe ich in der allgemeinen Turbulenz ganz vergessen«, sagte er. »Eine Frau hat angerufen und nach dir gefragt. Sie ersucht um Rückruf, da ist die Nummer.«

Petit las auf dem Zettel eine Nummer, die ihm völlig unbekannt war. Er ging zum Telefon und wählte, legte gleich wieder auf.

»Das ist die Nummer der Jardin-Bar«, sagte er überrascht. Die Überraschung war allgemein.

Petit war ganz sicher, daß die Anruferin nur Michele gewesen sein konnte. Er wertete das als gutes Zeichen.

»Wenn sie um Rückruf ersucht«, sagte er, »will sie mir

diesmal nicht den Schwanz abschneiden.« Sie beschlossen, gemeinsam ins »Jardin« zu fahren und sich dort umzusehen. Bevor sie die Wohnung verließen, steckte Petit zwei Dinge in die Jackentasche: den alten Trommler und einen Stoffhund. Dieses Mal fragte der Kommissar, wozu er denn eigentlich ständig diesen alten Trommelrevolver mit sich herumschleppe, wo er doch im Halfter seine moderne Dienstpistole mit sich führe.
»Zum Schießen sicherlich nicht«, grinste Petit, gab aber sonst keine weiteren Erklärungen. Alles mußte der Kommissar schließlich auch nicht wissen.
Im »Jardin« gab sich Petit fast wie ein Stammgast. Michele war nicht da, und Jussuf schaute ein wenig irritiert auf die beiden neuen Gesichter, die dieser Flic da anschleppte. Grinste aber dann breit, als ihn Petit an die danebengegangene Wettervorhersage erinnerte, und servierte ohne Feindseligkeiten die bestellte Flasche Bordeaux und drei Gläser. Die drei begannen an einem Ecktisch Karten zu spielen, Preferance.
Als sie die zweite Flasche Bordeaux bestellten, hatte Dr. Frere etwa ein halbes Kommissar-Monatsgehalt verspielt, und Pernell bemerkte lakonisch, zum Kartenspielen gehöre eben Erfahrung oder viel Geld. Dr. Frere konterte trocken, daß es sich dabei um das Geld des Giftzwerges handle, und darum wäre ihm überhaupt nicht leid. Petit gab seiner Hoffnung Ausdruck, daß man das Geld nicht wieder zurückzahlen müsse, im Falle man Elarab nicht kriege.
»Vor der Wahl«, kicherte Dr. Frere, »vor der Nationalratswahl müssen wir ihn noch haben. Nachher scheißt sich kein Hund mehr um diesen Algerier.« Und jetzt lachten alle drei. Jussuf an der Bar grinste auch zufrie-

den. Solange die Flics gemütlich waren und seine Preise bezahlten, hatte er ja nichts gegen sie. Und sie würden schon kein Polizei-Erholungsheim aus seinem Lokal machen.
Michele kam diesmal durch die Vordertür und hatte keine Kundschaft mit. Sie setzte sich an ihren Platz an der Bar und schaute verwundert auf die Kartenspieler. Petit gewann gerade einen »Gang«, legte dann die Karten hin und setzte sich zu ihr.
»Du hast mich angerufen«, sagte er.
»Wer sind die beiden Typen?« wich sie seiner Frage aus. Sie deutete mit dem Kopf zum Ecktisch.
»Bullenschweine, was sonst«, sagte er grob.
Er hätte es nicht für möglich gehalten, aber irgendwie schien sie jetzt verlegen.
»Ich wollte nur . . .«, sagte sie.
»Was?«
»Diese Fotos. Ich wollte mir nur diese Fotos noch einmal ansehen, die du mir gestern gezeigt hast.«
»Später«, sagte er. »Komm jetzt zu unserem Tisch und trink ein Glas mit uns.« Und er hatte Mühe, vor Freude nicht zu singen, als sie aufstand und ihm zum Tisch folgte wie ein gehorsames Schulmädchen.
Petit stellte vor: »Das ist Michele«, sagte er. »Das ist Teddy, und dieser Herr da, der niemals Preferance erlernen wird, das ist unser Doktor.«
»Tag, Michele«, sagten die beiden, und Pernell mischte die Karten. Michele setzte sich.
»Sind Sie wirklich Arzt?« fragte sie Dr. Frere.
»Aber ja«, sagte der. »Facharzt für Kinderkrankheiten. Und du solltest mehr essen, Mädchen, wenn ich eine kostenlose Diagnose stellen darf.«

Alle lachten, auch Michele. Sie wäre tatsächlich hungrig, meinte sie. Man rief nach Jussuf und bestellte Eier mit Speck für das magere Mädchen. Während sie aß, spielten die drei Männer weiter Karten. Michele war fertig und stellte den Teller weg.
»Wo ist das Trumpf-As?« sagte der Doktor wütend und drosch eine Karte auf den Tisch.
»Hier«, sagte Petit, nahm ein Foto von Penny aus der Tasche und legte es vor Michele.
»Du wolltest es ja noch einmal sehen«, sagte er.
»Gut, daß sie mit dem Essen fertig ist«, meinte Pernell. Die drei Männer warfen die Karten zusammen, steckten das Spielgeld ein.
»Was war sie für eine?« fragte Michele leise, das Foto in der Hand. Und dann laut zu Petit:
»Und komm mir nicht wieder mit dem Blödsinn, sie war eine, die aufgehört hat Klavier zu spielen.«
Pernell schlug mit der flachen Hand auf den Tisch. »Warum fahren wir nicht ins ›Boo-Boo‹?« sagte er laut. »Fragen wir doch Su Bonnet, was Penny für ein Mensch war.« Petit stieg sofort darauf ein.
»Eine Königsidee«, sagte er und zwinkerte dem Doktor zu. Und zu Michele: »Du kannst mit ihrer Freundin reden, wenn es dich wirklich interessiert.«
»Krieg' ich dort einen Joint?« fragte Michele. »Ich habe heute noch nichts gehabt.«
»Du kriegst dort Hasch, soviel du willst«, sagte Pernell. »Und du bist eingeladen, der Giftzwerg bezahlt alles.«
Michele wunderte sich, warum die drei so scheußlich lachten.

Susu war leicht angetrunken, wie immer um diese Zeit, und Linkshand spielte Karten. Als die drei Flics mit dieser halben Portion ins »Boo-Boo« kamen, wollte Su gerade auf die Straße. Petit hielt sie zurück und ging dann zu Freddy. Er müsse mit ihm reden, es dauere nicht lange. Sie gingen ins Hinterzimmer. Linkshand glaubte zu träumen, als er Petits Wünsche hörte: Su solle sich zu ihnen setzen, so ein oder zwei Stunden, und für das Mädchen brauche er einen Joint oder zwei.
»Su muß jetzt arbeiten«, sagte Linkshand wütend. »Und ich bin kein Rauschgifthändler.«
Petit zog ein Bündel Geldscheine aus der Tasche. Er bezahle den Verdienstentgang für Su, meinte er. Und natürlich den Joint. Und es ginge um Hassan Elarab, erklärte er. Das Mädel kann uns helfen.
Jetzt verstand Linkshand.
Wenn es um Elarab geht, sagte er, nehme er kein Geld. Und sie könnten heute Su haben, solange sie wollten, und den Joint besorge er auch. Dann redete er ein paar Worte mit dem Barmädchen und dann mit Susu und ging wieder zu den Kartenspielern.
Als sie dann zu fünft in einer Ecke saßen, schienen eigentlich alle Voraussetzungen für einen gemütlichen Abend gegeben. Su hatte eine volle Flasche Bordeaux vor sich stehen und ihre Leberwerte und den Doktor längst vergessen. Michele sog gierig an ihrer Haschisch-Zigarette, ihrer ersten heute, und sie wurde mit jedem Lungenzug gelöster. Petit und Pernell tranken kleine Schlucke aus ihren Pernodgläsern, und der Kommissar hatte ein Bier vor sich und dachte wieder einmal daran, daß er sich den praktischen Kriminaldienst früher ganz anders vorgestellt hatte.

Die beiden Weiber unterhielten sich.
»Wo stehst du?« fragte Su.
»Ich steh' nicht, ich sitze. In einer Bar, drüben in Montparnasse.«
»Und wieviel machst du am Tag?«
»Zirka fünfhundert, manchmal siebenhundert, wenn es gut geht.«
»Und was nimmt dir der Lui?«
»Bei mir ist es der Barkeeper«, sagte Michele. »Er nimmt den ganzen Fünfer. Dafür hab' ich das Zimmer, Essen und Trinken. Der Rauch geht auf meine Kosten.« Sie deutete auf ihren Joint.
»Er ist ein Halsabschneider«, empörte sich Su. »Bleib da und arbeite für Linkshand. Du kannst Pennys Platz haben. Freddy ist in Ordnung. Bei uns geht's dir besser.«
Michele hob die Schultern.
»Steht nicht dafür«, sagte sie. »Ich steige sowieso wieder aus.«
»Das sagen alle am Anfang«, lächelte Su und trank. »Bist du einmal in meinem Alter, vergehen dir die Träume.«
Es wäre doch eigentlich eine gute Sache, warf Pernell ein, wenn man eine Prostituierten-Gewerkschaft gründe. Mit einer Rechtsschutzabteilung, festgesetzten Tarifen und geregelter Arbeitszeit.
»Wenn es einen Tierschutzverein gibt«, grinste er, »warum keinen Schutzverband für Huren?«
Petit spann den Gedanken sofort weiter: Er und Pernell würden aus der Polizei austreten und sich zu Generalsekretären des Hurenschutzvereines wählen lassen. Sie könnten von den Mitgliedsbeiträgen der Mädchen hervorragend leben, und die Zuhälter würden arbeitslos.

Dr. Frere fand das Thema wenig unterhaltsam. Da war es beim Präsidenten-Rapport heute morgen viel lustiger, erklärte er.

Sie saßen schon etwa eine Stunde und plauderten das übliche oberflächliche Zeug, das die Menschen heutzutage »Unterhaltung« nennen. Dann sah Pernell das Zeichen seines Freundes, auf das er die ganze Zeit gewartet hatte: Ein leichtes Kopfnicken in Richtung Ausgang. Er verstand sofort und legte seinen Arm um die Schulter des Kommissars.

»Wir beide gehen jetzt«, sagte er, »für uns wird es Zeit. Morgen ist auch noch ein Tag.« Dr. Frere kapierte erst nach einem sanften Druck auf seiner Schulter. Dann bezahlte er, und sie gingen.

Susu bekam ihre zweite Flasche Wein und Michele ihre dritte Haschisch-Zigarette.

»Erzähl uns jetzt von Penny«, sagte Petit. »Diese Anfängerin hier möchte gerne wissen, was sie für ein Mensch war.«

Su starrte eine Weile in ihr Glas. Sie war jetzt sehr betrunken und hatte nasse Augen.

»Bist du lesbisch?« fragte sie und legte ihre Hand auf Micheles Arm.

Michele schüttelte den Kopf und meinte, dazu habe sie überhaupt kein Talent.

»Penny war es«, begann Su. »Sie war manchmal sehr unglücklich darüber. Vor Männern ekelte ihr oft körperlich, du kannst dir vorstellen, daß sie ihr Geld hier schwer verdiente.«

Dann erzählte Su von ihrem Leben zu dritt, von ihren sexuellen Beziehungen zu Penny und daß sie eigentlich recht zufrieden waren, bis dieser Hassan auftauchte. Wie

Penny dann in ständiger Angst vor diesem Schwein lebte. Je länger Su von Elarab redete, desto wütender wurde sie.
»Du hast mir versprochen, du wirst ihn kriegen, Flic«, sagte sie böse zu Petit. »Und du hast gesagt, eine zweite Gerichtsverhandlung gibt es dann nicht mehr.«
Petit hatte sein Stichwort.
»Wie soll ich ihn finden«, sagte er ruhig, »wenn mir Michele nicht hilft? Sie könnte mir den Tip geben, aber sie will ja nicht.«
»Was?!« schrie Su Bonnet so laut, daß die Kartenspieler rüber schauten.
Michele war richtig erschrocken.
»Ich weiß doch auch nichts Genaues«, murmelte sie eingeschüchtert. »Nur ungefähr, wo Fatima sein könnte.«
»Fatima ist seine Freundin«, erklärte Petit. »Und Michele ist kein Bullenspitzel«, provozierte er weiter.
Susanne Bonnet wurde vor Zorn für ein paar Minuten nüchtern.
»Du blöde Fut«, zischte sie Michele an. »Mit Bullen hat das doch überhaupt nichts zu tun.« Sie sprudelte erregt heraus, daß Kreaturen wie Elarab vertilgt werden müßten. Daß sie solches am liebsten selber tun würde, und wenn es zehn Jahre Knast koste. Michele wurde immer verschüchterter.
»Die beiden müssen jetzt irgendwo in Orly wohnen, Fatima und er«, begann sie hilflos.
Petit setzte alles auf eine Karte.
»Kein Wort mehr«, sagte er energisch und hielt ihr den Mund zu.
Michele kannte sich überhaupt nicht mehr aus.

»Wenn du mir helfen willst«, sagte er kalt, »wirst du mir alles in Ruhe erzählen. Aber nicht jetzt und nicht hier. Und du wirst es dir vorher noch gründlich überlegen.«
Er bezahlte und bestellte ein Taxi. Als sie hinausgingen, klopfte er Linkshand auf die Schulter und wünschte ihm gute Karten.
»Ebenfalls viel Glück, Bulle«, sagte Linkshand, ohne aufzuschauen.
Im Taxi fragte er, wo sie schlafen wolle. Wo sonst als im »Jardin«, antwortete sie apathisch. Wie es damit wäre, wenn sie wieder einmal zu ihren Eltern ginge, wollte er wissen. Sie schüttelte den Kopf.
»Ich kann die Augen meiner Mutter nicht ertragen«, sagte sie.
»Du solltest dich wieder an ihre Augen gewöhnen«, sagte er wütend.
Der Taxifahrer wurde ungeduldig.
»Wenn du morgen bei mir Geschirr wäschst und aufräumst«, sagte er, »kannst du zu mir kommen.«
»Bist du denn nicht verheiratet?« rief sie überrascht. Er nannte dem Taxifahrer seine Wohnadresse.
In seiner Bude putzten sie sich die Zähne unter der heißen Dusche. Michele mit Gerlinds Zahnbürste, dann trockneten sie sich gegenseitig ab. Petit fand im Schrank noch ein gebügeltes Sportleibchen, warf es ihr zu.
»Dein Nachthemd«, sagte er.
Das Leibchen ging ihr bis an die Kniekehlen. Als sie sich umdrehte, las er den Aufdruck »Polizeisportverein« über ihren kleinen Brüsten. Da lachte er so herzlich wie schon lange nicht.
»Schläfst du mit mir?« fragte sie und kroch ins Bett.
»Nein«, sagte er und deutete auf die Couch. Dann ging er

ins Vorzimmer und holte den Stoffhund aus seiner Jacke. Er drückte ihr das Stofftier in die Arme.
»Damit du dich nicht fürchtest.«
»Das ist Wully«, flüstert sie überrascht. »Er war immer mein Lieblingshund.«
Petit dreht die Lampen aus und zündet sich eine Zigarette an. Er geht ans Fenster und schaut in den Regen hinaus. »Du bist ein anständiger Bulle«, hört er sie. »Ich werde zu dir auch Wully sagen.«
Was für ein Kind sie noch ist, denkt er.
»Schlaf jetzt und halt den Mund«, sagt er.
Er sieht noch lange in die Dunkelheit hinaus, auf die silberglänzenden Regentropfen bei den Straßenlaternen. Dann hört er ihre regelmäßigen Atemzüge und legt sich auf die Couch.
»Scheiß-Beruf«, murmelt er.

»... Dieser Beruf setzt höchste moralische Werte voraus!« schmetterte Ministerialrat Murat in den Festsaal. »Ein hohes Maß an Disziplin, Unbestechlichkeit und Wahrhaftigkeit. Nur die Besten der männlichen Jugend unserer Nation werden sich im Polizeiberuf bewähren. Ich beglückwünsche Sie alle, die Sie diesen Beruf gewählt haben!«

Beifall prasselte.

Der Ministerialrat hatte seine Festrede beendet. Anlaß war die Vereidigung von hundert Polizeikadetten nach bestandener Dienstprüfung. Dann spielte die Polizeikapelle die Nationalhymne, und alle sangen mit. Das war das Ende des Festaktes.

Die Versammelten strömten den Ausgängen zu.

Kommissar Dr. Frere war bei den Ehrengästen gesessen, ganz hinten. Beim Hinausgehen sah er in diese jungen Gesichter der Polizeikadetten. Er dachte an seine letzten Nachtstreifen im »Boo-Boo« und im »Jardin« und an Petit, von dem er heute noch nichts gehört hatte. Auch fiel ihm Pierre Cousteau ein und Roger Brune, von dem eigentlich kaum noch jemand redete, außer vielleicht ab und zu ein paar Kriminalbeamte in der Kantine. Dr. Frere mußte sich beeilen, in fünf Minuten begann der zeitverschobene Rapport beim Präsidenten. Der übliche Tagesablauf im Kommissariat war durcheinander gekommen durch diese Festveranstaltung, und die Feierlichkeiten hatten fünfzehn Minuten länger gedauert als vorhergesehen. Weil die hohen Herren so viel zu sagen gehabt, so lange geredet hatten.

Dr. Murat schwitzte noch leicht von den Anstrengungen der Festrede, als sich die Rapportrunde zusammensetzte. Er betupfte seine feuchte Stirne mit einem seidenen

Taschentuch und meldete dem Präsidenten, daß er anschließend zum Justizminister müsse, wegen dieser leidigen parlamentarischen Anfrage oppositioneller Abgeordneter in Sachen »Öffentliche Sicherheit«. Ob man deshalb, weil die Zeit knapp wurde, den Stand der Ermittlungen in der Fahndung nach Elarab als ersten Punkt behandeln könnte?

Der Präsident war einverstanden und nickte.

Nun war es ja nicht so, daß sich diese Anfrage im Parlament ausschließlich auf diesen flüchtigen Algerier bezogen hätte. So wichtig war der Fall auch wieder nicht. Einen ganzen Katalog hatte der Minister da zu beantworten, Fragen, die in die Bereiche der Jugendkriminalität, Jugendgerichtsbarkeit, Bekämpfung des Rauschgiftunwesens und andere Richtungen gingen. Ministerialrat Dr. Murat hatte eine dicke Mappe mit Statistiken, Jahresberichten, Monatsberichten und ähnlichen Dingen mit sich. Und einige Fragen konnte man auch glatt zurückweisen, weil sie nicht in die Kompetenz des Justizressorts fielen. Gott sei Dank hatten die Abgeordneten da einen taktischen Fehler begangen. Für alles war der Justizminister nicht zuständig. Aber die Frage betreffend Sicherheitsverwahrung gemeingefährlicher Verbrecher war nicht abzuwimmeln, und gerade da spielte der Fall Elarab eine Rolle.

»Darf ich um den Stand der Ermittlungen bitten?« fragte Dr. Murat und blickte über seine Brille auf Dr. Frere.

Der Kommissar dachte an die Einzelheiten, die Petit und Pernell in den letzten Tagen mit Hilfe Micheles mühevoll zusammengetragen hatten. Und daran, daß die Sache gar nicht schlecht stand, wenn man mit Geduld und Ausdauer in Ruhe weiterarbeiten konnte.

»Wir verfolgen mehrere Spuren. Was wir brauchen, ist ein wenig Glück«, sagte er.
Dr. Murat war anzumerken, daß er mit dieser Antwort nichts anfangen konnte.
»Kann man das so formulieren«, fragte er, »daß die Verhaftung Elarabs unmittelbar bevorsteht?«
»Um Gottes willen, nein«, sagte Dr. Frere erschrocken.
Der Ministerialrat notierte sich etwas auf einem Block. Er könne nur hoffen, meinte er dabei, daß der Kommissar auch wirklich alle polizeilichen Möglichkeiten ausgeschöpft habe. Der vorwurfsvolle Unterton war unüberhörbar.
»Wir sind Kriminalbeamte, zaubern können wir nicht«, sagte Dr. Frere wütend.
Alle blickten indigniert, auch der Präsident. Dr. Murat steckte den Block in seine Mappe. Zauberei verlange auch niemand, meinte er kühl und erhob sich. Es war höchste Zeit für den Justizminister.
Dr. Frere hatte es im Anschluß an den Rapport auch eilig. Es war gleich elf Uhr, und um diese Zeit war er, wie auch die Tage zuvor, mit Pernell und Petit verabredet. Die drei hatten ebenfalls so etwas ähnliches wie eine tägliche Lagebesprechung. Nicht im Büro und nicht einmal in der Kantine, es war Petits Wohnung, wo sie zusammentrafen.

Die kleine Wohnung des Kriminalinspektors Robert Petit war schon seit Tagen in einem tadellosen Zustand, alles roch nach Sauberkeit, sogar die Fenster waren geputzt, und der Schrank war voll von gebügelten Hemden und Unterwäsche. Ursache dieser ungewöhnlichen Ordnung war die vorbestrafte und als rauschgiftsüchtig polizeilich-amtsbekannte, neunzehnjährige beschäftigungslose Michaela Blanc. Und das sauberste Stück in dieser Wohnung war sie selber.

Als Petit an jenem Morgen auf seiner Couch aufgewacht war, sah er zuerst einmal zu seinem Bett hinüber. Michele lag noch so drinnen, wie sie eingeschlafen war, den blöden Stoffhund in den Armen, den Mund halb offen. Es war acht Uhr vorbei. In einem Anflug väterlicher Gefühle wollte er aufstehen und Kaffee machen. Michele wurde munter und sprang aus dem Bett. Sie nahm ihm die Tassen aus der Hand und behauptete, das wäre ihre Angelegenheit. Er las wieder den Aufdruck »Polizeisportverein« und tippte mit einem Finger dorthin, wo die Buchstaben »O« waren.

»Und was soll ich inzwischen tun?« fragte er.

»Du leg dich wieder ins Bett«, sagte sie.

Das tat er denn auch, es war warm in seinem Bett und roch angenehm nach Mädchen. Den Stoffhund warf er auf die Couch.

Der Kaffee war fertig, und Michele schlüpfte in ihr Jeans-Zeug und fragte, wo der nächste Selbstbedienungsladen sei. Sie hatte keinen Franc in der Tasche und bat schelmisch um »Wirtschaftsgeld«, er gab ihr ein paar Scheine. Nach zehn Minuten war sie zurück mit frischem Gebäck und einem Plastiksack voll Lebensmitteln, die sie im Kühlschrank verstaute.

»Der gehört abgetaut und ausgewaschen, der Kühlschrank«, sagte sie dabei.

Dann frühstückten sie gemeinsam.

Während dieses Frühstücks geschahen zweierlei Dinge:

Zum ersten eröffnete ihm Michele, eine Buttersemmel kauend, daß sie die Wohnung jetzt auf Glanz bringen werde. Dafür brauche sie nochmals Geld für Putzmittel, dafür habe es nicht gereicht. Ob ein Staubsauger im Haushalt sei? Es gab keinen. Ob man einen solchen von einem Nachbarn leihen könnte? Petit wußte es nicht. Die Fenster gehörten geputzt und die Vorhänge gewaschen. Ob es da im Keller eine Gemeinschafts-Waschmaschine gäbe. Petit sagte, er glaube schon, und sie solle zuerst die Buttersemmel runterschlucken, wenn sie so viel rede.
Sie schluckte und wurde ernsthaft und meinte, sie würde das alles sehr gerne tun, aber natürlich nur, wenn er nichts dagegen habe.
Er hatte nichts dagegen.
Zum zweiten, erklärte Michele und goß die Tassen wieder voll, zum zweiten habe sie es sich durch den Kopf gehen lassen, was sie gestern von Su Bonnet gehört habe. Und wäre jetzt überzeugt, daß Menschen wie Elarab vertilgt gehörten. Sie wisse von Fatima ein paar Einzelheiten und glaube zu wissen, wie man diesen Algerier finden könnte.
Sie werde ihm das alles in Ruhe erzählen.
Dagegen hatte Petit schon gar nichts.
Er legte sich wieder ins Bett und sagte »erzähl«. Und was er dann hörte, verbesserte seine Laune gewaltig.
Fatima Bussaid und ihr Bruder Sidi stammten aus einer kleinen Hafenstadt namens Bougie, zirka zweihundert Kilometer östlich Algier. Ihr Vater hatte einen kleinen Trödlerladen im Hafenbazar, und die Familie war traditionell pro-französisch eingestellt. Sie wären eigentlich Berber, keine Araber, hatte Fatima immer wieder stolz erzählt, als ob da ein gewaltiger Unterschied bestünde.

Als die Franzosen 1962 aus Algerien abzogen und das Land unabhängig wurde, hatten die Bussaids schlechte Zeiten. Die Familie optierte für Frankreich, wanderte nach Marseille aus und nahm die französische Staatsbürgerschaft an. Die Eltern konnten sich mit den fremden europäischen Lebensgewohnheiten nicht abfinden und starben kurz hintereinander, als Fatima zwölf war. Ihre drei älteren Brüder sorgten dann für sie.
Die drei hatten nichts anderes gelernt, als zu handeln und zu schmuggeln. Zuerst versuchten sie es mit Reiseandenken und Postkarten, dann mit gefälschten Antiquitäten und pornografischen Schriften, schließlich mit gestohlenen Autos und Waffen und ganz zum Schluß mit Rauschgift. Einer von den dreien saß meist im Gefängnis, wenn sie eine Pechsträhne hatten, auch alle drei gleichzeitig.
1980 ging Sidi nach Paris, zusammen mit seinem Freund Hassan Elarab, der aus Algier stammte und den ein ähnliches Schicksal nach Marseille verschlagen hatte. Hassan war damals schon im Heroingeschäft, bezog den Stoff billig aus seiner Heimatstadt und hatte fixe Abnehmer in Paris. Das war die Zeit, als sich Michele und Fatima im »Jardin« kennenlernten. Die beiden schlossen Freundschaft.
»Sie ist ein sensibles und sehr unglückliches Mädchen«, sagte Michele in einem Tonfall, als ob sie selber mindestens doppelt so alt wäre. »Ich glaube, ich bin der einzige Mensch, der ihr je zuhörte und mit dem sie reden konnte. Von ihren Brüdern bekam sie nur Ohrfeigen wegen jeder Kleinigkeit, und sonst hatte sie ja niemanden.«
Petit verlangte noch Kaffee und meinte, vom Seelenleben der Fatima habe er jetzt genug gehört.
»Ich will wissen, wo sie jetzt steckt«, sagte er. Michele

wurde wütend und meinte, sie erzähle entweder die ganze Geschichte oder gar nichts, und er mußte sie wieder beruhigen.
»Erzähl weiter«, sagte er und legte sich zurück.
Als Sidi Bussaid von den Bullen geschnappt wurde und sein Selbstmord im Gefängnis in den Zeitungen zu lesen war, kam Hassan ins »Jardin« und holte Fatima weg, innerhalb von zehn Minuten mußte sie fertig sein. Die beiden Mädchen hatten kaum Zeit, einander adieu zu sagen, in einer unbeobachteten Sekunde aber flüsterte Fatima, sie werde Michele im »Jardin« anrufen. Und das tat sie dann auch einige Male.
»Hat er sie damals mit einem Auto abgeholt?« fragte Petit.
»Mit einem Taxi«, sagte Michele.
Bis zur Verhaftung des Hassan Elarab im November hatte Fatima tatsächlich einige Male im »Jardin« angerufen. Sie war jedesmal sehr kurz angebunden und machte einen ängstlichen, verschüchterten Eindruck. Hassan hatte ihr verboten, mit irgend jemandem Kontakt zu halten, und man konnte sich die Art seiner Drohungen vorstellen. Immerhin erfuhr Michele damals, daß die beiden eine Wohnung bezogen hatten, Näheres getraute sich Fatima nicht zu erzählen. Petit kannte ja inzwischen diese Wohnung in der Avenue Concorde, aber er hörte weiter geduldig zu.
Auch nach der Verhaftung Elarabs telefonierte Fatima fallweise mit Michele, und diese Male konnte sie freier reden, war nicht so unter Druck. Sie erzählte, daß sie von Freunden Hassans nach Val de Marne gebracht worden sei, und ihr Hassan werde bald wieder frei sein, man könne ihm nichts nachweisen. Das sagten seine Freunde

und auch sein Anwalt. Fatima war damals recht zuversichtlich und sprach von einem baldigen Wiedersehen mit ihrer Freundin im »Jardin«.
In dem Zeitraum zwischen der Verurteilung Hassans und seiner Flucht erhielt Michele nur einen einzigen Anruf, daran erinnerte sie sich ganz genau. Fatima war empört über das Urteil. Sie sagte damals, der Schuldspruch war nur möglich, weil zwei Bullenschweine falsch ausgesagt und Hassan belastet hatten. Und so eine miese Hure habe ihn auch belastet, die sei von den Bullen unter Druck gesetzt worden. Trotzdem werde Hassan bald frei sein. Dafür würden seine Freunde sorgen.
Das nächste Ereignis, die Flucht Hassans, las Michele in den Zeitungen.
»Und jetzt wohnen die beiden draußen in Orly«, sagte sie.
Petit versuchte kühl zu bleiben. Es gelang ihm ganz gut.
»Und wieso willst du das wissen?« fragte er ruhig.
»Sie hat wieder angerufen, letzten Samstag so gegen Mittag. Sie wären wieder zusammen, sagte sie, und in ein paar Wochen würden sie für immer nach Algier gehen. Und sie freue sich schon darauf.«
»Aber wieso Orly!« schrie er.
»Während wir redeten, hörte ich starkes Flugzeuggeräusch. Ich fragte, ob sie am Flughafen wäre, und sie sagte nein, aber sie wohnen ganz in der Nähe.«
»Mädchen«, sagte Petit und stand auf, »Mädchen, wir haben in Paris drei Flughäfen. Orly, Le Bourget und Moulineaux. Wieso willst du wissen . . .«
»Sie sagte, ganz in der Nähe von Orly. Ich habe es deutlich gehört.«
Das war immerhin etwas. Petit dachte daran, daß der

Vorort Orly mehr als 20000 Einwohner hat. Aber das war immerhin etwas Konkretes.
»Und wenn ich in Orly jedes Haus durchsuchen muß...« murmelte er.
»Das brauchst du nicht.«
Er muß nicht sehr geistreich dreingeschaut haben. »Du brauchst keine Häuser durchsuchen, dummer Polizist«, sagte sie. »Fatima ruft mich wieder an im Jardin. Sie hat es mir versprochen. An meinem Geburtstag ruft sie mich an.«
Petit sah auf seine Armbanduhr, es war der 9. Februar.
»Du hast...?«
»Heute in einer Woche«, sagte sie, »am sechzehnten.« Er dachte an eine Telefonüberwachung des Anschlusses vom »Jardin«, sicher war da ein Gerichtsbeschluß zu erwirken. Sie mußte seine Gedanken erraten haben.
»Und wenn sie von einer Telefonzelle anruft«, sagte sie, »dann sicher nicht weit weg von der Wohnung.«
Robert Petit hob dieses zarte Mädchen auf einen Sessel und küßte jeden Buchstaben des Aufdruckes »Polizeisportverein«.
»Rasier dich zuerst, Wully«, kicherte sie.

Die solcherart auf unkonventionelle Weise gewonnenen Erkenntnisse über den flüchtigen Verbrecher Elarab waren in den folgenden Tagen Gegenstand umfangreicher kriminaltaktischer Maßnahmen im Stadtviertel Orly.
Der Kommissar hatte die Fahndungsgruppe und Beamte der Observationsabteilung zum verstärkten Einsatz nach Orly beordert. Ausgestattet mit den Fotos von Elarab

und Fatima durchkämmten zwei Dutzend Kriminalbeamte nach einem genau ausgearbeiteten Plan das Viertel, zeigten die Bilder diskret in Gastlokalen, Geschäften, bei Friseuren und Hausmeistern. Tausende Male wurden halblaut oder geflüstert dieselben Fragen gestellt: Kennen Sie diesen Mann? Haben Sie diese Frau einmal gesehen? Ist das eine Kundschaft von Ihnen? Und ebenso oft wurden Köpfe geschüttelt, verneinende Antworten gegeben.

Der 16. Februar kam näher, und der erwartete Telefonanruf im »Jardin« blieb die vorerst große Hoffnung der Fahnder. Den Gerichtsauftrag zur Telefonüberwachung hatte der Kommissar ohne größere Schwierigkeiten erhalten. Geplant war, daß Michele das Telefongespräch so lange als möglich führen sollte. Die Techniker im Hauptpostamt hatten versichert, daß sie innerhalb von dreißig Sekunden den Apparat des Anrufers orten könnten, ein Beamter mit Funkgerät war ihnen beigegeben. Dieser sollte den Standort dann unverzüglich durchgeben. Da anzunehmen war, daß der Anruf aus einer Telefonzelle kommen würde, sollten mehrere Funkstreifenwagen im Stadtteil postiert werden. Ein Teil der öffentlichen Fernsprechanlagen sollte von Kriminalbeamten zusätzlich rund um die Uhr überwacht werden. Eine hundertprozentige Überwachung war natürlich nicht möglich, aber nach dem Stand der Dinge konnte damit gerechnet werden, Fatima Bussaid noch beim Telefonieren zu orten. Auftrag bestand dann, sie zu beobachten und festzustellen, wohin sie gehe. Die Einsatzleitung hatte der Kommissar, Pernell war ihm beigegeben. Petit sollte mit Michele im »Jardin« auf den Anruf warten.

In diesen Tagen war auch in der kleinen Wohnung des Inspektors Petit einiges los. Michele hatte die Bude blitz und blank gefegt, Wäsche gewaschen und gebügelt, Möbelstücke umgestellt und Bilder an die Wände gehängt. Petit fühlte sich recht wohl in der neuen Umgebung. Er schlief schon lange nicht mehr auf der Couch, dort saß Wully, der Stoffhund. Eines Nachmittags, er war allein, klingelte es an der Wohnungstüre. Er öffnete, und draußen stand eine gutgekleidete junge Dame.

»Sie wünschen bitte?« fragte er höflich.

Die junge Dame begann leise zu kichern.

Sie trug ein graues Wollkostüm mit Pelzkragen, graue Strümpfe und flache Schuhe. Streng zurückgekämmte, rotblonde Haare. Sie stand in einer Wolke von gutem Parfum.

»Was werde ich mir schon wünschen, dummer Polizist?« sagte die junge Dame.

»Das kann nicht wahr sein«, war alles, was Petit herausbrachte.

Es war Michele.

Ohne dieses speckige Jeans-Zeug, das er an ihr gewohnt war, ohne ihren Afro-look-Wuschelkopf sah sie wie ein anderer Mensch aus. Und irgendwie war sie das auch. Er hatte kein Wort darüber verloren, aber er wußte, daß sie seit Tagen nicht mehr haschte und auch keinen Alkohol trank.

»Komm herein, schönes Mädchen«, sagte er.

Sie gab ihm einen Kuß auf die Wange, mußte sich dabei auf die Zehenspitzen stellen.

»Meine Mutter läßt grüßen«, sagte sie.

Der 15. Februar war herangekommen, und am Vortage von Micheles Geburtstag überprüften der Kommissar und Pernell zum x-ten Male den Einsatzplan der »Operation Orly«. Kleine Korrekturen bei den Standorten der Beobachtungsposten wurden noch vorgenommen, die eingesetzten Beamten noch einmal in allen Einzelheiten instruiert. Das Journaldienstzimmer war in eine Art Kommandoraum eingerichtet worden, der Kommissar hatte einen Stadtplan von Orly an die Wand gehängt und darauf alle öffentlichen Fernsprechanlagen und die Standplätze der Beobachter mit bunten Stecknadeln markiert. Natürlich hing alles davon ab, ob der erwartete Telefonanruf ins »Jardin« kommen würde. Petit sollte ab neun Uhr vormittags mit Michele im »Jardin« sein, vorher war mit dem Anruf nicht zu rechnen.
Die kritische Zeit, so meinte Michele, wäre so etwa von elf bis zwölf. Um diese Zeit hatte Fatima Bussaid meistens angerufen, und Michele hatte die Vorstellung, daß ihre Freundin da von Hassan zum Einkaufen geschickt werde und diese Gelegenheit zum heimlichen Telefonieren benütze. Das klang logisch. Denn sicherlich wußte auch Elarab in seiner jetzigen Situation, daß Fatima für ihn ein Risikofaktor war, und ließ sie so wenig als möglich unbeobachtet.
Petit war mit seiner Warterolle im »Jardin« nicht recht einverstanden, aber wer sonst sollte bei Michele bleiben, allein konnte man sie schließlich auch nicht lassen. Er hatte sich einen getarnten Funkwagen vom Kommissar ausbedungen und hoffte so, zu einer eventuellen Festnahme Hassans in Orly noch zurechtzukommen. Allgemein war man also guter Dinge und optimistisch. Bis der Kommissar im Journalzimmer die Tageszeitungen las

und greulich-ordinär zu fluchen begann. Susu Bonnet wäre vor Neid erblaßt, hätte sie ihn hören können.

Der Justizminister hatte im Parlament alle gegen ihn gerichteten Vorwürfe der Opposition entschieden zurückgewiesen. In seiner Anfragebeantwortung hatte er Punkt für Punkt und in aller Deutlichkeit klargestellt, daß die politischen Anwürfe gegen ihn und sein Ressort vollkommen unsachlich und unbegründet wären. Seine Ausführungen zu den einzelnen Themen nahmen in den Rubriken »Innenpolitik« der Zeitungen sehr breiten Raum ein.

Zum Vorwurf »Mangelnde Sicherheitsverwahrung gemeingefährlicher Verbrecher« hatte der Minister »Menschliches Versagen untergeordneter Beamter« eingeräumt, den Vorfall bedauert und entsprechende Maßnahmen angekündigt. Im übrigen verfolge die Polizei bei der Fahndung des flüchtigen Mörders Elarab eine heiße Spur, hatte er erklärt.

»Eine heiße Spur!« schrie der Kommissar und schmiß die Zeitung gegen den Stadtplan von Orly. »Eine heiße Spur! Ist dieses Arschloch vollkommen verblödet?! Muß er das in die Presse geben, dieser verantwortungslose Schweinskopf?!«

Pernell war sehr ernst.

»Wenn Hassan das liest«, sagte er, »können wir uns morgen brausen.«

Natürlich werde er das lesen, wütete der Kommissar weiter. Man müsse sich doch das einmal vorstellen: Der Mann hat sich jetzt mit Hilfe seiner Heroin-Komplizen in irgendein Loch in Orly verkrochen, bereitet seine endgültige Flucht nach Algier vor. Er wird die Wohnung kaum verlassen, die notwendigen Besorgungen erledigt

Fatima. Was sonst werde er den ganzen Tag tun als Zeitungen lesen, Radio hören und Fernsehen?
Pernell hatte sich vom ersten Schock erholt: »Hoffentlich sieht er sich heute nachmittag einen Mickymaus-Film an«, sagte er, »anstatt der aktuellen innenpolitischen Diskussion. Dort wird die Sache sicherlich noch einmal breitgetreten.«
»Das verdanken wir dem Giftzwerg, diesem Karrieristen, dieser fetten Laus«, zischte Dr. Frere.
Pernell nickte.
Man hätte es eigentlich wissen müssen, sinnierte er. Diese Politiker gehen doch über Leichen, wenn es um ihr Prestige geht. Dr. Frere stimmte zu, und er brauche jetzt unbedingt einen Schnaps, meinte er. Und er wäre jetzt fast sicher, daß Hassan seine Fatima morgen nicht aus dem Haus lassen werde. Und auf den Anruf werde man umsonst warten.
»Hoffentlich passiert nichts Schlimmeres«, sagte Pernell sehr ernst.

Robert Petit hatte sich fest vorgenommen, als erster aufzuwachen und das Frühstück herzurichten, als Geburtstagsüberraschung für Michele. Als er aber schließlich die Augen aufbrachte, war es sieben Uhr vorbei, und Michele rumorte schon in der Kochnische.

»Gesundheit und ein langes Leben!« rief er ärgerlich und hörte sie lachen. Sie brachte den Kaffee, und er zwickte sie in den Hintern und empfahl ihr, ins Vorzimmer zu gehen und in seiner rechten Jackentasche nachzusehen, dort wäre ein Geschenk für sie.

»Was kann das sein?« fragte sie aufgeregt und nestelte an einem verschnürten Schächtelchen herum. Es war eine Halskette mit einem großen silbernen Kreuz als Anhänger.

»Es soll dir Glück bringen«, sagte er und freute sich über ihr fröhliches Gesicht.

Nach dem Kaffee telefonierte Petit kurz mit dem Journaldienst, fragte, ob sich irgend etwas ereignet habe, und erfuhr, daß alles planmäßig laufe und der Kommissar und Pernell schon auf dem Wege nach Orly seien. Michele bat ihn dann, doch vorher noch bei ihren Eltern vorbeizufahren. Ihr Vater wäre im Krankenstand und zu Hause, einen Nagel hatte er sich eingetreten, und die beiden würden sich über einen kurzen Besuch sicher freuen. Petit war es recht. Der Tag könnte lang werden, und er wollte nicht, daß sich der Tapezierer und seine Frau womöglich Sorgen um ihre Tochter machten.

Seit seinem ersten Besuch bei den Blancs war Petit nicht mehr dort gewesen. Die Veränderung, die mit den beiden inzwischen vor sich gegangen war, konnte man mit einem Blick sehen. Die Augen der Mutter strahlten vor Glück, als sie ihre Tochter umarmte. Gustave Blanc humpelte aufgeregt umher, drückte Petit vier- oder fünfmal so fest die Hand, daß der fast »au« geschrien hätte, und wollte ihn unbedingt auf ein Bier überreden. »Sie spielt wieder am Klavier«, sagte er und machte dabei ein Gesicht, als habe er soeben einen Blick in den Himmel getan. Petit wurde von Minute zu Minute verlegener. Die beiden behandelten ihn, als ob er der Retter ihres Kindes wäre, und es wurde ihm bange vor der Verantwortung, die er da irgendwie ungewollt auf sich zukommen spürte.

»Wir sind Ihnen so dankbar«, flüsterte ihm Ernestin Blanc ins Ohr, als Michele einen Augenblick in ihrem Zimmer war, und da kam ihm das Groteske der Situation so richtig zu Bewußtsein: Für die beiden war er die Ursache, warum Michele nicht mehr haschte, soff und herumhurte. Und sie akzeptierten und waren froh darüber, daß sie jetzt bei ihm schlief, trotz des Altersunterschiedes. Ihm paßte diese familiäre Schwiegersohnrolle überhaupt nicht, aber was war da zu machen, er konnte das Glück dieser Menschen doch nicht trüben. Michele zeigte stolz ihr Silberkreuz, und ihr Vater winkte mit einem Sparbuch, das war sein Geburtstagsgeschenk. Petit sah auf die Uhr und drängte zum Aufbruch. Der Tapezierer drückte ihm wieder die Hand und wollte sie gar nicht loslassen, unter der Tür bekreuzigte sich Frau Blanc, als ob er in den Krieg zöge, Petit war ehrlich froh, als er endlich draußen war.

Auf der Fahrt nach Montparnasse schaltete Petit den Sprechfunk auf den Kanal, den der Kommissar für die »Operation-Orly« eigens hatte reservieren lassen. Er rief »Alpha 1«, das war der Wagen des Kommissars, und hörte die Stimme Pernells. »Alpha 3«, meldete er sich,

»wir sind am Wege zum Telefon.« »Viel Glück, Alpha 3«, sagte Pernell. Dann war man vor dem »Jardin«, und Petit suchte einen Parkplatz. Das große Warten konnte beginnen.

Im »Jardin« gehörten die beiden schon lange zum gewohnten Bild. Jussuf grinste sogar erfreut, als sie sich zu ihm an die Bar setzten. Daß Michele nicht mehr haschte und nicht mehr auf die Zimmer ging, war schließlich ihre Angelegenheit, und für Jussuf war das nicht einmal ein Verdienstentgang. Ein Mangel an diesen Mädchen bestand ja nicht.

Petit hatte mit Jussuf zu würfeln begonnen, Michele sah zu. Die Zeit kroch dahin wie eine lahme Schildkröte. So ab zehn Uhr hatte Petit das Gefühl, mit seiner Armbanduhr könne was nicht stimmen. Denn jedesmal, wenn er aufs Zifferblatt sah, hatten sich die Zeiger kaum bewegt. Dreimal hatte das Telefon geläutet. Zweimal waren es Likörvertreter, die dem Jussuf ihre Erzeugnisse einreden wollten. Jussuf brauchte nichts. Einmal war es ein Betrunkener, der fragte, ob ein blondes Mädchen greifbar sei, und Jussuf vertröstete ihn auf den Abend.

Um halb zwölf läutete es wieder. Jussuf watschelte zum Telefon, meldete sich und legte dann den Hörer auf die Theke.

»Für dich, Michele«, sagte er.

»Laß dir Zeit«, flüsterte Petit.

Michele ging langsam um die Bar herum, nahm den Hörer und sagte »Hallo«. Sie horchte eine Weile, sagte noch zweimal Hallo und winkte dann Petit.

»Was ist?« fragte er und ging zu ihr. Sie hob die Schultern und gab ihm den Hörer.

Petit horchte angestrengt, etwa zehn Sekunden. Er hörte

nur gedämpften Straßenlärm, sonst nichts. Dann rannte er wie ein Irrer auf die Straße und sprang in den Funkwagen.

Um elf Uhr dreißig fiel die erwartete Klappe in der zentralen Telefonüberwachung im Hauptpostamt, zwei Lichter leuchteten auf, und der diensthabende Beamte stöpselte ein paar Stecker in die Buchsen. Er hatte einen Kopfhörer auf und sagte dann:
»Eine Michele wird verlangt. Stimme weiblich. Anruf kommt aus Zelle 4045 Orly, Avenue De Gaulle – Rue Aerodrom.«
Der Polizeibeamte neben ihm schaltete sein Sprechfunkgerät ein.
»Alpha Zentrale an alle«, sagte er. »Alpha Zentrale an alle. Anruf kommt aus Zelle 4045 Orly, Ecke Avenue De Gaulle – Rue Aerodrom. Ich wiederhole. Alpha Zentrale an alle ...«

Vor dem Hause Rue Aerodrom Nr. 50 parkte schon seit Stunden ein blauer Renault, zwei jüngere Männer saßen drin und hatten gelangweilte Gesichter. Einer las Zeitung. Um elf Uhr einunddreißig riß es die beiden ordentlich, als sie im Sprechfunk hörten: »Alpha Zentrale an alle ...«
»Ecke Avenue De Gaulle – Rue Aerodrom«, sagte der eine dann laut und warf die Zeitung auf den Rücksitz. »Das ist gleich da vorn, dort sind wir in zwei Minuten.«
Der Fahrer startete. Sie waren noch keine fünfhundert Meter gefahren und hielten bei einer Ampel auf Rotlicht,

da konnten sie die Telefonzelle sehen. »Sie ist noch drinnen, sie telefoniert noch«, sagte der Fahrer. Die Ampel schaltete auf Grün, sie fuhren über die Kreuzung und stoppten neben einer Halteverbots-Tafel. Der Beifahrer nahm das Handmikrophon:

»Alpha elf an alle«, sagte er, »wir haben sie. Sie telefoniert noch.«

Dann hörte man die Stimme des Kommissars: »Alpha eins an Alpha elf. Bleibt dran, wir kommen.«

»Da haben wir ja heute Schwein gehabt«, sagte der eine der Observanten. »Wenn sie rauskommt, gehst du ihr nach. Ich bleibe hier für den Fall, daß sie in ein Auto einsteigt.« Der zweite nickte.

»Die haut uns nicht mehr ab«, sagte er.

Sie zündeten sich Zigaretten an. Die Telefonzelle ließen sie nicht aus den Augen.

»Die telefoniert aber lange«, sagte der Fahrer dann. »Kannst du sie genau sehen? Sie hat den Kopf so tief unten.«

»Ich geh' schon einmal rüber«, sagte der Beifahrer. Er steckte das Handgerät in die Innentasche und stieg aus. Langsam überquerte er die Fahrbahn, ging zur Telefonzelle, blieb stehen. Er sah durch das Fensterglas ins Innere.

Erschrocken riß er die Türe auf.

Ein dunkelhaariges Mädchen fiel ihm rücklings entgegen. Er fing es auf. An ihrem Mantel, am Boden, an seinen Händen, überall sah er Blut.

Fatima Bussaid war tot.

Drei mit großer Wucht geführte Stiche in den Rücken

zwischen die Schulterblätter. Tatwerkzeug ein Messer mit zirka fünfzehn Zentimeter langer Klinge. Jeder einzelne Stichkanal führte bis ins Herz und war absolut tödlich, wie der Polizeiarzt später feststellte. Selten waren in so kurzer Zeit so viele Beamte an einem Tatort wie in diesem Fall. Der Kommissar und Pernell trafen ein, als sich der junge Beamte von der Observationsgruppe mit einem Taschentuch das Blut von den Fingern wischte. In den nächsten Minuten kam ein »Alpha«-Fahrzeug nach dem anderen mit quietschenden Bremsen angefahren.

Der Kommissar wirkte in der Turbulenz der ersten Minuten ein wenig verwirrt und hilflos, und Pernell nahm ihm die Arbeit ab. Er forderte eine Einheit der Sicherheitswache an, der Tatort wurde abgesperrt, der Straßenverkehr umgeleitet. Die Kriminalbeamten der Fahndungs- und Observationsgruppe schickte er in die verschiedenen Richtungen, der Mörder konnte ja noch nicht sehr weit sein. Pernell deutete auf einen Plastiksack mit der Aufschrift »Super-Point-Orly«, der in der Telefonzelle abgestellt war. Ein paar Lebensmittel, Zeitungen und Zigaretten waren drinnen. Fatima hatte also zuerst eingekauft, bevor sie telefonierte. Der »Super-Point« war einer dieser modernen Selbstbedienungs-Märkte, in denen man alles kaufen kann, von Bananen bis zur Glühbirne. Das Kaufhaus war keine dreihundert Meter von der Telefonzelle entfernt. Pernell schickte vier Beamte hin. »Fangt dort an, zu fragen«, sagte er. »Zeigt überall die Fotos von Elarab. Vielleicht haben wir Glück.«

Der Polizeiarzt traf ein und die Leute vom Erkennungsdienst mit Oberinspektor Bonin, die Routinearbeit begann mit Fotografieren, Vermessen, Spurensuche und Sicherung aller Spuren und Gegenstände in der Telefonzelle.

»Räumt ihr die Taschen aus«, sagte Pernell, »ich möchte jede Stecknadel, die sie mit sich hat, auf meinem Schreibtisch haben.« Ihre Handtasche und den Plastiksack hatte er schon sichergestellt und ins Auto gelegt. Für ihn und den Kommissar war eine erste gedankliche Rekonstruktion des Tathergangs eine klare Sache:

Elarab war mißtrauisch geworden und folgte Fatima heimlich. Als sie in die Zelle ging und zu telefonieren begann, riß er die Türe auf und stach dreimal zu, drückte die Tür wieder ins Schloß. Das Ganze mußte sich in Sekundenschnelle abgespielt haben. Zeugen der Tat gab es keine.

Petit war das kurze Autobahnstück nach Orly in einem Tempo gefahren, welches den alten Dienstwagen zu motorheulenden Protesten veranlaßt hatte. Er kam gerade zurecht, als man Fatima Bussaid auf eine Bahre legte und ins Gerichtsmedizinische-Institut abtransportierte. Durch den Sprechfunk war er von den Geschehnissen informiert. Er war weiß im Gesicht vor Wut, und auf die Bahre deutend, sagte er laut: »Die gehört dem Justizminister.« Die Umherstehenden blickten verständnislos, bis auf den Kommissar und Pernell. Als Petit noch etwas sagen wollte, unterbrach ihn Pernell:

»Halt's Maul«, sagte er leise, »halt jetzt keine Volksreden. Die Pressefritzen sind schon da, wir werden noch Ärger genug haben.«

Tatsächlich schwirrten Dutzende Journalisten und Pressefotografen durch die Gegend. Alarmiert durch den hektischen Sprechfunk-Verkehr der Polizeidienststellen und Einsatzfahrzeuge, waren sie fast ebenso rasch am Tatort wie die Kommission. Das Abhören des Polizeifunkes ist natürlich verboten. Aber jede Redaktion, die etwas auf sich hält, hat ein Abhörgerät installiert und durchgehend besetzt. Jetzt, gegen Ende der polizeilichen Arbeiten am Tatort, wollten die Herren Journalisten unbedingt ein Interview mit dem Leiter der Amtshandlung. Chef der Amtshandlung war natürlich der Kommissar.

Als es am Tatort absolut nichts mehr zu tun gab, besprach sich Dr. Frere kurz mit Pernell und Petit. Eines war klar: Der Unterschlupf Elarabs mußte ganz in der Nähe sein. Aber wie hohnvoll protzten rund um die Straßenkreuzung Avenue De Gaulle – Rue Aerodrom die zwanzig und dreißig Stockwerke hohen modernen Wohnsilos. Ein turmhoher Betonklotz neben dem anderen, so weit das Auge reichte, mit hunderten, tausenden Wohnungen. Und wie es in diesen Betontürmen aussah, wußte man ja: Kaum ein Mieter kennt seinen Nachbarn. In diesen modernen Riesenbauten herrscht absolute Anonymität. Trotzdem wollten Pernell und Petit mit allen verfügbaren Leuten die systematische Hausbefragung sofort beginnen. Der Kommissar war einverstanden. Dann rief er den OvD – den Offizier vom Dienst – der Sicherheitswache und befahl Aufhebung der Absperrung und Freigabe des Straßenverkehrs. Der OvD salutierte erleichtert.

Pernell hatte zum drittenmal die Handtasche Fatimas, ihre Kleidungsstücke und die Plastiktasche durchsucht und dann herzhaft zu fluchen begonnen. Sie hatte keinen Schlüssel oder Schlüsselbund bei sich. Mit einem Haustorschlüssel wäre das dazugehörige Wohnhaus rasch zu finden gewesen. Aber wahrscheinlich sollte sie nach ihrer Rückkehr die Klingel drücken und Elarab dann von der Wohnung aus automatisch öffnen. So war auch diese Hoffnung im Eimer. Resigniert teilten sich die Leute in Gruppen und begannen mit der Suchtour.

Als Dr. Frere zu seinem Wagen ging, umringten ihn eine Herde von Journalisten mit Notizblöcken und Mikrophonen. Die provokantesten Fragen wurden ihm zugerufen:

»Ist dieser Mord unter den Augen der Polizei passiert?«

»Vom Täter keine Spur, nicht wahr?«

»Wird dieser Elarab weiter morden?«

»War die Ermordete ein Lockvogel der Polizei?« Er gab keine Antworten, aber mit jedem Schritt wurde er zorniger. Er hatte schon die Autotüre offen, als ihm jemand zurief:

»Glauben Sie, daß dieser Mord mit der Erklärung des Justizministers was zu tun hat?«

Eine Sekunde zögerte er.

»Ja das glaube ich«, schrie er dann.

Er stieg ein und knallte die Tür zu. Der Fahrer startete und grinste.

»Ich bin schon auf die Zeitungen morgen neugierig«, sagte er.

Um 17 Uhr brachte man im Radio in den Lokalnachrichten die erste Meldung von dem Mord an Fatima Bussaid. Die polizeiliche Fahndung nach dem tatverdächtigen Algerier Hassan Elarab laufe auf Hochtouren, sagte der Sprecher, gab aber sonst keinen Kommentar. Um 19 Uhr gab es im Fernsehen einen ersten ausführlichen Bericht. Die Ermordete dürfte versucht haben, mit der Polizei in Verbindung zu treten, lautete die Meldung. Und durch ein verspätetes Eingreifen der überwachenden Kriminalbeamten war es dem Täter möglich, sie zu töten und zu flüchten. In den 20-Uhr-Nachrichten dementierte ein Polizeisprecher diese Version. Gegen 21 Uhr gab's die ersten Ausgaben der Zeitungen, die Überschriften übertrafen die schlimmsten Befürchtungen.

Um diese Zeit saß der Kommissar schon seit Stunden im Journaldienstzimmer und nahm dort alle den Fall betreffenden Anrufe und Funkmeldungen entgegen. Die Sprechfunk-Berichte der Kriminalbeamten, daß sie jetzt diesen und jenen Wohnblock durchsucht hatten und zum nächsten gingen, wurden immer hoffnungsloser. Bei fast der Hälfte der Wohnungen, wo sie klingelten, war niemand zu Hause, oder es wurde einfach nicht geöffnet. Daß ausgerechnet Elarab eine Wohnungstüre aufmachen würde, erwartete ja niemand. Aber auch seine Hunderte Male vorgezeigten Fotos wollte niemand erkennen. Es wurde immer deprimierender.

Am ständig schnarrenden Telefon waren meist bohrende Journalisten, die der Kommissar unhöflich abwimmelte. Aber auch der Präsident, Dr. Murat und der Sekretär des Justizministers riefen mehrmals an und wollten immerfort Einzelheiten wissen, und Dr. Frere fiel es zunehmend schwerer, in seinen Antworten höflich zu bleiben. Nach 22 Uhr machte ihm Pernell per Funk den Vorschlag, die Fahndung für heute wegen Aussichtslosigkeit abzubrechen. Die meisten Hausbewohner gingen schon zu Bett, meinte er. Der Kommissar befahl in einem Rundspruch an alle, in die Dienststelle einzurücken.

Es war schon gegen Mitternacht, als der Kommissar mit Pernell und Petit die Dienststelle verließen.
»Morgen früh geht es weiter«, sagte der Kommissar müde, als er sich verabschiedete. Die beiden sahen seinem Auto nach.
». . . geht es weiter«, sagte Petit böse. »Aber wie?«
Pernell wußte keine Antwort.
»Kommst du noch mit auf ein Bier?« fragte Petit. Pernell wollte nicht. Er habe für heute die Schnauze voll und wollte nichts als ins Bett, meinte er.
Petit fuhr noch ins »Jardin«. Michele war nicht mehr da. Sie habe den ganzen Tag hier herumgesessen, erzählte Jussuf, bis die ersten Zeitungsverkäufer kamen. Sie habe eine Zeitung gekauft, und dann wäre sie gegangen. Jussuf deutete auf eine Zeitung, die auf der Theke lag. Petit las die Überschriften.
»Mord nach Polizeipanne«, stand da. »Mädchen am hellichten Tage erstochen. Täter flüchtig.«
Er trank sein Bier aus und ging.
Um sicherzugehen, fuhr er noch im »Boo-Boo« vorbei, aber dort wußte man nichts von Michele. Aber natürlich hatte man auch dort die Zeitungen gelesen.
»Ihr seid vielleicht Armleuchter«, sagte Linkshand, ohne sein Spiel zu unterbrechen. Petit gab keine Antwort.
Er hoffte sehr, Michele würde bei ihm zu Hause sein, sie hatte ja die Schlüssel. Aber alles war finster und so, wie sie die Wohnung am Morgen verlassen hatten. Er zog die Schuhe aus und warf sich aufs Bett. Warum bin ich nicht Elektriker geworden? dachte er. Oder Volksschullehrer oder Bademeister? Er konnte lange nicht einschlafen.

Der Präsident persönlich hatte angerufen und den Kommissar zur Berichterstattung befohlen.
Dr. Frere schilderte die Vorgänge des vergangenen Tages in allen Einzelheiten. Er hatte den Eindruck, den Präsidenten interessierte der ganze Elarab und auch der Mord an Fatima Bussaid nur in zweiter Linie. Was er genau wissen wollte, waren diese angeblichen Äußerungen vor Journalisten, der Mord habe etwas mit der Stellungnahme des Justizministers im Parlament zu tun. Denn die meisten Zeitungen erinnerten daran, daß der Minister am Vortag des Mordes erklärt habe, die Polizei verfolge eine heiße Spur. Und daß der flüchtige Elarab durch diese Indiskretion entsprechend gewarnt und mißtrauisch geworden wäre. Der Leiter der Amtshandlung am Tatort des Mordes habe dies bestätigt, schrieben einige Blätter.
»Haben Sie ein derartiges Interview gegeben?« fragte der Präsident.
Er habe überhaupt kein Interview gegeben, antwortete der Kommissar wahrheitsgetreu.
»Auch keine derartige Äußerung vor Journalisten getan?« »Nein«, log der Kommissar.
Der Präsident war sichtlich erleichtert. Dr. Frere meinte dann, daß, abgesehen davon, die Ministeräußerung von der heißen Spur sicherlich den flüchtigen Elarab gewarnt hatte und wahrscheinlich auch das auslösende Moment zum Mord gewesen sei. Aber das interessierte den Präsidenten schon wieder weniger. Ihm war wichtig, daß die Beziehungen Minister – Mord eine Kombination der Presse und keine Behauptung eines Beamten seiner Dienststelle war.
»Ich will keinen Ärger mit dem Justizminister«, sagte er,

und der Kommissar war in Wohlwollen entlassen. Am Gang traf er Ministerialrat Dr. Murat, der seinen Gruß kaum erwiderte.

Im Büro der Inspektoren Pernell und Petit war der Zigarettenrauch dick zum Schneiden, und die beiden hatten graue Gesichter und dunkle Ränder unter den Augen. Sie blickten den Kommissar fragend an, als er hereinkam und hustete.

»Ich war nur beim Präsidenten«, sagte er. »Ich mußte den Alten anlügen wegen der Zeitungsartikel.« Die beiden nickten verständnisvoll. Dann warteten sie, bis der Kommissar das sagte, worüber sie sich schon zwei Stunden lang die Köpfe zerbrochen hatten.

»Was jetzt?« sagte er.

Auf Pernells Schreibtisch lagen alle Gegenstände, die man bei Fatima Bussaid gefunden hatte. Er hatte schon jedes Ding dreimal in der Hand gehabt und überlegt, ob es in irgendeinen Zusammenhang zur Wohnung oder zum Wohnhaus Elarabs zu bringen sei. Aber es war nichts dabei, was helfen konnte. Kein Schlüssel, kein Zettelchen mit einer Telefonnummer, kein Abschnitt einer Wäscherei oder Kleiderreinigung, keine Rechnung, nichts.

»Das bringt uns auch nicht weiter«, sagte Pernell und wischte das Zeug in einen Plastiksack.

»Er *muß* sich aber dort ganz in der Nähe verkrochen haben«, meinte der Kommissar.

Das war für die beiden Kriminalbeamten nichts Neues. Pernell berichtete, er habe sich vom Einwohnermeldeamt schon eine Liste aller Personen geben lassen, die seit dem Fluchtdatum Elarabs in diesem Viertel in Orly zur Anmeldung gelangt waren. Die werde man überprüfen. Aber die Wahrscheinlichkeit sei viel größer, daß er mit Unterstützung seiner Rauschgift-Komplizen eine Wohnung, ohne sich anzumelden – auch nicht mit einem Falschnamen –, bezogen habe. Und der unverdächtige Hauptmieter dort schon jahrelang als gemeldet aufscheine. Bliebe also wieder nichts anderes übrig, als von Wohnung zu Wohnung zu gehen und zu erheben. Die Problematik einer solchen Aktion kenne man ja. Außerdem werde das wochenlang dauern, und ein Recht zur Durchsuchung all dieser Wohnungen habe man ja nicht.

Pernell möge diese Aktion organisieren, wenn man schon nichts Besseres tun könne, meinte der Kommissar, und Teddy nickte.

»Machst du mit?« fragte er Petit, der die ganze Zeit finster in eine Ecke gestarrt hatte.

»Zuerst muß ich Michele finden«, sagte Petit.

Michele war nicht zu finden.

Weder an diesem noch an einem der nächsten Tage.

Dutzende Male war Petit an allen jenen Plätzen gewesen, wo er Michele vermuten konnte. Im »Jardin« und im »Boo-Boo«, in allen dreckigen Haschisch-Hütten in Montparnasse und im Quartier Latin, weil er fürchtete, daß sie wieder rückfällig geworden war. Bei ihr zu Hause war er gewesen und hatte in die ängstlichen Augen ihrer Mutter sehen müssen, täglich rief er in allen Spitälern im Viertel an und erkundigte sich nach den Neueinlieferungen.

Es gab keine Spur von Michaela Blanc. Es war, als ob sie sich in Luft aufgelöst hätte.
Noch nie in seinem Leben war Robert Petit in einer derart schlechten nervlichen Verfassung gewesen. Er hatte es mitangesehen, wie dieses junge Mädchen an seiner Seite verzweifelt versucht hatte, vom Rauschgift und Alkohol loszukommen, wie es ihr mit jedem Tag besser ging und sie schließlich wieder ein normaler Mensch wurde. Es verging jetzt keine Minute am Tag, in der er nicht an sie dachte und daran, wo zum Teufel sie jetzt stecken könnte und in welcher Verfassung sie sei. Er selber hielt diese seine Empfindungen einfach für Verantwortungsgefühl, und sicherlich war es richtig, daß er durch ihre Verwendung bei der Suche nach Elarab wohl sehr stark in ihr Leben eingegriffen hatte. Der Gedanke, daß es nach dem Schock durch die Ermordung ihrer Freundin jetzt womöglich um sie schlechter bestellt war als vorher, wurde für ihn mehr und mehr zu einem Alptraum von Schuldgefühl.
Hassan Elarab und die jetzt laufende turbulente Fahndung nach ihm waren für Petit mit einem Schlage sekundär, interessierten ihn nur am Rande. Wenn er jetzt spät nachts heimkam, in seine leere Bude, die langsam wieder jenes chaotische Aussehen bekam wie in der Zeit vor Michele, hielt er Ansprachen an den Stoffhund »Wully«, und die gräßlichsten Vorstellungen peinigten ihn dabei. Er sah Michele erstochen in irgendeinem Kofferraum oder einer Telefonzelle, und diese Bilder wurden mit jedem Bier intensiver.
Aber da gab es in seinem Gehirn auch noch andere Gedankenrichtungen:
Konnte es sein, daß sie ihn von Anfang an belogen, ihm

etwas vorgespielt hatte? Daß sie schon immer mit Elarab irgendwie in Verbindung gestanden hatte, auch jetzt bei ihm war? Ausgeschlossen war schließlich gar nichts. Er analysierte alle ihre Äußerungen über diesen Mann, über Fatima, konnte das alles gelogen gewesen sein? Seine Gedanken wurden von Tag zu Tag verworrener.
Teddy Pernell war diese depressive Phase seines Freundes nicht entgangen. Auch er machte sich Sorgen um Michele, irgendwie mochte er dieses magere Mädchen. Aber was Petit in diesen Tagen aufführte, war ja nicht mitanzusehen. Mit gut gemeinten Ratschlägen, die beruhigend wirken sollten, erreichte er gerade das Gegenteil.
»Sie wird schon irgendwann auftauchen«, sagte er immer wieder, und das machte Petit vollends wütend.
»Ja!« schrie er unbeherrscht. »Als Leiche in der Seine! Oder in einem Puff in Algier!« Es war nicht festzustellen, welche der beiden Möglichkeiten er mehr fürchtete.
»Du erinnerst mich jeden Tag mehr an Brune«, sagte Teddy besorgt. »Mach so weiter, Idiot, und du wirst noch völlig durchdrehen.«
Aber auch die Erinnerung an Roger Brune blieb bei Petit ohne Wirkung. Pernell solle nicht so einen Scheiß daherreden, murrte er nur und ging wieder Michele suchen – zum hundertsten Male und mit wenig Hoffnung.
Die Fahndungsaktion in den Wohnblocks in Orly rund um die Avenue De Gaulle – Rue Aerodrom wurde auch mit jedem Tag aussichtsloser. Es gab nur negative Berichte, und es war deprimierend, daß von den vielen hundert Menschen in diesem Viertel, die befragt wurden und denen das Foto Elarabs gezeigt wurde, niemand auch nur den geringsten Hinweis geben konnte. Der

Kommissar hatte zusätzlich noch am Flughafen Orly ständige Überwachungen angeordnet. Im Flughafengebäude selbst und in den Abfertigungs-Hallen konnte man keine zwanzig Meter gehen, ohne daß einem nicht von irgendeiner Wand der plakatierte Steckbrief mit dem Fahndungsfoto Elarabs entgegengrinste. Das Resultat war gleich Null.

Es war am letzten Sonntag im Februar, und Petit war zwei Stunden im »Boo-Boo« gesessen und hatte sich mit Su Bonnet unterhalten. Das übliche belanglose Zeug hatten sie geredet. Freddy Linkshand trug sich mit dem Gedanken, in der Rue Fabrique eine Peep-Show zu eröffnen, und Susu war dagegen, sie hielt das für einen blanken Unsinn und für ein finanzielles Risiko.
»Die Kunden wollen keine nackten Ärsche sehen, die wollen was haben für ihr Geld«, sagte sie. Freddy aber meinte, man müsse an die Zukunft denken, und drüben am Gar du Nord laufe so eine Peep-Show schon seit Monaten, kombiniert mit einem Sex-Shop, und es wäre ein gutes Geschäft. Was Petit von dieser Sache halte, wollte Su wissen. Petit hielt gar nichts davon. Er starrte in sein Bier und dachte an Michele.
Er war bei den Pernells zum Essen eingeladen gewesen. Pernells Frau hatte ihn angerufen an diesem Sonntagmorgen, sicher hatte Teddy daheim wieder einmal geplaudert, der besprach ja immer alles mit seiner Frau. Die beiden meinten es gut mit ihm, er sollte auf andere Gedanken kommen. Aber Petit in seiner jetzigen Verfassung hatte einen Horror vor dem glücklichen Familienleben der Pernells, vor ihrem trauten Heim. Da hörte er

doch lieber dem Geleier der Su Bonnet zu, da brauchte er kein freundliches Gesicht zu machen.

Der Tapezierer Gustave Blanc hatte kein Telefon in der Wohnung. Petit war zwei Tage nicht dort gewesen. Er beschloß, wieder einmal vorbeizufahren und nach Michele zu fragen. Hoffnung hatte er keine, und es war auch so, wie er erwartet hatte.
Ernestin Blanc hatte ihm geöffnet, und sie hatten sich im Vorzimmer ein paar Minuten unterhalten. Nein, es gäbe nichts Neues, sie wüßte nichts von Michele. Der Tapezierer war nicht daheim, er war Bier trinken.
Petit hatte sich verabschiedet und ging die Stiegen hinunter. Er war schon beim Haustor, als es ihn wie ein elektrischer Schlag durchzuckte.
Natürlich! Da war doch etwas, er hatte es nur im Unterbewußtsein registriert.
Im Vorzimmer, an der Kleiderablage, da hing eine Plastiktasche. Ein Plastiksack mit der Aufschrift: »Super-Point-Orly«!
Und da war noch etwas. Ernestin Blanc war ihm seltsam ruhig, gelöst erschienen. Dieser ängstlich-traurige Gesichtsausdruck, den sie in den letzten Tagen immer hatte – diesmal war davon nichts zu bemerken.
Er stürmte die Stiegen wieder hoch, klingelte.
»Sie haben mich belogen, Frau Blanc!« schrie er unbeherrscht. Sie nickte. Und was er nicht für möglich hielt: Sie lächelte dabei.
»Also kommen Sie herein«, sagte sie milde.
Sie saßen in der Küche. Petit zündete eine Zigarette an, seine Finger flatterten. Ernestin sah es.

»Sie mögen meine Tochter, nicht wahr«, sagte sie, und wieder lächelte sie.
»Ich möchte nicht, daß sie vor die Hunde geht«, sagte Petit grob.
»Michele will nicht, daß Sie davon erfahren«, begann Ernestin. »Sie war vorgestern hier und hat sich ein paar Sachen geholt. Und ihr Fahrrad. Sie hat . . .«
»Ist sie wieder high?« unterbrach Petit.
»Aber nein, sie war ganz normal und sagte, sie ist endgültig weg vom Rauschgift und trinkt auch nicht mehr. Sie hat einen Posten angenommen als Verkäuferin und ein Zimmer gemietet in der Nähe des Arbeitsplatzes. Übrigens hat sie sich sehr gefreut darüber, daß Sie so oft nach ihr fragten und . . .«
»Gefreut!« schrie Petit böse.
»Sie müssen verstehen. Sie freut sich, daß es außer ihren Eltern einen Menschen gibt, der sich um sie sorgt. Und das Ganze mit ihrem jetzigen Job wäre auch nur vorübergehend, sagte sie. In ein paar Wochen oder so käme sie für ständig nach Hause zurück. Sie müsse jetzt eine Weile allein sein und noch etwas erledigen, sagte sie.«
»Erledigen?«
»Ja, sie sagte mir nicht, worum es sich handelt. Aber sie war ja immer schon ein wenig eigenwillig. Ich bin jedenfalls sehr glücklich, daß sie wieder normal ist, ein ordentliches Leben führt . . .«
»Hat sie gesagt, wo sie arbeitet?«
»In einem Kaufhaus, irgendwo in Orly«, sagte Ernestin Blanc.
»Haben Sie eine Adresse? Wissen Sie, wo sie wohnt?«
Ernestin Blanc sah zum Fenster hinaus. Sie gab keine Antwort.

»Ich verstehe«, murmelte Petit.
Er hatte es eilig, sich zu verabschieden. Als er in sein Auto stieg, stöhnte er. Es gab für ihn nur eine Erklärung: Diese halbverrückte Michele versuchte, im Alleingang an Hassan Elarab heranzukommen. Jetzt brauchte er Teddy Pernell, er mußte darüber mit ihm reden. Bei der nächsten Telefonzelle stoppte er und rief an, fragte, ob er noch willkommen sei, denn es war schon spät.
»Rede nicht lange herum und komm her«, sagte Frau Pernell.
Teddy ließ sich alles haarklein erzählen, seine Frau wusch indessen das Geschirr ab.
»Wir hätten eigentlich draufkommen müssen«, sagte er dann. »Wir hätten es uns denken können. Schließlich ist es eine normale Reaktion von Michele.«
»Was!?« schrie Petit. »Bist du blödsinnig? Das nennst du normal?«
Frau Pernell kam aus der Küche. »Schreit nicht so«, sagte sie, »ihr weckt mir ja die Kinder auf.« Dann schenkte sie die Gläser voll und setzte sich.
Wenn man den Menschen Michaela Blanc kennt, erklärte Teddy, ist ihre Reaktion ganz natürlich. Daß sie nach dem Mord an Penny bei der Suche nach Elarab aus Überzeugung mitmachte, war für sie sicherlich ein starkes Erlebnis. Es hat ihr geholfen, vom Gift wegzukommen. Den Mord an ihrer Freundin Fatima hat sie ja beinahe als Zeugin miterlebt. Jetzt hat sie sich ganz auf Elarab fixiert, sieht in seiner Unschädlichmachung ihre Aufgabe.
»Aber warum kommt sie nicht zu mir?« schreit Petit. Und dann leiser: »Wir könnten doch wie bisher bei der Fahndung zusammen . . .«

»Sie weiß genau«, sagte Pernell, »daß du dem nie zustimmen würdest. Du würdest es niemals zulassen, daß sie ein Risiko eingeht, sich in Gefahr begibt. Das weiß sie.«
Petit sagte nichts. Er spürte, daß Teddy recht hatte.
»Was sie jetzt vor hat, scheint offensichtlich«, setzte Pernell fort. »Sie wird als Verkäuferin in diesem Super-Point-Orly arbeiten. Fatima hat dort eingekauft. Irgendwann muß Elarab jetzt die nötigsten Besorgungen selber machen. Warum soll nicht auch er in den Super-Point einkaufen gehen. Lange Einkaufsbummel im Stadtviertel kann er sich nicht leisten, das ist zu gefährlich. Die Überlegung Micheles ist gar nicht schlecht, da ist was dran.«
»Und wenn sie ihn wirklich sieht? Will ihn diese magere Gans dann festnehmen?« sagte Petit wieder heftig. »Will sie ihn festhalten und der Polizei übergeben?«
»Wir werden sie morgen fragen«, grinste Pernell. Und er meinte, morgen früh sollte man einvernehmlich mit dem Kommissar die Hausbefragungen in Orly stoppen. Und er und Petit würden dann gleich nach Orly fahren und sich im Super-Point umsehen.
»Wir werden Michele finden«, sagte er.
»Hoffentlich nicht als Leiche«, sagte Petit.
Er spürte Frau Pernells Hand an seiner Schulter. »Mach dir keine übertriebenen Sorgen«, sagte sie. »Es wird alles gutgehen.«
»Was heißt Sorgen . . .?« protestierte er lahm.
»Das sieht doch ein Blinder«, lächelte sie, »daß du dieses Mädchen gern hast.«
Es war schon spät, als er sich verabschiedete.
»Nimm sie einmal mit hierher, wenn alles vorbei ist«, sagte Frau Pernell noch unter der Tür.

Der »Super-Point-Orly« öffnet wie alle Warenhäuser dieser Art um Punkt 8 Uhr morgens. Es genügt normalerweise, wenn die Angestellten fünf Minuten vor acht an ihren Arbeitsplätzen sind. Nur an Montagen ist schon um halb acht Dienstbeginn. Die über das Wochenende in den Lagerräumen aufbewahrten Waren müssen an die Verkaufsstände gebracht werden, und das dauert seine Zeit.

Es war zwanzig nach sieben, und Michele radelte gemütlich die Avenue De Gaulle hinunter. Sie hätte ohne weiteres die kurze Wegstrecke von ihrem Untermietezimmer zum Super-Point zu Fuß gehen können. Aber sie hatte allen Grund dazu, ihr Fahrrad an ihrem Arbeitsplatz bereitstehen zu haben. Ein solches Mißgeschick wie vergangenen Freitag sollte ihr nicht noch einmal passieren.

Als Michaela Blanc damals im »Jardin« die Schlagzeilen der Abendzeitung gelesen hatte, war das für sie wie ein Schlag über den Schädel.

»Mord nach Polizeipanne. Mädchen am hellichten Tage erstochen.« Ihr Gehirn sog Zeile für Zeile des Berichtes über die Tat in der Telefonzelle auf, und sie hatte dabei das Gefühl, immer noch die Geräusche aus dem Telefon zu hören, dieses Rauschen in der Leitung und den entfernten Straßenlärm. Fatima war in diesen Sekunden also schon tot. Ihr Blut mußte zu Boden getropft sein, als Michele ihr »Hallo« in die Sprechmuschel rief.

Sie war wie in Trance aus dem »Jardin« gegangen und in einen Bus gestiegen, nach Orly gefahren. Es war schon lange dunkel, als sie an dieser Straßenkreuzung Avenue

De Gaulle – Rue Aerodrom stand. Alles war wieder ganz normal, die Telefonzelle in Betrieb, die Blutspuren weggewaschen. Der Straßenverkehr brauste vorüber, an einer Ecke standen zwei dunkelhäutige Zeitungsverkäufer und hielten den Passanten die druckfeuchten Blätter entgegen. »Mord nach Polizeipanne«, las Michele wiederum.

Das Leben geht gnadenlos weiter. Eine ganze Weile war sie durch die Straßen gegangen, zwischen den Betontürmen und Parkgaragen. Immer stärker wurde in ihr dieses Schuldbewußtsein, dieses Gefühl, am Tode ihrer Freundin mitschuldig zu sein.

Mord nach Polizeipanne.

Zwei junge Kriminalbeamte hielten sie an, zeigten ihre Dienstkokarden. Ob sie hier in der Gegend wohne, fragten sie. Michele schüttelte den Kopf. Sie zeigten ihr das Fahndungsfoto Elarabs. Ob sie diesen Mann gesehen habe?

»Nie gesehen«, sagte Michele.

Die beiden gingen wieder.

Die Nacht hatte sie am Flughafen verbracht, in dem Restaurant bei der Abflughalle, Kaffee trinkend und Zigaretten rauchend. Die Menschen dort kamen und gingen im Rhythmus der ständig an- und abfliegenden Maschinen. Das Stimmengewirr, die vielen fremden Sprachen beruhigten sie irgendwie. Ein paarmal war sie versucht, ihren »Wully« anzurufen. Diesen Kriminalinspektor Petit, mit dem sie schlief und der dem Alter nach ihr Vater sein konnte. Und von dem sie nicht wußte, ob er sie gern hatte oder nur als Mittel zu seinen beruflichen Zwecken benutzte. Aber dann dachte sie wieder an Fatima und ließ es bleiben. Einer dieser Dealer-Typen

kam vorbei, der Kerl roch süßlich. Er bot ihr einen Joint an, als Einladung, ohne zu bezahlen. Verführerisch schimmerte es in seinen feuchten Augen, seine Ohrenflinserl blinkten. Eine Sekunde dachte sie daran, sich ordentlich einzurauchen, alles zu vergessen.
»Hau ab, Junkey«, sagte sie dann böse.
Der Kerl schüttelte seine Mähne und trollte sich.
Es wurde schon dämmrig, und sie kaufte sich ein paar neue Zeitungen, las die jetzt ausführlichen Berichte über den Mädchenmord in der Telefonzelle. Sie las zum erstenmal von dieser Erklärung des Justizministers, daß die Polizei eine heiße Spur verfolgt hatte, und in diesem Moment haßte sie ihren Kriminalinspektor und seine Freunde. Was für gewissenlose Idioten sie doch waren. Sie las weiter von den drei Messerstichen in den Rücken, von der Großfahndung nach Elarab und darüber, daß Fatima unmittelbar vor dem Telefongespräch in einem Super-Point einkaufen war. Der Plastiksack mit den Lebensmitteln war noch neben ihr gelegen. Und in diesem Moment dämmerte in ihr ein Gedanke, ein Plan, was sie zu tun hatte.
Der Plan wurde in ihren Vorstellungen von Stunde zu Stunde deutlicher, nahm greifbare Formen an:
Ein Messer würde sie ihm in den Rücken stoßen, diesem Schwein Hassan! So wie er es mit Fatima gemacht hatte. Schon in der Bibel steht: Auge um Auge, Zahn um Zahn. Diese Menschen im biblischen Zeitalter hatten noch ein gesundes Empfinden für Gerechtigkeit! Wie einen Fingerzeig Gottes empfand es Michele, als ihr Blick von einer Annonce im Anzeigenteil einer der Zeitungen gefangen wurde: »Verkäuferinnen gesucht«, stand da. »Höchstalter 25 Jahre. Branchenkenntnisse nicht erfor-

derlich. Bewerbungen täglich ab 8 Uhr Personalbüro Super-Point-Orly.«
Sie bekam die Anstellung am nächsten Tag. Seitdem verkaufte sie Wasch- und Putzmittel im Super-Point, und sogar dieses nahm sie als Fügung einer höheren Gewalt. Denn der Waschmittel-Verkaufstand lag in der obersten Etage, und sie hatte von dort einen recht guten Überblick auf den größten Teil des Warenhauses, insbesondere auf die Lebensmittel-Abteilung.
Die Tage vergingen. Die ungewohnte Arbeit machte Michele einiges zu schaffen. Sie hätte nie gedacht, daß man von acht Stunden Stehen und Warensortieren so müde werden kann. Abends taten ihr die Beine weh, und nachts schlief sie wie ein Murmeltier. Von Elarab keine Spur, aber natürlich konnte sie ihn einmal übersehen haben, in dem Gewirr von Menschen in den unteren Etagen. Und von Tag zu Tag kamen ihr ihre Rachepläne unsinniger vor. Das pulsierende Alltagsleben an ihrem Arbeitsplatz und um sie herum wirkte auf sie normalisierend. Es war das erstemal in ihrem Leben, daß sie einer geregelten Arbeit nachging, und irgendwie befriedigte sie das. Wenn nach Geschäftsschluß ihr Abteilungsleiter vorbeikam, ihr zunickte und sagte, »gut gemacht, Michele«, war das für sie ein Erfolgserlebnis. »Arbeit ist ein starkes Narkotikum«, hatte sie einmal irgendwo gelesen, und jetzt wußte sie, was damit gemeint war.
Nein. Sie war kein Racheengel, sie würde keinen Mord begehen. Wenn Elarab auftauchen sollte, sie würde ihm nachgehen, seine Adresse ausforschen. Und dann ihren Wully anrufen, ihm alles sagen. Er fehlte ihr eigentlich sehr, dieser alte Flic. Besonders nachts.
Es war letzten Freitag so gegen 9 Uhr, und sie bediente

gerade eine ältere Dame. Sie sah Elarab unten bei den Delikatessen, er bezahlte und ging zum Ausgang. Eine Sonnenbrille trug er, und einen Bart hatte er sich wachsen lassen. Sie hätte ihn trotzdem aus einer Million Menschen heraus erkannt.
Wie eine Irre rannte sie die Stufen hinunter, auf die Straße hinaus. Er wäre ihr nicht entkommen. Aber sie sah gerade noch, wie er sich auf ein Fahrrad schwang und Richtung Rue Aerodrom davonradelte. Ein paar Schritte lief sie noch, dann drehte sie um.
Ein Fahrrad. Sie mußte für das nächste Mal ihr Fahrrad bereit haben.

Michaela Blanc radelte langsam die letzten Meter zu den Eingängen des Super-Points, es war fünf vor halb acht, keine Eile. Bei den Radständern stieg sie ab, schob ihr Rad in eine dieser Haltevorrichtungen und überlegte, ob sie es absperren sollte. Es konnte auf Sekunden ankommen, dachte sie, und ließ es unversperrt. Man würde schon nicht ausgerechnet ihr altes Vehikel stehlen. Sie nahm gerade ihre Handtasche vom Gepäckträger, als sie eine vertraute Männerstimme hörte.
»Du bist verhaftet«, sagte diese Stimme freundlich.
Sie fuhr herum und sah ihren alten Flic, ihren Liebhaber. Daneben stand sein Freund, dieser Inspektor Pernell und grinste über das ganze Gesicht.
In ihrer ersten Verwirrung stotterte sie.
»Ich arbeite hier. Als Verkäuferin. Ist das verboten?«
»Das wissen wir«, sagte Inspektor Pernell. »In der Wasch- und Putzmittelabteilung. Und das ist nicht verboten.« Er grinste noch immer.

»Mach deine Handtasche auf«, sagte Petit streng.
Sie öffnete die Tasche gehorsam. Obenauf lag dieses Küchenmesser, das sie an ihrem ersten Arbeitstag reingetan hatte.
»Ich wußte es ja«, sagte Petit, nahm das Messer und schob es in seinen Rockärmel.
»Ich hätte es nicht getan«, sagte Michele. »Ehrlich, ich habe es mir überlegt.«
Sie spürte seine Hand, wie er über ihre Haare streichelte.
»Du dummes Kind«, hörte sie ihn sagen. Da ließ sie die Handtasche fallen, stellte sich auf die Zehenspitzen und küßte ihn.
»Wenn die Liebe ein wenig nachläßt«, sagte Pernell, »könnten wir ein paar vernünftige Worte reden.«
Michele hob ihre Handtasche auf.
»Er ist nicht wieder aufgetaucht, nicht wahr?« fragte Pernell.
»Doch«, sagte sie. »Letzten Freitag. Ich hätte ihn erwischt, wenn ich ein Fahrrad gehabt hätte.«
Sie sah in die gespannten Gesichter dieser beiden Flics.
»Was?!« schrie Petit. Dann erzählte sie alles.
»Geh jetzt zu deinem Arbeitsplatz«, sagte Petit.
Sollte er wieder auftauchen, meinte Michele noch, werde sie ihm mit dem Rad nachfahren und feststellen, wo er seinen Unterschlupf hat. Sie werde dann das Kommissariat anrufen und . . .
»Das alles wirst du nicht tun«, sagte Petit ruhig. Pernell nickte.
»Und warum nicht?«
»Zwei Leichen in einem Monat genügen mir völlig. Du geh jetzt deine Waschmittel verkaufen, es ist Zeit. Ich werde in der Nähe sein«, sagte Petit.

Es war halb acht, Michele ging zum Eingang in den Super-Point.

Pernell und Petit beratschlagten kurz. Nach dem, was sie jetzt von Michele erfahren hatten, war es klar, daß man den Super-Point täglich von acht bis Geschäftsschluß überwachen mußte. Petit sollte gleich hierbleiben und Pernell zum Kommissar fahren und alles Nötige veranlassen.

»Er wird sich Freitag mit Fressalien für das Wochenende eingedeckt haben«, meinte Pernell. »Vielleicht kommt er sogar heute wieder, wenn ihm das Zeug ausgegangen ist.«

Als er in das Auto stieg, gab ihm Petit das Küchenmesser aus dem Ärmel.

»Leg es auf meinen Schreibtisch«, sagte er, »als Andenken.«

Michele sortierte ihre Waren auf den Verkaufstischen und Regalen, die ersten Kundschaften kamen. Im Lautsprecher ertönte die übliche Berieselungsmusik, unterbrochen von Ansagen, wo es heute und soeben erst angelangte ganz besonders gute und preiswerte Waren gäbe.

Gegenüber auf derselben Etage, an die Holzbrüstung gelehnt, sah sie Petit, der das Treiben unten bei den Kassen beobachtete. Er hatte von dort einen noch besseren Überblick als sie von ihrem Standplatz, und Michele wartete, bis er einmal zu ihr herüber sah, und schickte ihm verstohlen eine Kußhand. Trotz der Entfernung sah sie, wie er grinste. Irgendwie war sie jetzt froh und erleichtert, daß die beiden Flics gekommen waren.

Es war noch nicht 9 Uhr, als sie ihn sah.
Hassan Elarab.
Er hatte schon eingekauft und ging mit einem Plastiksack zu den Kassen, stellte sich an, um zu bezahlen. Zwei Kundschaften standen vor ihm, es war Eile geboten. Aufgeregt sah Michele hinüber auf die andere Seite, wollte Petit durch Zeichen aufmerksam machen. Sie konnte ihn nicht sehen. Der Platz, wo er noch vor Minuten gestanden war, war leer.
Sie rannte die Stiegen hinunter. Sie war auf den letzten Stufen, als Hassan gerade bezahlte, zum Ausgang ging. Michele lief durch den Lieferanteneingang zu den Fahrradständern, und jetzt war sie dann völlig durcheinander: Ihr Fahrrad war nicht mehr da.
Sie sah Hassan Elarab, wie er sich auf ein Fahrrad schwang und davonradelte. Genau wie letzten Freitag. Keine dreißig Meter entfernt von ihr. Sollte sie jetzt schreien, um Hilfe rufen?
Hassan radelte Richtung Rue Aerodrom. Die Verkehrsampel stand dort auf Rot.
Michele sah, wie Elarab verkehrsbedingt anhielt. Direkt an der Verkehrsampel stand ein uniformierter Polizist. Sie hatte schon den Mund offen, um loszubrüllen, den Polizisten aufmerksam zu machen, da bemerkte sie Petit.
Langsam radelte Petit zur Kreuzung, blieb etwa 15 Meter hinter Elarab stehen. Ein paar Mopeds und Radfahrer waren zwischen den beiden. Trotz der gespannten Situa-

tion wirkte es grotesk auf Michele, wie sie den langen Petit auf ihrem Fahrrad hocken sah. Er hätte mit seinen Knien die Fahrbahn berühren können.
Warum ging er jetzt nicht die paar Schritte, warum verhaftete er den Elarab nicht? Der Verkehrspolizist wäre sofort zur Stelle, günstiger konnte die Situation ja gar nicht sein.
Die Verkehrsampel sprang auf »Grün«. Die Fahrzeuge setzten sich wieder in Bewegung.
Fassungslos starrte Michele den Radfahrern nach. Hassan Elarab bog rechts ab in die Rue Aerodrom. Petit folgte in kurzem Abstand, offensichtlich darauf bedacht, immer ein paar Fahrzeuge zwischen ihm und Elarab zu haben.
Warum hatte er ihn nicht verhaftet?
Michele verstand das nicht.

Pernell war im Büro des Kommissars. Er hatte Micheles Beobachtungen von vergangenem Freitag im Super-Point-Orly berichtet. Die beiden besprachen gerade den Einsatzplan zur Überwachung dieses Warenhauses, als die Meldung telefonisch hereinkam:
»Tödlicher Schußwaffengebrauch des Kriminalbeamten Petit in der Fahrradgarage des Hauses Rue Aerodrom Nr. 25«, lautete die Meldung.
Mit Blaulicht und Folgetonhorn raste die Kommission an den Tatort. Der Kommissar, Pernell, drei Leute vom Erkennungsdienst, der Polizeiarzt. Der diensthabende Staatsanwalt und der Untersuchungsrichter waren verständigt.
Der Tatort war von der Sicherheitswache abgesperrt,

Neugierige drängten sich vor dem Wohnhaus. Ein paar Presseleute waren schon da und fotografierten. Der Offizier vom Dienst meldete sich beim Kommissar, führte die Kommission in die Fahrradgarage.
Hassan Elarab lag auf dem Rücken, die Beine ausgestreckt, Arme leicht abgewinkelt, das Fahrrad lag teilweise unter seinem Körper. Neben seiner rechten Hand lag ein Revolver. Zwischen seinen Augen war ein kreisrundes Einschußloch, sein Hinterkopf war eine blutige Masse. Der Polizeiarzt beugte sich kurz über ihn.
»Er war sofort tot«, sagte er dann.
Inspektor Petit meldete dem Kommissar. Er sprach sehr knapp und dienstlich.
»Schußwaffengebrauch in Ausübung gerechter Notwehr«, begann er. »Ich sah ihn im Super-Point und folgte ihm bis hierher. Unterwegs habe ich von einer Verhaftung Abstand genommen, um Passanten nicht zu gefährden. Als er das Fahrrad hier einstellte, trat ich auf drei Meter Entfernung hinter ihn. Ich rief: ›Kriminalpolizei, Hände hoch‹, richtete die Dienstwaffe gegen ihn. Er drehte sich um und riß diesen Revolver aus der Jackentasche. Ich mußte schießen, bevor er es tun konnte. Ich gab nur einen Schuß ab.«
Der Kommissar blickte auf den Revolver neben der rechten Hand des Toten.
»Gibt es Zeugen des Vorfalles?«
»Keine«, sagte Petit. »Wir waren allein in diesem Raum.« Der Staatsanwalt und der Untersuchungsrichter trafen ein. Petit wiederholte seine Meldung. Die beiden Herren nickten.
»Der Waffengebrauch scheint einwandfrei gerechtfertigt«, sagte der Staatsanwalt. »Der Erkennungsdienst

kann mit der Arbeit beginnen.« Die Beamten begannen zu fotografieren.
Der Untersuchungsrichter schüttelte dem Kommissar die Hand und meinte, er brauche den ausführlichen Bericht mit der Lichtbildmappe bis morgen Mittag. Inspektor Pernell meldete dem Kommissar, er werde alles Weitere veranlassen. Die Routinearbeit begann. Der Kommissar sagte zu Petit, er solle mit ihm aufs Kommissariat fahren und gleich seine Waffengebrauchsmeldung tippen. In vierfacher Ausfertigung.
Bevor er ging, sah der Kommissar noch einmal auf diesen alten, sechsschüssigen Trommler neben der rechten Hand Hassan Elarabs.
Die Waffe kam ihm merkwürdig bekannt vor.

Der Nachmittag dieses Tages war ausgefüllt von all den dringenden Arbeiten, die ein solcher Schußwaffengebrauch eines Polizeibeamten notwendig macht. Petit hatte seine Meldung geschrieben, ziemlich knapp, aber es fehlte nichts, der Kommissar war zufrieden. Die Kollegen vom Erkennungsdienst hatten ihren Bericht ebenfalls fertiggestellt und beim Kommissar abgeliefert. Die Schußwaffe Elarabs, der Trommelrevolver, war überprüft. Das Ding war scharf geladen gewesen und funktionstüchtig. Pernell hatte am Tatort alles geregelt, die Mansarde Elarabs im 10. Stock des Hauses ermittelt, durchsucht und versiegelt. Die Leiche war weggeschafft worden, eine Obduktion hielt der Staatsanwalt nicht für nötig. Dem Innenministerium war fernschriftlich berichtet worden, eine kurze Presseaussendung war ebenfalls fertig. Gegen 19 Uhr verabschiedete man sich und ging

heim, alle bis auf den Kommissar, er wollte noch den Akt ordnen.
Etwa eine Stunde lang saß Dr. Frere noch über dem Akt, studierte jede Einzelheit, es war alles in Ordnung. Morgen früh würde er ihn an die Staatsanwaltschaft abverfügen. Ein klassischer Fall von gerechter Notwehr in Ausübung des Dienstes.
Er hatte schon den Mantel an und ging zum Lift, als er, einer plötzlichen Eingebung folgend, umdrehte und in das Dienstzimmer Petits ging. Er drehte das Licht an. Der Schreibtisch Inspektor Petits war ordentlich aufgeräumt. Es roch nach Bodenwachs, die Reinigungsfrauen waren schon da gewesen.
Langsam öffnete der Kommissar diese Schublade, von der er wußte, daß Petit darin immer seinen privaten Trommelrevolver verwahrte.
Die Schublade war leer.

Pernell und Petit gingen noch in eine kleine Kneipe, bevor sie heimfuhren, tranken ein letztes Bier. Geredet wurde nicht viel. Teddy hatte vorgeschlagen, sein Freund könne mit ihm nach Hause kommen und da übernachten, wenn er jetzt nicht allein sein wolle, aber Petit hatte dankend abgelehnt.
»Ab morgen bin ich wieder o.k.«, hatte er gesagt und dann starrten die beiden wieder in ihre Biergläser. »Hat er noch was gesagt?« fragte Pernell nach einer Weile.
»Nein«, sagte Petit. »Ich auch nicht.«
Sie waren schon auf der Straße bei ihren Fahrzeugen, als Pernell seinen Freund zurückhielt.

»Ich hab' was für dich, Alter«, sagte er. »Ein Geschenk. Steck das ein.«
Er nahm einen sechsschüssigen Trommelrevolver aus der Tasche und drückte das Ding Petit in die Hand.
»Für den Fall, daß dich jemand fragt, wo der deine hingekommen ist.«
»Danke«, sagte Petit. »Ich hoffe, es wird mich niemand fragen.«
Pernell fuhr heim zu seiner Familie. Petit machte noch den Umweg über Montparnasse und hielt vor dem Wohnhaus der Familie Blanc. Es konnte ja sein, daß Michele heimgekommen war.
Vor der Wohnungstüre blieb er stehen, es war deutliches Klavierspiel zu hören. Eine Polonaise von Chopin, soweit sich Petit auskannte. Eine Weile hörte er zu. Er wischte sich die Augen trocken, bevor er die Türklingel drückte.

Die Frühbesprechung beim Polizeipräsidenten am nächsten Tag fand in einer Atmosphäre von Gelöstheit und Erleichterung statt. Dr. Frere hatte den geordneten Akt über den tödlichen Waffengebrauch schon ganz früh zur Kenntnisnahme in die Präsidialabteilung geschickt, die Herren waren also alle voll informiert. Die Pressemeldungen über den Fall waren auch durchwegs positiv, von einer erfolgreichen und mutigen Polizeiaktion war die Rede, und das erfreute die Herren natürlich. So kommentierten sie die Einzelheiten wortreich und wohlwollend. Alle, bis auf den Kommissar, der seltsam nachdenklich schien. Dr. Murat verstand zwar nicht ganz, so

sagte er, warum dieser Kriminalbeamte den flüchtigen Doppelmörder nicht schon in diesem Warenhaus oder auf der Straße gestellt hatte, aber die mögliche Gefährdung von Passanten war natürlich auch ein Argument.
»Sprechen Sie diesem Kriminalbeamten meine Anerkennung aus«, sagte der Präsident abschließend und gab den Akt Dr. Frere. »Übrigens, da fehlt noch eine Kleinigkeit in dem Akt.«
Der Kommissar blickte fragend.
»Sie haben in der Eile vergessen, den Akt zu unterschreiben,« lächelte der Präsident.
Eine Sekunde zögerte Dr. Frere.
Dann unterschrieb er.

Im »Boo-Boo« gingen die Zeitungen von Hand zu Hand, und alle freuten sich, daß es diesen Hassan Elarab erwischt hatte.
»Der hat weggehört«, sagte Freddy Linkshand immer wieder und spendierte eine Runde. Susu versprach, spätestens morgen frische Blumen auf Pennys Grab zu bringen. Überhaupt hatte der Tag für Su erfreulich begonnen: Das »Hundsvieh« war dagewesen, der Oberlehrer aus Reims, und das waren für sie unverhoffte dreihundert Franc gewesen, leicht verdient in einer Viertelstunde. Außerdem hatte das Hundsvieh erzählt, er käme jetzt zweimal im Monat. Er wäre in den Gemeinderat gewählt worden, als Kulturreferent, und in dieser Funktion müsse er regelmäßig zu Besprechungen in die Hauptstadt. Linkshand hatte das Peep-Show-Projekt auch fallengelassen, weil Su so dagegen war. Alles in

allem also kleine Lichtblicke für Susanne Bonnet in diesen schlechten Zeiten.
Krücken-Marion und Zwinker-Jo stritten über den Fall Elarab.
»Das ist ein ganz brutaler Hund, dieser Flic«, sagte Zwinker, »den kenne ich. Der hat den Hassan gar nicht verhaften wollen, das war eine Hinrichtung.«
Krücken-Marion keifte, der Flic habe ganz recht gehabt, dieses Schwein umzuschießen.
»Denk daran, was der mit unserer Penny aufgeführt hat!«
Susu mischte sich ein.
»Der Flic ist in Ordnung, sage ich dir«, schrie sie Jo an. »Freddy hätte es genauso getan, wenn er einen Tip über Hassan bekommen hätte. Nicht wahr, Freddy?!«
Linkshand nickte.
»Genauso«, sagte er. Aber es war ihm anzumerken, daß er froh war, den Tip nicht bekommen zu haben.
Seiden-Heinzi kam herein und beendete die Debatte. »Was sitzt ihr hier herum, Mädchen?« sagte er. »Draußen wartet das Geschäft.« Er habe ein paar Typen getroffen, erzählte er, denen langweilig sei. Delegierte eines Kongresses der Bau- und Holzarbeitergewerkschaft. Die Mädchen tranken aus und gingen auf die Straße. So ein Kongreß war immer eine gute Sache.

Pierre Cousteau war für den 5. März um 9 Uhr zum Polizeiarzt bestellt. Die Untersuchung war nur noch eine Formsache. Sie hätte eigentlich am 6. März stattfinden sollen, dem Jahrestag seines »Dienstunfalles«. Aber der 6. war ein Samstag, und da ordinierte der Amtsarzt nicht.

»Exekutivuntauglich« schrieb der Doktor in die Krankengeschichte, die ein recht umfangreicher Akt geworden war. Nach einjähriger Dienstuntauglichkeit wurde Inspektor Pierre Cousteau also automatisch in den Ruhestand versetzt.

Er war ab morgen Pensionist.

Seine Bezüge hatte er sich längst durchrechnen lassen. Mit kräftiger Unterstützung der Personalvertretung war ihm auch eine Invalidenrente zuerkannt worden. Er war zufrieden. Mit dem, was er als Fremdenführer eines Reisebüros zusätzlich verdiente, konnte er mit seiner Familie anständig leben.

Marianne sollte ihn um 10 Uhr abholen, es war also noch Zeit. Der Amtsarzt war viel rascher fertig geworden als vermutet.

Pierre hinkte in die Kantine.

Große Freude bei den Kollegen, alle umringten ihn, klopften ihm auf die Schulter. Er bezahlte eine Runde Pernod.

Ob alles in Ordnung sei?

»Alles in Ordnung«, strahlte Pierre. »Ab morgen bin ich Pensionist.«

Er fragte nach Pernell und Petit.

Die beiden wären heute im Hauptdienst, erklärten die Kollegen. Pernell habe beim Frührapport einen Zechanschlußraub zugewiesen bekommen. Petit einen Selbst-

mord durch Erhängen. Vor Mittag kämen die beiden sicher nicht zurück.
So lange könne er nicht warten, sagte Pierre.
Um 10 Uhr ging er auf die Straße. Marianne wartete schon mit dem Kinderwagen, sie gingen zur Bus-Station.
»Alles in Ordnung, Liebling«, sagte Pierre nur.
»Ist dir wirklich nicht leid um deinen Beruf?« fragte Marianne. Sie hatte in den letzten Wochen öfters gefragt.
»Wirklich nicht«, sagte Pierre.
Der Bus kam. »Komm, beeilen wir uns«, rief Pierre, und sie gingen fast im Laufschritt.
Auf das Hinken hatte Pierre ganz vergessen.

ABENTEUER und WIRKLICHKEIT

Während einem Dutzend Reisen legte der bekannte Saharafahrer über 150.000 km in diesem »Ozean« des Sandes und der Stürme zurück. Was er erlebt, beobachtet und durchgestanden hat, wie gefährlich oder lebensrettend manche Begegnung mit Menschen oder Tieren war, erzählt er spannend und farbig in seinem Text- und Bildband.
Ein modernes Abenteuer- und Kultbuch über stolze Wüstenstämme, ihre Kultur und Gastfreundschaft und der Erfahrung: »Einen Fehler macht man in der Sahara nur einmal.«

176 Seiten, 95 Farbb., 6 Karten, Leinen, Großformat, DM 59,80

Basarbesuche während einer Orientreise gelten als Höhepunkt und Abenteuer zugleich. Fasziniert aber etwas unsicher läßt sich der Besucher treiben bis er, gefangen von der Atmosphäre, selbst zu handeln und feilschen beginnt.
Produktion, Markt, kultureller und gesellschaftlicher Treffpunkt, Zentrum für Tradition und Religion vereinen sich im Basar.
W. Köhler weiß darüber zu berichten als wäre er dort zuhause, und die vielen Farbbilder erwecken Erinnerung oder Sehnsucht.

160 Seiten, 146 Farbb., Karte, Großformat, DM 59,80

ZWEIMÜHLEN VERLAG, 8000 München 80